El asesino del Andarax

2ª edición

JF Sánchez

Primera edición: Noviembre 2019

Segunda edición: mayo 2022 (revisada por el autor)

DEDICATORIA

Para mi familia y amigos, gracias a su apoyo y ayuda están estas paginas en sus manos.

CONTENIDO

AGRADECIMIENTOS

Sin la opinión, apoyo y ayuda de muchas personas no habría sido capaz de escribir este libro, sobre todo, no me habría atrevido a publicarlo. En mi vida, si leéis mi blog ya sabréis que es bastante variada y con su punto de complejidad, me he cruzado con mucha gente, muchos tipos de gente que, sin duda, debo recordar por todo lo que me han aportado. Son esas personas las que merecen, por meritos propios, tener un lugar en mi corazón, porque se han ganado ese lugar en mi vida, por que han estado siempre en cualquier momento, en los fáciles estaban todos, en los difíciles solo ellos, porque me han prestado su ayuda cuando lo he necesitado sin consultarme, han actuado por mi. Mi mujer y mis hijos, que son la luz principal que me guía, que han soportado que dedique muchos momentos a encerrarme conmigo mismo y mis historias, que me han permitido dedicarle tantas horas a desarrollar esta historia, que me han corregido y ayudado a pulir muchos detalles. Al resto de mi familia, como no podía ser de otra manera, también quiero mostrarle el mayor de los agradecimientos, por que ha sabido darme ese aliento que necesitaba en los momentos más difíciles, que ha leído mis galeradas y me dio el empujón que necesitaba para publicar lo escrito. A mis amigos, que me han aguantado todas mis batallas, que me han ayudado a mejorar y que siempre están ahí, para darme una colleja y corregirme al equivocarme, o para que mantenga los pies en el suelo cuando acierto. Gracias a todos.

Guía del lector

En un orden alfabético convencional, relacionamos a continuación los principales personajes que intervienen e esta obra.

- ANDRES. - Novio de Josefa
- ARZOBISPO. - Tío del padre Ramón y arzobispo en Madrid
- BALDOMERO. - Secretario del ayuntamiento de Benahadux
- CABO RUEDA. - Cabo del cuartel de la guardia civil de Gádor
- CAPITAN. - Perro del tío Braulio
- CARMELO. - Relojero, encargado de controlar los riegos
- CRESCEN. - Crescencia. Hermana de Andrés
- CRISANTA. - Hija menor de Fernando y Dolores
- DOLORES. - Arrendataria del cortijo del cura, casada con Fernando
- FERNANDO. - Arrendatario del cortijo del cura, Casado con Dolores
- FRANCISCO MARTINEZ. - Alcalde de Benahadux
- GUARDIA MOYA. - Guardia civil del cuartel de Gádor
- GREGORIO. - Médico de Benahadux
- INDALECIO. - Guardés de la finca San Miguel
- JOSE. - Nuevo y joven carretero
- JOSEFA. - Hija mayor de Fernando y Dolores, novia de Andrés

— JULIAN. - Hijo de Fernando y Dolores

— OBISPO ARMENTEROS. - Obispo de Almería

— MARISA. - Hija de Indalecio y Pepa

— PADRE DAMIAN. - Ayudante del arzobispo

— PADRE RAMIRO. - Ayudante del Obispo de Almería

— PADRE RAMÓN. - Tras ser ordenado como sacerdote es nombrado en párroco de Benahadux.

— PADRE VENANCIO. - Párroco de Benahadux, amigo del arzobispo

— PEPA. - Mujer de Indalecio, Guardés de San Miguel

— SARGENTO LOPEZ. - Sargento de la Guardia Civil de Gádor

— TENIENTE VILLEGAS. - Teniente de la Guardia Civil de Almería

— TIO BRAULIO. - Carretero en Benahadux, dueño de un carro

— TOBIAS. - Pastor de Pechina

— TOMÁS PASTOR. - Maestro de Benahadux

El Asesino del Andarax

AVISO

Todos los hechos son fruto de mi imaginación. Cualquier parecido con la realidad, es pura coincidencia. Debo aclarar que, si bien todo es ficción, la historia, los personajes, la trama, no lo son las localizaciones, todas son reales y yo las conocí por vivir en ese rincón del mundo durante casi veinte años. Tanto es así, que la foto de la portada la hice yo (y revelé también, hace más de veinticinco años). Ese edificio que se ve en la portada es el palomar que sitúo como localización protagonista de esta historia. Existe ese palomar, esa balsa, ese palacio de los marqueses, esos naranjos, el rio, incluso el cortijo del cura que nombro en este, mi segundo libro. Por cierto, espero que te guste y no me enrollaré más contando cosas sobre él.

El Asesino del Andarax

1 ENTRE LOS NARANJOS

Era un día, como otro cualquiera, a principios de los años sesenta. En la vega del Andarax, un oasis verde dentro de una Almería seca por los tiempos de los tiempos. Terminará siendo una jornada idéntica a muchas otras para casi todos los habitantes de la zona, para alguno, se convertirá en inolvidable.

El viejo mulo mantenía a duras penas su paso. Había disfrutado de días mejores, aunque todavía tenía fuerzas para mover aquel carro, por fortuna la carga de aquella tarde era paja. Si se tratara de algo más pesado, con el bochorno que hacía, lo habría pasado mal. El tío Braulio también estaba bastante mayor, en otros tiempos estaría tumbado sobre la paja, sesteando. Ahora se mantenía en el pescante, encorvado, con una paja de la carga en la boca. Murmuraba algo parecido a una canción, ni él mismo sabía cuál era. En el comienzo de los años sesenta, las últimas melodías y canciones se solían popularizar gracias a los aparatos de radio repartidos por todo el país, los programas musicales rellenaban esos molestos silencios entre parte y parte de noticias. El tío Braulio no sabía dónde había escuchado aquella melodía que pretendía imitar sin aproximarse lo más mínimo a la canción original, no sabía la letra tampoco, le daba igual, no se la podía quitar de la cabeza.

Con el calor que hacía, era normal que no se hubiese encontrado con nadie a aquellas horas, justo después de comer. Su única compañía era su mulo y su perro, Capitán. Este sí que dormía sobre la paja, no tenía fuerzas para seguir al carro ladrando. Braulio obligó al mulo a tomar el camino que se abría a su derecha, entre los naranjos. Era un poco más largo, sin embargo, haría menos calor entre los árboles, además se encontró con un regalo para él, los bancales estaban recién regados, lo que ofrecía algo de frescor a quien pasara por el camino, con árboles a ambos lados y la tierra bien húmeda. Capitán levanto una oreja, a lo lejos ladraba algún perro de algún cortijo cercano, o de algún pastor. No le parecería interesante, volvió a dormirse rápido. Las chicharras estaban disfrutando aquel día, llenaban todo el valle del Andarax con su insistente chirrido, el tío Braulio, como lo conocía todo el mundo, parecía ignorarlas y seguía murmurando su canción, o lo que fuera aquella tonadilla que salía de su boca.

Capitán levantó su cabeza olfateando el aire. El tío Braulio se giró asombrado, su perro siempre era tan tranquilo como él mismo. No estaba acostumbrado a que reaccionara tan ágil sin que hubiese comida de por medio. Se lo quedó mirando, iba a decirle algo cuando el perro se levantó, sobre sus cuatro patas con las orejas tiesas, olfateando mientras miraba hacia delante, como si buscase algo frente al mulo. Capitán era un chucho callejero, cruce de mil perros, no era cazador, tampoco era un perro de presa, a pesar de todo eso, era la mejor compañía para Braulio, nunca lo dejaba solo, tampoco se alejaba de él. Por eso se sorprendió mucho cuando el perro salto del carro, corrió adelantándolo, a unos trescientos metros por delante de él, sin parar de correr, entró en el bancal de naranjos, se perdió entre ellos. Pocos instantes después, empezó a aullar.

El tío Braulio solo había oído a su perro aullar alguna vez, no era frecuente, siempre coincidiendo con otros perros que también lo hiciesen. Se santiguó con muchos nervios. Esos aullidos solo se producían cuando alguien fallecía, nadie podía explicarlo, todo el mundo sabía que era así. Capitán seguía aullando cuando el tío Braulio paró el carro, a la altura por donde había desaparecido su perro entre los naranjos. Lo maldijo, los bancales estaban regados, para llegar hasta él estaba metiendo sus pies en el barro hasta los tobillos. Lo llamó varias veces, con esto solo consiguió que dejara de aullar, ahora solo ladraba sin parar. Entre los naranjos por fin podía distinguir, mientras se acercaba, la figura de su perro sentado, ladrando. Nunca lo había visto así, por eso estaba pensando que era momento de darle un castigo ejemplarizante a su perro, no quería que se volviese caprichoso después de tanto tiempo. En aquel momento su pensamiento era que estaba perdiendo tiempo para aquel viaje de paja.

Cuando estaba bastante cerca del animal, Capitán se calló. Giro la cabeza hacia su dueño, lo miraba con ojos tristes. El tío Braulio estaba preparándose para empezar a gritar al animal, cuando vio una bicicleta tumbada junto a su perro, también había un gran bulto negro. Reconoció la bicicleta al instante, por lo que, de repente, supo que sabía qué era aquel bulto que se encontraba al lado de aquella bicicleta y de su perro. Con el barro casi llegándole a las rodillas, consiguió rodear a Capitán, se tapó la boca con su mano para ahogar un grito, al confirmar que aquel bulto negro que estaba junto a su perro, era el cuerpo sin vida del padre Venancio. Su bicicleta, su sotana, no dejaban lugar a dudas, aunque su cara no se podía ver con claridad, solo podía ser el. Su rostro, cubierto de forma parcial por las malas hierbas a los ojos del tío Braulio, miraba hacia el cielo, mostrando su barbilla y cuello cubiertos de sangre.

Capitán aulló de nuevo, a lo lejos, varios perros lo imitaron formado un triste coro. En Benahadux, casi todos los vecinos sabían que alguien había muerto. Solo les quedaba esperar para saber quién era.

El Asesino del Andarax

2 UN DESTINO INESPERADO

No era normal que un seminarista, recién nombrado sacerdote, fuese llamado con urgencia por el arzobispo de su diócesis. Más raro aún era que el arzobispo que reclamara la presencia del sacerdote, fuera el de Madrid. Sin embargo, aquel sacerdote no era uno más de su congregación, por eso había sido llamado con tanta precipitación. Aquel sacerdote, además de muchas otras cosas, era su sobrino, el menor de todos los hijos de su hermana Ana. El padre Ramón era alto, mucho más alto que la mayoría de hombres, por lo que solía mantener conversaciones mirando hacia abajo. De pelo moreno, siempre corto el cabello, facciones bellas, sus ojos de un verde intenso, invitaban a perderse en su mirada. Quien conocía a su familia, sabía que eran los ojos de su padre, del que había heredado también la altura, su cara de facciones duras, sin embargo, se parecía mucho a su madre, también muy guapa y morena. Contemplaba la ciudad a través de una ventana, sin fijar su mirada en nada concreto. Las altas puertas de aquella sala del palacio se abrieron, dejando entrar a un sacerdote muy mayor y pequeño, caminando con pasos cortos y rápidos, parecía un hombre nervioso con muchas cosas que hacer aún, aunque con poco tiempo para ello. Lo conocía de otras veces y lo saludó con mucho afecto. Le ofreció su brazo para que se apoyara, este lo acepto de buen grado, mientras lo acompañaba al despacho del arzobispo.

— Los jóvenes tenéis que compartir vuestras fuerzas con estos ancianos molestos.

— Nunca sois molesto, padre Damián. ¿Cómo está mi tío?

— Vuestro tío está bien, como siempre, es una montaña de hombre, como sabéis, y como una montaña, esta fuerte y sano.

— ¿sabe usted porque me ha llamado?

— Yo no sé nada, como siempre.

— No me engañe, padre Damián, aquí no se cae una hoja sin que usted lo sepa.

— Que va, yo solo soy el humilde ayudante de vuestro tío. Sólo puedo decirle que todo lo que estaba proyectado y bien atado, se ha venido abajo, por direcciones de arriba.

— ¿de arriba? ¿del cardenal? y ¿qué es eso que estaba atado?

— Vuestro destino, hablaba de vuestro destino. Y cuando digo arriba, no me refiero a la iglesia. Me refiero al gobierno, alguien cercano al caudillo desea que mi puesto, que estaba destinado para usted, sea para otra persona. Ya hemos llegado.

Todas las salas que habían cruzado permanecían en penumbra, al abrir la puerta del despacho del arzobispo, entraron en una estancia inundada por la luz. La silueta, la gran silueta del arzobispo, se recortaba a contraluz en el ventanal. Se giró y esquivó el saludo protocolario que estaba preparando su sobrino. Le dio un gran abrazo y dos besos.

— Tranquilo, Ramón, nadie va a impedir que le dé un abrazo y un buen par de besos a mi sobrino favorito, también podemos contar con que Damián no se lo va a contar a nadie, ¿verdad?

— Verdad, reverendísimo señor. Mis labios están sellados.

— Toda la vida juntos y sigue manteniendo los tratamientos formales. Por esas cosas son por las que he aceptado que disfrutes de tu retiro en un monasterio, te cuidaran y solo tendrás que rezar y descansar. Lo tienes bien merecido. Déjanos solos, Damián. Mientras mi sobrino me cuenta como esta mi hermana y toda su familia.

Seguía con una gran sonrisa, observando a su sobrino, mucho después de que el padre Damián cerrase la puerta. Se habían sentado en unos sillones que estaban en un rincón del despacho, sillones que pocas veces eran usados.

— Me alegro mucho de que todos estén bien.

— Gracias tío, todavía no me has explicado por qué me has llamado con tanta urgencia.

— Cierto. Estaba previsto que nuestro amigo, el padre Damián, iniciase su retiro la próxima semana. De esa manera, cuando acabase tu descanso por tu reciente ordenamiento como sacerdote, podrías ocupar su puesto. Sabes que mi idea era que, al ocupar ese puesto tan joven, aprovechando todas las ocasiones para presentarte a la alta alcurnia del clero, facilitaríamos tu ascenso a lo más alto de la iglesia. Yo no pienso que pueda superar mi actual puesto. Tampoco aspiro a más, sin embargo, debes saber que tú estás dotado para alcanzar lo que quieras, de verdad.

— Tío, agradezco vuestras palabras, aunque debo reconocer que no tengo ahora mismo ninguna aspiración de ese tipo.

— La tendrás, te aseguro que la tendrás, y allí estaré yo para ayudarte. Sin embargo, a pesar del secretismo de nuestro plan, no sé cómo alguien cercano al gobierno se ha enterado de la maniobra, también ha pensado lo mismo que yo, con la diferencia que han buscado que el protagonista de esos ascensos sea un hermano suyo. Este enchufado en la actualidad es el sacerdote que atiende una parroquia del centro de Madrid, no pienses mal, tengo gran concepto de este hombre, está haciendo una gran labor con sus feligreses. Yo me he excusado, alegando que ya había elegido quien cubriría ese puesto, porque prefiero alguien de mi total confianza. Ese mismo día, recibí una misiva, firmada por el mismísimo caudillo, que me recomendaba un sacerdote bien visto por el régimen, con experiencia, antes que un sobrino recién ordenado. No me preguntes como lo podían saber, no me ha quedado más remedio que aceptar el cambio.

— No pasa nada, tío, de verdad que no me preocupa ahora mismo nada de eso.

— A mí, sí, de verdad, a mi sí. Aunque la orden venga del mismísimo jefe de estado, no me gusta que nadie retoque mis planes. Sobre todo, si llevo tiempo trabajando en ellos.

— Tío, no se preocupe, sin problema alguno, tomaré el destino que usted me diga, lo realizaré de la mejor manera posible.

— Ese es el real motivo de mi llamada urgente. Para darte la mala noticia, no te mandaría venir hoy. Habría esperado que pasases algún día mas con tu familia, antes de decirte cuales serían tus nuevas obligaciones. Debes saber que ha sucedido un trágico suceso.

— ¿Qué ha pasado? Ha cambiado la expresión de su cara.

— En esta vida, son pocos los amigos de verdad que uno va haciendo a lo largo de los años, por eso, el sustento y apoyo de la familia, son fundamentales. Desde niño, tuve un compañero en el seminario, hasta nos ordenaron sacerdotes el mismo día. Mi amigo Venancio era, con toda seguridad, la mejor persona que he conocido jamás, mejor que yo, te lo aseguro. A él siempre le gusto dirigir una parroquia pequeña, humilde, le encantaba el trato directo con la gente. Yo ascendía sin casi pretenderlo, mientras tanto, el buscaba una parroquia más pequeña y perdida aún que la anterior. Cuando coincidíamos, porque yo buscaba saber de él, compartir nuestras cosas, seguíamos siendo los mejores amigos, como si continuáramos en el seminario.

— ¿Qué ha pasado?

— Ayer, poco después de la hora de la comida, encontraron su cuerpo. Le habían asesinado, le apuñalaron y abandonaron su cuerpo. Desde que terminó la guerra, no tenía noticia de un crimen a sangre fría, contra ningún sacerdote. Este ha sido una sorpresa para todos. Venancio, por lo que sabemos, era muy querido allí, igual que en todos los sitios donde ha estado. Muy querido, . . .

El malestar del arzobispo, era muy real, su sobrino veía alguna lágrima por su mejilla. Nunca hubiese imaginado ver a aquel hombretón, a aquel arzobispo llorar. Por inesperado que fuera, estaba pasando en aquel momento.

— ¿Qué puedo hacer yo? ¿Para qué me podéis necesitar?

— Ramón, esto que te voy a decir, no debes comentarlo con nadie, solo puedes hablarlo conmigo. He pedido favores, que me han concedido al momento, como no podía ser de otra forma. Vas a ir destinado a la parroquia de Venancio. No coinciden tus apellidos, ni nacisteis en la misma zona, nadie puede sospechar que hay ningún lazo que te una a él. Mientras estés destinado a esa parroquia, vas a buscar información, toda la que puedas conseguir, necesito que se descubra que pasó con mi amigo.

— No me veo capacitado, yo no sabría... Para eso está la guardia civil.

— Los civiles no han encontrado nada, y dificulto mucho que encuentren al culpable. Ese cuerpo está lleno de gente muy capaz, también hay algunos miembros, los menos por fortuna, que son soberanos inútiles. Creo que el puesto más cercano, el que se encarga de este suceso está compuesto por algunos ejemplares sobresalientes de estos últimos. Sin embargo, un hombre de Dios, que está en todos lados, que escucha todas las confesiones, ...

— ¡Tío, el secreto de confesión es inviolable!

— Por supuesto sobrino. No te pido que rompas ningún secreto de confesión. Aunque si por algún capricho del destino, llega a tus oídos, información que te sirva para saber la verdad, una vez que conozcas los hechos, buscar la manera de que estos hechos lleguen a oídos de quien tenga que llegar, de manera que sin ser tú el delator, la investigación llegue a buen término. No sé si me he explicado bien. Espero que habrás comprendido la delicadeza de tu misión.

— Me hago cargo, tío, me hago cargo.

— ¡Bien! Me alegro. Una vez todo ha quedado claro y antes de que partas, te voy a obsequiar con una suculenta comida. Mi hermana seguro que os alimenta de una forma maravillosa. Aunque no tiene a su alcance manjares como los que hoy nos van a servir. Acompáñame a mis dependencias, he hecho montar una mesa para tres y vamos a disfrutar de un excelente banquete. Nos acompañará el padre Damián, si no tienes inconveniente.

— Por favor, sabes que le tengo gran aprecio, será un placer compartir mantel con él.

— Perfecto, de lo que hemos tratado, ni palabra. El cree que estoy molesto por vuestro nuevo destino. Y aunque en parte es cierto, él no debe saber que las novedades que necesito conocer, están en vuestra nueva parroquia.

Comieron los tres, comentando los temas más peregrinos, anécdotas de otros años, sin hablar de nada que hubiesen tratado aquel día.

El Asesino del Andarax

3 DEL VERDE AL OCRE

Después de la comida, el padre Ramón vuelve a Palencia, completa la maleta y se despide de su familia. De madrugada se sube a un autocar que le lleva a Madrid. Ya en la estación de Atocha, localiza el tren que le llevara a Almería, busca un compartimento vacío y lo ocupa. Su corta experiencia con la sotana, le hacen creer que la visión de su indumentaria le salvará de compañías indeseadas. En parte tiene razón, pero no viajó solo. Desde Atocha a Valdepeñas, "disfrutó" de la compañía de un matrimonio y sus dos hijos. Ella pasó el tiempo del viaje tejiendo una chaqueta para el mayor, le explicó, que el pequeño heredaría la chaqueta de su hermano, ya le estaba pequeña, pero seguía como nueva. El padre Ramón sonreía, como si él no supiera cómo funcionaba el trasvase de ropa entre hermanos, siendo él el menor en su casa. El padre estudiaba un libro de contabilidad, quería conseguir un ascenso en su empresa, para lo que necesitaba aprobar un examen. Los niños jugaron en el compartimento sin molestar mucho. Ya era noche cerrada cuando abandonaron el vagón, se despidieron muy amablemente, invitándole para cuando fuese a Valdepeñas. Algo más que improbable, aunque aceptó cordialmente.

Aún no había reiniciado su marcha el tren, cuando entraron tres hombres en el compartimento, se presentaron como jornaleros y le acompañarían hasta Linares. Antes de que llegasen a la siguiente estación, ya que aquel tren se paraba en todas, estaban durmiendo los tres, con la facilidad del que, con frecuencia, tiene que aprovechar cualquier momento para descansar. Entre los ronquidos, los ruidos propios del tren y los nervios que tenía por la falta de costumbre en viajes largos, solo dio alguna cabezada. Cuando el tren se detuvo en la estación de Linares, efectuó una parada más larga. Cambio de vagones, el revisor le explicó que él no tenía que cambiarse de sitio. Aquel vagón llegaría a Almería, otros de aquel convoy se dirigían a Cordoba y Sevilla. El revisor le preguntó si podía alojar en su compartimento a tres reclutas que se dirigían a la base Álvarez de Sotomayor, para realizar su formación y jura de bandera, el padre Ramón le comentó que por supuesto, que llevase a los jóvenes allí. Aquellos mozos eran un poco más jóvenes que él, tampoco estaban acostumbrados a viajar. Dos eran gallegos y el tercero, de Burgos, se unió a ellos en Madrid, con la idea de compartir viaje y quitarse mutuamente los nervios. Realizar el servicio militar era obligatorio y dependía mucho de cómo el recluta se tomase aquella tarea. El padre Ramón intentó tranquilizarlos, presentándoles la mili como una oportunidad de conocer gente, también de separarse un poco de las faldas de sus madres, del amparo de su familia. Por lo que habían comentado ya entre ellos, los tres tenían la intención de aprovechar aquel tiempo en el ejército, para conseguir los carnets de conducir, algo que, en su vida normal, sería casi imposible, pero podría proporcionarles buenas expectativas de futuro.

Una vez ya se habían relajado y contado de todo, el mozo de Burgos saco de su vieja maleta un poco de Cecina, también una bota de vino, que compartió con sus compañeros de viaje.

21

Los gallegos acompañaron la cecina con embutidos y pan caseros. El padre Ramón se disculpó por no haber pensado en traer nada de comer para el viaje, les dijo que no tenía apetito. Los reclutas se rieron y le obligaron a comer con ellos. No sabía el hambre que tenía hasta que comenzó a probar aquellas viandas. Empezó dando un trago de la bota, solo tomo un poco, reconociendo que el vino estaba muy bueno. Dejaron de comer cuando el día comenzaba, los reclutas aprovecharon el momento para dormir un poco. El padre Ramón descubría unos paisajes totalmente distintos a los que había visto hasta aquel día. Su vida se había rodeado de amplios campos de cereal y verdes arboledas. Ahora todo lo que sus ojos veían era un paisaje en tonos ocre, escasos verdes moteaban la imagen aquí y allá. Su mirada se perdía en aquellos parajes desérticos. Había tenido tiempo de estudiar su viaje, por eso, cuando el tren realizó su parada en la estación de Santa Fé de Mondujar, se levantó de su asiento y se fue a ver el paisaje apoyado en una ventana abierta de aquel vagón. Sabía que después de aquella estación, venia la de Gádor. Le interesaba ver aquel pueblo, el cuartel más próximo a Benahadux de la Guardia Civil se encuentra aquí. Al parar en la estación, se suben algunas personas. La siguiente parada será Benahadux, su destino, su nueva parroquia, pero él no se bajaría en aquella estación, debía presentarse primero ante el obispo de Almería. Desde hacía mucho rato, cuando el tren se adentró en el valle del Andarax, las vías estaban acompañadas de parras al principio, ahora de naranjos, muchos naranjos. Antes de que llegase el tren a la siguiente estación, avisa a los reclutas, porque después de la estación de Benahadux, la siguiente sería la de Huercal de Almería, donde se deberán bajar. Los chicos se despiertan rápidamente, agradecen al padre Ramón el detalle de avisarles. Este vuelve a la ventana, ve a lo lejos la torre de la iglesia, de la que será "su" iglesia, casas junto a la vía, un paso a nivel y la estación a las afueras del pueblo, a pocos metros de aquellas casas. Los reclutas ya le acompañan en la ventana contigua, mientras el tren reanuda su marcha, se despiden afectuosamente, seguramente por los nervios que acumulan por empezar su servicio militar en horas, no paran de comentar una cosa tras otra, hasta que el tren se detiene ya en Huercal, se bajan rápido del tren, el padre Ramón consciente de que la próxima estación es Almería, coge su pequeña maleta, a lo lejos ve el ocre de Sierra Alhamilla, junto al tren, hasta la entrada en la estación de Almería, continúan los bancales de naranjos acompañando a la vía.

La ciudad de Almería es pequeña, llegar a la residencia del obispo ha sido fácil. Le han hecho pasar a una pequeña salita, donde espera en un cómodo sillón, mientras ve por las ventanas las primeras gaviotas de su vida. Revolotean graznando sin parar, el padre Ramón no se las imaginaba tan grandes, pensaba que serían como palomas, sin embargo, las que veía doblaban aquel tamaño. Entretenido en esos pensamientos estaba cuando un sacerdote, poco mayor que él se le acercó.

— Buenos días padre Ramón, si no me equivoco.

— Buenos días, no se equivoca usted, padre. . .

— Ramiro, para servirle. Acompáñeme, espero que pudiese descansar en el borreguero.

— ¿Borreguero?

— Sí, se acostumbrará a como llaman aquí a muchas cosas. Los trenes que paran en todas las estaciones, aquí les dicen borregueros, cosas de esta gente.

— No he podido descansar mucho, pero no es problema. Padre Ramiro, ¿No nacería usted un día once de marzo?

— Sí, ya veo que recuerda usted perfectamente el santoral.

— Es un juego del seminario, con la costumbre que tienen muchos padres de poner a sus hijos el nombre del santo que se celebra el día de su nacimiento. Un entretenimiento, como otro cualquiera.

— Perfecto, ya llegamos. Padre Ramón, le presento al Obispo de Almería, Monseñor Armenteros. Si me disculpan.

El padre Ramiro salió de la estancia sin hacer ruido mientras el padre Ramón besaba el anillo al Obispo.

— Me alegra mucho conoceros por fin. Vuestro tío siempre habla de lo muy inteligente y bien formado que está su sobrino. Ya sois sacerdote. Me alegra que vuestro primer destino sea bajo mi paraguas.

Procurare haceros la vida lo más sencilla posible. Lamento que sea en circunstancias tan lamentables. Todos hemos sufrido con el trágico desenlace del padre Venancio, excelente persona y mejor servidor de Dios.

— Yo también hubiese preferido incorporarme a mi nuevo destino por cualquier otro motivo.

— Claro, claro. ¿Tenéis alguna pregunta?

— Solo las normales de mi parroquia, lo que me explicaría el padre Venancio si pudiera, a la hora de realizar el relevo.

— Benahadux es una parroquia pequeña y muy tranquila. Tenéis por parroquias vecinas a las de Pechina, Rioja y Gádor. Son gente trabajadora, la mayoría agricultores y ganaderos, aunque hay pequeñas industrias. Forma parte de la vega del Andarax, por lo que hay muchos naranjos, tiene también un palacio, el de los marqueses de Cadimo, que son grandes benefactores de la parroquia. También están las Dos Torres, el barrio del Chuche, el del Ruiní. Oh, perdóneme, le estoy hablando sin que usted pueda saber siquiera a qué me refiero.

No se preocupe. Lo conocerá todo fácilmente. Supongo que quiere descansar.

— No, monseñor, quiero ir lo antes posible a mi parroquia, quisiera comenzar a prestar mis servicios hoy mismo, si fuera posible.

— Bien, me complace mucho su entusiasmo y entrega. Veo que su tío tiene puestas sus esperanzas en usted, merecidamente. Avisaremos al padre Ramiro, que le acompañara en nuestro coche hasta su parroquia.

Mientras prepararon el coche, trataron temas burocráticos y de documentación. Hablaron del tiempo y poco más.

El Asesino del Andarax

4 LA NUEVA PARROQUIA

El padre Ramiro conducía el Seat mil cuatrocientos del obispado. No era muy hablador, el padre Ramón disfruto el viaje mirando el paisaje. Una vez dejado atrás el cementerio de Almería, se descubría junto a la carretera nacional trescientos cuarenta, la Vega del Andarax. En aquella zona la Vega estaba poblada fundamentalmente de naranjos. Desde la carretera se veía a lo lejos el cauce del rio, como casi siempre, estaba seco. El padre Ramiro conducía con la misma tranquilidad que se movía en su vida diaria, por tanto, el motor no rugía, solo llegaba a ronronear. Le avisó que entraban en su nueva parroquia. Cruzaron la barriada de El Chuche, a pocos metros pasaron frente a las Dos Torres, impresionantes a pie de carretera. Cruzaron el paso a nivel y tomaron la primera calle a la derecha. Paró el coche, le señaló a su izquierda, pero su acompañante hacía tiempo que ya tenía su mirada fija en la Iglesia.

— Si no estoy mal informado, el sacristán estará en el cortijo del cura.

— ¿el cortijo del cura?

— Si. Una viuda sin descendencia, donó todo su patrimonio a la iglesia. Estaba formado por un cortijo, está cerca, y una buena parcela de naranjos. No sé muy bien como está todo organizado, ya que cada párroco lleva el cortijo a su manera. Desde hace mucho tiempo, este cortijo es la residencia del párroco de Benahadux.

El padre Ramón asentía, sin estar seguro de haber entendido nada. Algunas casas estaban construidas entre esa calle y la vía del tren, un poco más adelante estaba el ayuntamiento. La calle, prácticamente terminaba junto a la pared lateral del mismo, hacia la izquierda comenzaba la calle San Marcos, si continuaban de frente, entraban en un camino entre naranjos, ese fue el que tomó el padre Ramiro. Pocos metros después, vieron una casa, no muy grande, pero de estilo señorial, la fachada estaba realizada con piedra de cantería, mientras casi todas las casas que había visto en el pueblo, gozaban de un blanco reluciente, a causa de las continuas capas de cal, una sobre otra, que ponían los dueños. Ese blanco de la cal, reflejaba el sol, esto conseguía rebajar algo la temperatura en las viviendas. La casa contaba con una balsa a su costado y un gran espacio libre frente a la entrada. Todo rodeado de naranjos, el mil cuatrocientos se paró frente a la puerta. Un hombre con una boina entre sus manos se acercó a saludar a los recién llegados. Conocía al padre Ramiro, vino con el Obispo a oficiar el funeral del padre Venancio. Lo saludo primero.

— Buenos días, padre Ramiro
— Buenos días, Fernando. Le presento al nuevo párroco, el padre Ramón.
— Padre, un placer conocerle. — le dio la mano, mientras con la otra mantenía su boina. Cuando

termino de saludar, se dirigió de nuevo al padre Ramiro. — ¿Comerá usted con nosotros?

— No, me será imposible, mis obligaciones me lo impiden. Tengo que regresar lo antes posible al obispado. Usted puede explicarle todos los temas de la parroquia, mejor que yo. Padre, Fernando hace las veces de sacristán, aunque su función principal es mantener la finca productiva, los beneficios van directamente a la parroquia, pero ya se lo explicara todo Fernando.

Mientras hablaba, abrió el maletero del mil cuatrocientos, sacó la maleta del padre Ramón. Antes de que pudieran darse cuenta, ya se había subido al coche, no llegó a parar el motor en ningún momento, se escuchó como rascaba la caja de cambios al meter primera, antes de que se dieran cuenta, se fue por donde había venido. Fernando ya estaba entrando la maleta en casa, hablaba con alguien, mientras el padre Ramón miraba sin saber que hacer. Fernando se acercó a él, le consultó.

- — ¿Prefiere ver usted primero la casa o la iglesia?
- — Por favor, primero la iglesia, Fernando. Dígame una cosa, ¿No nacería usted un treinta de mayo?
- — Pues no padre.
- — Entonces es el primogénito de su familia.
- — Eso sí, padre, soy el mayor de nueve hermanos, seis varones y tres hembras.

El padre Ramón sonreía, casi siempre acertaba, o habían nacido el día de su santo, o en caso contrario, eran el primogénito y, en ese caso, se llamaban como su padre o su madre. Costumbres desde siempre. Caminaban hacia la iglesia, ya veían la torre a lo lejos, todavía entre naranjos, cuando se acercaban a la calle, por tanto, al primer edificio que había junto a la vega de naranjos, en este caso es el ayuntamiento. Este es un edificio con planta de ele, que cuenta con un porche. Cuando el padre Ramón, acompañado de Fernando, pasaba junto al porche, vio como se acercaban dos personas rápidamente. Uno de ellos era tan alto como el cura, pero pesaría más del doble que él, cara redonda, manos grandes y resoplaba solo por andar rápido. Su acompañante, por el contrario, era bajito, con gafas y vestía un traje gastado por el tiempo y el uso. Fernando realizó las presentaciones.

— Padre Ramón, este es el alcalde de Benahadux, don Francisco Martínez. El secretario del ayuntamiento, don Baldomero Gutiérrez.

— Padre, como alcalde de Benahadux, le ofrezco nuestro apoyo y ayuda en todo lo que necesite, siempre acorde a nuestras humildes posibilidades. Puede contar con el respaldo del ayuntamiento para lo que sea menester. — Mientras decía esto, saludaba con su mano derecha, con la izquierda había sacado un pañuelo y estaba secándose el sudor

— Muchas gracias, señor alcalde. Espero verle por nuestra iglesia.

— Por supuesto, por supuesto, no falto a misa de domingo, padre. Este es nuestro secretario, que, como todo el ayuntamiento, le ayudará en lo que necesite.

Nadie entendió el saludo del secretario, miraba al suelo y hablaba casi susurrando. Sólo al terminar, cuando soltó la mano del cura, levanto su mirada y sonrió. Se despidieron amablemente, uso entraron en el ayuntamiento, otros prosiguieron caminando los pocos metros que faltaban para entrar en la plaza de la iglesia, frente a la puerta de la misma. Avanzaban tranquilamente, el padre Ramón, con su sotana que casi rozaba el suelo, Fernando con su boina bien puesta y un chaleco que, definitivamente, había vivido tiempos mejores hacía muchos años. Entraron en la iglesia, al padre Ramón siempre le empequeñecía entrar en una, le parecía que el edificio crecía mientras el menguaba. La iglesia de Benahadux está formada por tres naves, la puerta por la que habían entrado, daba a la central, separaban las tres naves unos arcos de medio punto. Fernando guio rápida y eficazmente al nuevo párroco, explicándole un poco de todo, mientras el padre Ramón intentaba memorizar todo lo que le decía. Al salir, le dio un juego de llaves, comenzaron a desandar el camino anterior, buscando regresar al cortijo del cura.

— Yo tengo otro juego, padre, ya sabe que también hago las funciones de sacristán.

— Perfecto, pero además de sacristán, ¿qué haces para mantener a tu familia?

— Nosotros, mi familia, somos los arrendatarios del cortijo del cura. Cada párroco es libre de cambiar las condiciones del arrendamiento, por lo que deberíamos tratar este punto después de almorzar.

— Bien, pero mientras caminamos, si me explicas las condiciones que tenías con el padre Venancio, podré hacerme una idea.

— El padre Venancio mantuvo las de su antecesor. Básicamente nosotros cuidamos la finca, realizamos todos los trabajos que necesite, siempre con la aprobación previa del párroco. Disponemos de otro cortijo, que es donde vivimos …

— ¿Toda la casa que he visto antes es solo para mí?

— Si, es la casa principal del cortijo del cura, ¿para quién si no? Mi familia se encarga de la limpieza de su casa, también de la iglesia, le hacemos las comidas, cuidamos de todo. A cambio, nos quedamos con la mitad de lo que se consiga con la venta de la naranja. También disponemos de un pequeño huerto, que está tras la balsa que hay junto al cortijo del cura.

— Con la mitad de la venta de la naranja, ¿podéis vivir bien? — estaban acercándose al cortijo.

— Padre, sinceramente, los naranjos de este cortijo dan para vivir la familia, no para lujos, pero sí para vivir. Le mentiría si me quejase.

— Antes de ir a comer, me gustaría ver tu casa, si es posible.

— Entonces debemos continuar andando, un poco más, por este mismo camino.

A su derecha ya veían el cortijo del cura bajo el sol, entre el cortijo y el camino, se veía una puerta que no parecía pertenecer a la construcción original de la casa, Fernando le explicó que aquel pequeño edificio era el viejo establo, hacía muchos años que no vivía ningún animal en él. Al otro lado de la fachada, más próximo al río y por tanto, a las vías del tren, se adivinaba el muro de la balsa. Todo lo demás que podía verse, eran naranjos. Continuaban andando y conversando.

— ¿Qué familia tienes?
— Mi mujer, Dolores, por favor, nunca le llame Lola, no lo soporta. —Le hizo gracia su propia ocurrencia, lo había dicho sin pensar, se lo avisaba a todo el mundo.
— Procuraré recordarlo.
— Y tres hijos, dos hembras y un varón.

Llegaron al cortijo, estaba relativamente cerca, se apreciaba a simple vista que tenía sus años, pero estaba bien cuidado, todo limpio, los dos lados de la puerta estaban ocupados con muchas macetas, un par de parras proporcionaban algo de sombra a la entrada, haciendo las veces de porche. Este cortijo mantenía las paredes encaladas, como la mayoría de viviendas de la zona, con un pequeño zócalo gris en la parte baja de la pared y multitud de plantas en macetas de distintos tipos, formas y tamaños.

— Padre, ¿quiere usted pasar?

— No es necesario, quería ver si la vivienda era adecuada para que pueda vivir su familia.

— ¡Oh! Si, sí que lo es, una pequeña cuadra que existía antiguamente la convertimos en el cuarto de mi hijo, es perfecto para nosotros. Además, hasta ahora, nos permitían hacer nuestra comida a la vez que la del párroco, pero nosotros comemos en nuestro cortijo. De esa manera, nosotros preparamos un plato más de comida, pero usamos su cocina y su despensa, usamos lo que produce el huerto también. De esta manera, nos beneficiamos todos. Esto es así desde los tiempos de mi padre, que también vivió en este cortijo. Entonces también se hacían de esta manera las cosas. Si a usted le parece bien, nos gustaría mantenerlo así.

— Por mi perfecto. ¿Dónde está su familia? No veo a nadie.

— Habrán terminado de hacer la comida y arreglar la casa, estarán esperando para presentarse.

— Pues no les hagamos esperar más.

Volvieron sobre sus pasos, retomaron el camino que separaba las dos viviendas. Entraron en el cortijo, la puerta de entrada daba acceso directo al salón que hacía las veces de comedor. La mesa estaba preparada, entró en la habitación una mujer alta, no tanto como el padre Ramón, pero excesivamente delgada, secándose las manos en un mandil a cuadros pequeños, negros y blancos. Saludó con toda la cortesía que podía conocer, al nuevo cura.

— Dolores, ¿Verdad?

— Si, padre. Para servirle a Dios y a usted. — Sin dar tiempo a contestar, giró su cuerpo y gritó. — ¡Niños! Os quiero aquí ya.

— No hace falta tanta urgencia.

— Si tuviera hijos entendería que hay que intentar llevarlos derechitos, como una vara.

— No seré yo el que intente enseñar a una madre como tiene que educar a sus niños. — No podía evitar recordar que su madre actuaba exactamente igual, pensó que todas las madres son muy parecidas en el fondo, y en las formas también.

Llegaron sus dos hijas, la mayor era la viva imagen de su madre, alta y delgada, tendría cerca de los veinte años. La menor rondaría los ocho.

— Mi mayor, Josefa. Mi pequeña Crisanta.

— Un placer conocerlas, señoritas. — La pequeña mostró su mejor sonrisa saludando rápidamente al nuevo cura. La mayor esperó su turno y lo saludó muy seria. Fernando salió al porche y dio un potente silbido. Mientras tanto, todos se habían sentado junto a la mesa, había un viejo sofá y un par de mecedoras. El padre Ramón ocupó una de ellas, le recordaba a las que había en su casa.

— Julián vendrá ahora, le gusta mucho trabajar la tierra, en cuanto termina las clases, trae a su hermana pequeña y me busca para hacer tareas en los naranjos.

— Permitidme un juego — el padre Ramón, se dirigió a las tres mujeres. — voy a intentar adivinar vuestra fecha de nacimiento. Dolores, ¿no nacería usted el quince de septiembre?

— No, padre.

— Entonces tu madre o abuela se llamaban así.

— Mi madre y la madre de ella también.

— Bien, vamos a ver, Josefa, el patrón de Benahadux es San José, pero algo me dice que si hubieras nacido el 19 de marzo te llamarías Maria José. Me aventuro a decir que naciste el veinticuatro de febrero.

— Acertó, padre.

— Y tú, jovencita, no cumplirás años el día veinticinco de octubre.

— Sí, ¿cómo lo sabe?

— En el seminario, que es como una escuela para curas, me aprendí casi todo el santoral. Para mantener la memoria ágil, cuando conozco a alguien, intento saber si acierto su fecha de nacimiento, sabiendo su nombre.

— Pero, ¿Cómo lo hace?

— Mucha gente nombra a sus hijos de manera que coincida el santo con el día de su nacimiento, si no es así, hay muchas posibilidades de que sea entonces el nombre de padres o abuelos. — En ese momento, entró Julián, pequeño, pero de apariencia fuerte.

— Ven Julián, ven, el cura nuevo te va a adivinar cuando naciste. — Todos rieron la ocurrencia de la pequeña, Julián no sabía que hacer, pero rápidamente se acercó a saludar al padre Ramón.

— Veremos si acierto contigo, yo diría que naciste el seis de marzo.

Todos rieron, lo que le hizo pensar que había acertado, todos, menos Julián, que no entendía nada. Dolores mandó a los niños para casa, se llevaron una olla entre Julián y Josefa. Los padres se quedaron hablando.

— ¿Qué planes tenéis para vuestros niños?
— Josefa ya tiene novio, me ayuda mientras preparan su matrimonio. Los pequeños están en la escuela, Julián en el último año. Cuando termine ayudará a su padre. — Había contestado Dolores, mientras ponía el plato de comida para el cura.
— ¿No van a estudiar más? Alguna carrera podrá hacer.

— Padre, vivimos bien, pero no podemos pagar estudios a los niños. Hay que guardar para el año que venga mal la cosecha.

— Comprendo.

— Con su permiso, yo me voy con los niños, Fernando le termina de explicar la casa, en la cocina tiene fruta.

Dicho esto, dio un vistazo para comprobar que la mesa estaba correcta y se fue. Fernando le enseñó su dormitorio. Otra habitación se había convertido en una especie de despacho o biblioteca. Las estancias eran grandes y la cocina muy espaciosa. Quedaron para la misa de la tarde. Sería su primera ceremonia, se encontraría sólo, sin nadie que le guiase o corrigiese si cometía algún error. El padre Ramón comió despacio, lo recogió todo y se dispuso a reconocer mejor su nueva vivienda. Habían tenido la prudencia de no dejar huella de ningun objeto personal del padre Venancio. Sus pocas pertenencias, que habían cogido con holgura en su pequeña maleta, las repartió ordenadamente en una cómoda y un gran armario que hacían juego, ambos con muchos años. Cuando ya estaba la maleta completamente vacía, la subió encima del armario, el lugar destinado para la mayoría de maletas. La distribución de su ropa le ocupó poco tiempo, terminó de manera que casi todos los cajones de la cómoda estaban sin usar y las perchas del armario, en su mayoría, desocupadas. Salió del cortijo, comprobó que la balsa estaba casi llena, muy limpia, el agua se veía transparente, como el cristal. Fue al lado opuesto del cortijo, al establo, abrió la puerta con facilidad. Colgados de las paredes estaban varios aperos para las bestias, algunos no los había visto nunca, cargados de polvo por no usarlos. Al fondo vio una bicicleta negra, de gran tamaño, con un cesto en el manillar. No tenía la misma cantidad de polvo que todo lo que había en aquel establo, dedujo que se usaba últimamente. Afortunadamente él utilizaba bicicleta en su casa, por lo que estaba muy contento, ya tenía medio de transporte. Hasta el momento de su hallazgo, no se había preocupado por ese tema. La sacó al porche, estaba limpiándola y ajustando la altura del sillín cuando llegó Fernando.

— ¡Padre! Claro, usted no lo sabe, ¿Cómo iba a saberlo?

— ¿Qué pasa?

— El padre Venancio llevaba esa bicicleta cuando lo mataron. — Era la primera alusión directa al asesinato del padre Venancio desde que estaba en Almería.

— Vale, pero no hay ningún problema si yo la utilizo, ¿no?

— Supongo que no, padre.

— Si esta bicicleta era del padre anterior, la usaré para moverme, algo que me gustaría hacer en los ratos que no tenga ocupación en la iglesia.

— La bicicleta lleva en la parroquia mucho tiempo, antes de la llegada del padre Venancio.

— Entonces será mi medio de transporte. — Dijo mientras guardaba la bicicleta en el establo. — ¿Qué servicios son los que se dan normalmente en nuestra iglesia?

— Misa diaria de tarde, a las siete diariamente y los domingos a las doce. Así no se interrumpe la labor diaria de los vecinos.

— Perfecto, ¿y el confesionario?

— Antes de cada misa.

— Pues entonces vámonos ya, no nos encontremos una multitud esperando absolución.

— No creo que tengamos acumulación de pecados, padre.

— Por lo menos hay un pecado capital pendiente, Fernando, por lo menos uno. — Caminaban ya en dirección hacia la iglesia. — Alguien mató al anterior párroco, todavía no ha tenido oportunidad de confesarse y pedir absolución.

— En eso no le llevaré la contraria.

Poco después de abrir la iglesia, el padre Ramón ya atendía en el confesionario, pero, como imaginaba, eran las típicas beatas que se acercaron a contar sus pecados, buscando, principalmente, conocer al nuevo cura, antes que el perdón. Era miércoles, aún siendo una misa de diario, la iglesia casi se llenó, era la primera vez que oficiaba el padre Ramón, todos los feligreses que pudieron, se congregaron para conocerlo. El nuevo cura realizó la eucaristía con mucha fluidez, era algo que había aprendido mecánicamente, lo tenía perfectamente memorizado, Fernando le ayudó en los pequeños detalles que no dominaba, pero más por desconocimiento de donde estaban las cosas en su nueva parroquia, que por otra cosa. Al finalizar el oficio, todos los feligreses salieron de la iglesia. El padre Ramón no sabía muy bien que esperar, pero aquello no era lo que pensaba que pasaría. Se cambió y cuando se aproximaban a la salida, Fernando le dijo que él se iba para el cortijo. No sabía muy bien por qué se despedía y no marchaban juntos para casa, hasta que salieron a la plaza de la iglesia, allí estaban todos, esperando fuera para saludarle. Fernando cerró la puerta y se marchó con un gesto de saludo. El padre Ramón, por su parte, ya estaba atendiendo a todos, el alcalde fue el primero. Todos se presentaban, le fue imposible retener ningún nombre, conforme terminaban su saludo se iban a su casa. Al final se quedó solo en la plaza, sin contar un hombre que iba con traje claro, corbata arrugada y que estaba apoyado en la pared de la iglesia. Fumaba un cigarrillo que tiró al suelo y aplastó con su zapato, tendría algún año más que él, pero no aparentaba ser mayor. Se dirigió hacia el cura nuevo y se presentó.

— Buenas tardes, padre.

— Buenas tardes, Ramón, me llamo Ramón.

— Perfecto, Ramón, yo soy el medico de este bendito pueblo. Me llamo Gregorio.

— Un placer, tres de septiembre.

— ¿Eh? Ja, ja, pues sí, padre, nací el tres de septiembre.

— Perdón, es un entretenimiento absurdo, lo he dicho sin pensar.

— No se preocupe. Quiero que sepa que yo era el mejor amigo de Venancio, el anterior párroco. Pasábamos mucho tiempo juntos.

— Pues eso es perfecto, pero no recuerdo haberlo visto en la iglesia durante la misa.

— Sinceramente, no soy muy de misa. Tengo la excusa perfecta, en cualquier momento me pueden llamar para una emergencia.

— Ya, eso es algo muy conveniente.

— Ni que lo diga, mucho. Venga conmigo, si le parece bien, le llevo en coche hasta el cortijo del cura, alguna vez lo hacía con Venancio, que Dios tenga en su gloria.

— Amen, veo que no es usted practicante, pero si creyente.

— Soy muy raro, Ramón, muy raro, no intente entenderme, perderá su tiempo. Pero no me hable de usted, tutéame, igual que me tuteaba Venancio. — mientras decía esto, se subía a su coche, invitando con un gesto al padre para que hiciera lo mismo. Era un Renault cuatro cuatro gris, desde luego había pasado tiempos mejores. El aspecto exterior estaba muy descuidado, pero su interior estaba limpísimo.

— Lo haré. Veo que cuidas mucho tu coche por dentro, pero por fuera está bastante olvidado.

— Cuando hay un accidente, un parto o cualquier otra emergencia, no puedo esperar a que nadie traslade al paciente, o que vengan de Almería, muchas veces lo hago yo, de manera que este coche, por dentro, esta desinfectado casi. — rieron la ocurrencia, mientras el coche se dirigía hacia el cortijo del cura.

— ¿Era muy amigo del padre Venancio?

— Todo lo que se podría ser, diría yo, si no estábamos cumpliendo con nuestras obligaciones, normalmente estábamos sentados en el porche del cortijo comentando cualquier cosa, jugando al ajedrez o simplemente leyendo un libro. La casa del médico está en la planta alta del consultorio, no es muy cómoda, ni agradable. Todo el pueblo sabía que, si no estaba en mi casa, estaba en la del cura. Es bueno que no me tengan que ir buscando de bar en bar, como pasa en otros sitios.

— Eso es cierto.

— Por eso he ido a buscarle tras la misa, casi sin darme cuenta, por costumbre. — Con la familiaridad de quien lo ha hecho muchas veces, dejó el camino y entró en la pequeña explanada que hay frente al cortijo del cura, dio casi un giro completo, de manera que el coche ya quedaba encarado para salir.

— Gracias por traerme, me gustaría que me acompañara, como hacía con Venancio, así podría contarme cosas de él. Veo que alguien ha sacado las mecedoras al porche, también han puesto una mesa.

— Posiblemente sepa yo mejor que usted donde está todo en esta casa. Tengo la costumbre de tomar muchas tardes un té moruno, ¿le apetece?

— No lo he probado nunca, pero hoy va a ser el día.

— Perfecto, voy a coger el ingrediente secreto. — Dejo a un lado el porche, se dirigió a la balsa, se agachó junto a una maceta de gran tamaño de yerbabuena, cogió dos ramitas y entró en casa, con la naturalidad de quien está acostumbrado a hacerlo desde siempre. El padre Ramón iba junto a él, acompañando sus movimientos.

— ¿Té moruno?

— Lo aprendí gracias a un compañero de estudios, que era de Melilla, básicamente es cualquier té con yerbabuena, o así lo hago yo. Mi padre es médico también, él tiene la costumbre de tomar alguna infusión, a mí solo me gusta esta.

— Me parece bien, Gregorio, tomaremos ese té.

— Hablas como Venancio. — El agua ya había hervido, sirvió dos grandes tazas de aquel té oscuro que olía maravillosamente, algo de azúcar y salieron al porche con el tintineo de la cucharilla chocando con la taza.

— ¿Qué le paso? Me refiero a que, excepto que lo mataron, no sé nada mas.

— ¿Quieres el cotilleo básico, o el informe médico para la guardia civil? Me tocó hacerlo, llegué antes que nadie, si exceptuamos a quien lo encontró.

— Pues tenemos tiempo. Cuéntame el informe completo.

— Vale, si te aburres me avisas.

— No creo que me aburra, estoy acostumbrado a escuchar.

— Bien, el tío Braulio es un carretero, tiene un mulo y su pequeño carro. Siempre le acompaña un perro. Parece ser que empezó a ladrar. Algo entre los naranjos llamó la atención del perro y este se metió en el bancal de naranjos, el carretero paró el carro, pensando que el perro había olido un erizo o un conejo, algo así. Cuando entro en el bancal de naranjos se encontró el cuerpo tendido del padre Venancio, junto a su bici, y el cuello lleno de sangre. Por respeto, o por otra cosa, no tocó nada, dejó el carro en el camino y comenzó a caminar dirección al pueblo. Esta mayor para correr, afortunadamente, un vecino que se llama Andrés, el novio de la hija mayor de su sacristán, pasaba en bicicleta, lo llamó y le mando a buscarme. También le dijo que avisara a la guardia civil. Andrés sí es joven. Con su bicicleta, estoy seguro que no pudo llegar más rápido. Yo no estaba en casa, estaba con el consultorio abierto, un crío se había caído y estaba terminando de vendarle y ponerle una vacuna del tétano. Entró corriendo y me contó lo que le había dicho el tío Braulio. Que el cura estaba cubierto de sangre y parecía muerto. Desde mi teléfono, hay pocas casas en Benahadux con teléfono, llamé al cuartel de Gádor, les di las indicaciones para llegar que me había dado Andrés. Me subí en mi cuatro cuatro, conduje como si llevase a una mujer de parto. Paré el coche justo detrás del carro del tío Braulio, él estaba en el camino, señalando con la mano donde debía ir. No me dijo palabra, su perro estaba junto a él, parecía triste también, como su dueño. Cuando llegué a su lado, solo pude confirmar que mi amigo Venancio estaba muerto. Bastante rato después, llegó el land rover de la guardia civil. Venían el sargento y dos guardias. Comprobaron conmigo que lo habían matado con una herida en el cuello de arma blanca.

El cuerpo ya presentaba el rigor mortis, por lo que calculé que lo habían matado unas cuatro o cinco horas antes. Entre las once y las doce de la mañana, más o menos, deduje que era la hora del crimen. El tío Braulio lo encontró antes de las cuatro de la tarde.

— Entonces encontraron al padre Venancio, su bici, ¿algo más?

— Nada más.

— Ni una bolsa, ¿nada en la cesta de la bici?

— Nunca llevaba nada. Debajo de la sotana, llevaba un pantalón, en un bolsillo se encontró su cartera, con su documentación y un poco de dinero, el asesino ni lo buscó.

— ¿Lo mataron allí mismo?

— Yo creo que no, que lo mataron en el camino y lo intentaron perder entre los naranjos, si el perro no lo encuentra, podría estar todavía allí. Hay mucho matojo alto, no se podía ver desde el camino.

— Entonces tendré que hablar con el tío Braulio, también con Andrés.

— No sabía que el clero investigara crímenes.

— ¡Oh! No, es todo por mera curiosidad personal. También algo de miedo, si alguien va matando curas por aquí, teniendo en cuenta que ahora yo soy el cura del pueblo, me pone algo nervioso. Me gustaría saberlo todo. ¿Había tenido alguna pelea con alguien? ¿algún enemigo?

— Jamás, ni chica, ni grande. Nunca tuvo una mala palabra con nadie. Yo habría asegurado que se llevaba bien con todo el mundo. Lo que le ha pasado no tiene ninguna explicación.

— Hemos terminado el té, estaba muy bueno. Que le parece repetirlo cuando le venga bien.

— Si no tengo nada por la tarde, aquí me tendrá, ¿juega usted al ajedrez?

— Muevo las fichas correctamente, jugar, jugar, no diría tanto.

— Voy a por el tablero.

Jugaron varias partidas, hasta que un chico en bicicleta vino a buscar al doctor. En la cena, le comentó a Dolores como podría contactar con el tío Braulio. Ella le dijo que Fernando se encargaría. Se acostó muy pronto y se durmió enseguida. No en vano, la noche anterior, en el tren, casi no había dormido nada.

El Asesino del Andarax

5 SE LE QUERÍA MUCHO EN ESTE PUEBLO

Se levantó temprano, se aseó minuciosamente, cuando salió al salón, ya estaba su desayuno preparado. No había rastro de nadie, supuso que cuando escucharon que se levantaba, se habían marchado. Estaba dando el último bocado cuando escuchó un ruido familiar perdido en su memoria, hacía tiempo que no oía una bestia. Un carro estaba entrando en el cortijo del cura. Salió al porche que estaba recibiendo todo el sol de la mañana, vio a un viejo mulo tirando de un carro más anciano que él. Sobre el carro, vacío de carga, un viejo estaba en el pescante, tirando vivamente de las riendas, adivinó que aquel hombre era el tío Braulio. Detrás del carro caminaba un perro pequeño color canela.

— Buenos días, padre. — Saludó el tío Braulio mientras se bajaba, no sin esfuerzo, del carro.

— Buenos días nos de Dios.

— Perdone por no asistir a su misa de ayer, andaba dando viajes. Me contaron que dio usted un bonito sermón. ¿necesita que carguemos algo?

— Esta usted perdonado, tranquilo. No, no quería llamarlo por ningún viaje, espero no molestarle o interrumpir algún encargo. — llevó caminando al tío Braulio junto a la balsa, buscando la sombra de algunos naranjos.

— Hoy no tengo nada hasta medio día. Tengo que hacer un viaje entonces a Doña Crescen. Por eso vine temprano. ¿Qué necesita usted de mí?

— Necesitaría que me contase todo. — Se sentó en un viejo tronco que estaba tumbado junto a los naranjos, a la sombra. Adivinó que estaba allí precisamente para eso, su acompañante también se sentó junto a él. El perro se tumbó a los pies de ambos.

— ¿Todo?

— Como encontró al padre Venancio, lo que vio, cualquier cosa.

— ¡Ah! Sobre eso. Creo que ya lo he contado varias veces, pero no tengo ningún problema en repetírselo a usted.

— ¡Perfecto! Cuénteme.

— Este camino que pasa frente al cortijo del cura, termina en la puerta trasera del cortijo San Miguel, aunque hay varios desvíos que me permiten entrar con el carro en el rio Andarax. Ya sabe que casi nunca lleva agua, mientras está seco, es una vía perfecta para mí. Me dirigía a Rioja, para mi carro, es más tranquilo y seguro por aquí, que usando la carretera nacional. Mi mulo se asusta con los coches y camiones. Yo también, si le soy sincero. Pasé por la puerta del cortijo del cura, también por la del cortijo de doña Crescen, ella estaba desplumando una gallina, me saludó, continuamos cada uno con lo nuestro. Había avanzado algo, ya se veía el palacio de San Miguel, ...

— ¿Palacio?

— El cortijo de San Miguel es muy grande. Le llamamos a todo igual, pero la finca tiene el palacio de los marqueses, el cortijo del guardés, el palomar con su balsa, una bodega independiente de la casa y mucho más, es muy grande. El palacio, que está en alto, tiene su entrada principal dando a la carretera nacional, justo a este lado del puente de Rioja. ¿lo ha visto?

— Creo que lo vi desde el tren, es un puente grande de piedra, ¿no?

— El mismo, es muy largo, tiene como dos rectas y una esquina. Mientras puedo lo evito con el carro, una de las rectas, la que cruza el rio, que está junto al palacio, es muy estrecha, es un tramo de un solo carril, los coches son muy impacientes, no hay espacio para adelantar, pitan y asustan a mi mulo.

— Bien, lo entiendo, entonces me decía que pensaba llegar a Rioja por el rio.

— Sí, Capitán, mi perro, siempre me acompaña. Es bastante tranquilo, por eso me extrañó que ladrara, adelantara al carro corriendo y se metiera entre los naranjos. Pensaba que estaba jugando con algún animalillo, pero no es muy frecuente. Paré el carro, enfadado en ese momento por las cosas del perro, pero ya ve usted el panorama que me encontré.

— ¿No viste a nadie más? ¿oíste algún ruido?

— No, padre, nada más.

— Dime lo que viste, por favor.

— Pues cuando me acerqué, Capitán estaba sentado con cara triste, mirándome. Lo primero que distinguí fue la bicicleta, estaba más cerca de mí. Detrás de ella se podía adivinar el bulto negro de la sotana. Al acercarme un poco, vi claramente la cara del padre Venancio, con los ojos aún abiertos y su cuello lleno de sangre. No toqué nada, me fui al camino pensando llegar al pueblo, en aquel momento pasaba por allí Andrés, el hermano de Crescen y le avisé para que llamase al médico y a la guardia. Cuando vino el médico le dije dónde estaba el cuerpo, no volví a acercarme. Lo mismo hice cuando vino el sargento de la guardia. No era nada agradable. El padre Venancio era muy buena persona. Se le quería mucho en este pueblo, ¿Sabe usted?

— Me imagino, parece que todo el mundo apreciaba mucho a mi antecesor. Bien, si eso es todo lo que recuerda, me ha sido de gran ayuda.

— Lo que usted pida, padre.

— Si recuerda algún detalle, por pequeño que le parezca, cuando pase por aquí, le agradecería que me lo contase.

— Sin problema. Con su permiso, me voy para adelantar tarea, a ver si terminamos hoy antes de que anochezca.

— Claro, vaya usted con Dios. — El padre Ramón se quedó a la sombra mientras el tío Braulio se marchaba en su carro, seguido por su perro.

Mentalmente preparaba una lista de sus siguientes visitas. Tenía que ver a Andrés, también a su hermana Crescen. Estaría bien conocer al sargento de la guardia civil. Fue al establo y saco la bicicleta. En el cuadro tenía enganchadas dos pinzas metálicas para pillar los bajos del pantalón, para que estos no se engancharan en la cadena. Tuvo la precaución de subirse un poco la sotana. Comenzó a pedalear, tomó la dirección contraria a la iglesia. Como ya le habían contado, mientras avanzaba por aquel camino, sólo veía naranjos a ambos lados del camino. Un poco más adelante se encontró con el carro del tío Braulio, aquel cortijo sería el de doña Crescen, aminoró su marcha para ver si conseguía ver a alguien y aprovechar la situación, pero no se veía nada más que a Capitán, que se acercó al camino para mover la cola al paso del cura. Espero a tener más suerte a su regreso. Continuó pedaleando por aquel camino. Vio varias entradas a los bancales, supuso que eran de servicio para los naranjos, aunque alguna llegaría también a conectar con el río. Avanzó unos cientos de metros más, vio un camino hacia la derecha, paró la bicicleta, al fondo veía en alto una gran casa, supuso que era el palacio del cortijo de San Miguel. Volvió a pedalear, tomando el camino que se había encontrado a su derecha, supuso que le llevaría al rio, quería ver con sus propios ojos a donde conducía aquel camino. Atravesó varios bancales de naranjos, llegó a un punto donde el camino tenía una pequeña cuesta abajo, le llevo directamente al cauce seco del Andarax. Enfrente, al otro lado del rio, más naranjos, a la izquierda, el imponente puente de Rioja, en piedra y de mucha altura. Como le habían explicado, el tramo recto que cruzaba el rio se veía más estrecho, es de un solo carril, ya sobre los naranjos de Rioja, el puente tiene una curva de noventa grados que termina en una recta que desciende suavemente para llegar a las primeras casas de Rioja, esta recta sí permite la circulación en ambos sentidos. El padre Ramón comprobó que el cauce del río Andarax estaba perfectamente preparado para que circulasen todo tipo de vehículos por él. Cada vez que salía el rio se perdían los caminos, pero en cuanto se volvía a secar el cauce, se creaban otros nuevos, conforme pasaban repetidamente todo tipo de vehículos, animales o personas. Dio media vuelta y volvió al camino principal. Decidió acercarse más al palacio, pedaleando despacio. Se veía cerca ya del mismo cuando escucho unas voces a su izquierda. Dejó la bicicleta apoyada en un naranjo, se acercó a los árboles que estaban en los bancales del lado izquierdo, los más alejados del rio. Seguía escuchando aquellas voces, entró un poco en el bancal y vio, rodeada de otro tipo de árboles, pensó que, para dificultar la curiosidad de cualquier fisgón, una balsa cuadrada, al fondo había un extraño edificio que parecía tener cuatro plantas de baja altura, que entraba en la balsa, con un trabajo de mampostería soberbio, con unas formas que solo había visto en algunas catedrales. Aquel edificio parecía totalmente fuera de lugar. Las voces las daban dos mujeres, supuso que eran madre e hija por la diferencia de edad y por las formas que tenían de hablarse. Parece ser que la mujer más joven estaba tomando un baño tranquilamente, lo que no hacía ninguna gracia a la mayor. El padre Ramón estaba más pendiente de aquel extraño edificio de un estilo muy barroco, con unas extraños y pequeños ventanucos, que no lograba explicar qué podía ser. La tranquilidad del agua reflejaba su imagen de forma casi perfecta, parecía un espejo. En aquel momento, la mujer más joven dio un manotazo al agua y se decidió a salir de la balsa. El padre Ramón se dio la vuelta rápidamente, al comprobar que la mujer que salía del agua estaba completamente desnuda. Intentando no hacer ruido, se acercó al camino, tomó su bicicleta, se subió la sotana y comenzó a pedalear hacia el cortijo del cura. Mientras lo hacía, no podía pensar en otra cosa que aquel cuerpo desnudo. Sus votos le impedían cualquier relación íntima con una mujer, pero su cuerpo no entendía nada de eso, se había excitado con la visión de aquel cuerpo mojado, desnudo, rotundo. Se dijo de pensar en otra cosa, se estaba acercando al cortijo de doña Crescen, pero no veía el carro del tío Braulio, tampoco a nadie en su porche, llegó a su destino, guardo la bicicleta en el establo, puso las pinzas de los pantalones en el cuadro. Dolores estaba dejándole la comida, Julián le acompañaba.

— Julián, creo que este es tu último año en la escuela.

— Si señor.

— Cuando lo termines ¿te gustaría seguir estudiando?

— No puedo señor, tendré que ayudar a mi padre.

— ¿Pero a ti te gustaría estudiar?

— Si, me gustaría ser médico como Don Gregorio, o maestro.

— Eso es todo lo que quería saber. — buscó a Dolores y le dijo que le gustaría hablar con ella y con Fernando, cuando les viniese bien, no había prisa. Ella se fue con Julián, poco después de que terminara de comer, mientras el padre Ramón recogía la mesa, entró el matrimonio. — Pasad y sentaos, tranquilos que no es nada malo, parecéis asustados.

— Espero que hayamos hecho todo a su gusto.

— No tengo la más mínima queja, por favor, más bien al contrario, me miman ustedes demasiado. He estudiado el acuerdo que mantenéis con la parroquia, o con el párroco, no sé muy bien cómo explicarlo aún, pero entiendo que no es mal acuerdo para vosotros.

— No tenemos ninguna queja, padre. — Dolores solo escuchaba, el que hablaba era Fernando.

— Bien, este año Julián termina sus estudios aquí, podría continuar estudiando en la capital, quizás en un internado.

— Eso nos costaría un dinero que no tenemos, es mejor que ayude en la labor de la tierra para aumentar la producción.

— No es necesario. Por lo que sé, podemos variar las partes.

— No entiendo, padre.

— Hasta ahora se parte mitad para vosotros, mitad para la parroquia.

— Así es, padre.

— Pues yo quiero disponer que vuestra parte sea aumentada para permitir que ahora Julián y, en su día, Crisanta puedan estudiar, si es su deseo.

— ¡Oh!, padre, eso sería magnífico. — Dolores por fin había hablado. — No sabría cómo podríamos pagarle tanta generosidad.

— No es generosidad por mi parte, la parroquia está saneada y prefiero invertir los beneficios de este cortijo, que también son los frutos de vuestro trabajo, en la educación de vuestros hijos. Si fuera posible, después de ellos, ayudar a otros también.

El matrimonio no sabía cómo agradecer el nuevo trato y el cura no quería darle mayor importancia, les comentó que se afeitaría y se iría pronto a la iglesia para atender las confesiones y preparar el servicio, le dijo a Fernando que él podía ir mas tarde. En aquel tiempo no ocurrió nada extraordinario. Al regresar caminando después del oficio, el padre Ramón le comento que le gustaría hablar con Andrés. A Fernando le extrañó y preguntó el motivo, le respondió que era una consulta sin mayor importancia. Cuando llegaron a la entrada del cortijo, allí estaba el cuatro cuatro del doctor, Fernando continuó hasta su casa. Gregorio había preparado el tablero de ajedrez en el porche y le estaba esperando, también había hecho dos vasos de té moruno.

El Asesino del Andarax

6 LOS HILOS QUE VAN TEJIENDO LA HISTORIA

Ya le había ganado la primera partida de la tarde el padre Ramón a Gregorio, estaban en los primeros movimientos de la segunda, cuando un land rover de la guardia civil se paró junto al coche del doctor. Conducía un guardia joven, que se bajó del coche luciendo una gran sonrisa, del lado del acompañante apareció un hombre muy grande, en el estricto sentido de la palabra, alto y gordo, sin embargo, su rasgo más característico, sin lugar a dudas, era su poblado bigote, de un negro rotundo, mientras en su cabello brillaban múltiples canas. En las hombreras lucía los galones de sargento, por lo que era el jefe del puesto de Gádor, sin lugar a dudas.

— Buenas tardes tengan ustedes. — Saludó con una gran cordialidad, mirando primero al cura, luego al médico, que le devolvió el saludo levantando la mano.

— Buenas tardes, sargento …

— López, soy el sargento López. Este es el guarda Montoya.

— A su servicio, padre.

— Un placer conocerlos a ambos. Esperen que saco un par de sillas, quisiera hablar con ustedes. — Mientras el padre Ramón sacó unas sillas, el doctor fue a preparar más té moruno, estaba claro que no era la primera vez que pasaba, por lo que pudo advertir. El doctor estaba preparando el té cuando comenzaron la conversación en el porche. — Supongo que esta es una visita de cortesía, sargento.

— Por supuesto padre, deberíamos haber pasado antes a saludarle, pero nuestra ronda es grande, y no íbamos a molestarle tocando a su puerta, esperaba a verle en una situación como esta.

— Soy nuevo en esta zona, mi destino se decidió por el infortunado suceso del padre Venancio. ¿es esta zona conflictiva, sargento?

— Para nada, alguna pelea de borrachos, algún enfado por alguna linde, los temas del agua y nada más.

— No entiendo, ¿que son los temas del agua?

— Nuestra tierra es muy seca, ya se lo imaginará usted. Estas tierras, solo cuando llueve bastante, reciben agua por las bocanas del río. Cuando este sale con algo de fuerza, proporciona agua para regar los bancales de naranjos. Si, como es normal, el cauce del río está seco, la única solución para aportar agua a estos naranjos son los pozos. Hace mucho tiempo, por zonas, se hicieron pozos, a cada finca, a cada cortijo le corresponde un tiempo de pozo. Hay fincas que tienen muchas horas de agua, otras menos, también dependerá del tamaño, etc.

— Pero eso debe ser muy difícil de controlar.

— Para eso está el relojero.

— ¿el relojero?

— Si. — dio una gran carcajada, reanudó la conversación cuando cesó su risa. — Es el que controla el tiempo que el agua va para cada propietario, por eso lo del relojero. Desde la salida del pozo hay una acequia de obra, bien hecha para que pierda la menor cantidad posible de agua. Si la primera finca tiene derecho a seis horas de agua, el relojero pone la parada para que el agua llegue a la finca, el dueño de la finca puede regar en ese momento, o llenar su balsa si la tiene, lo que prefiera. También puede cederla o dejar pasar su turno. Cuando pasan sus horas, el relojero cambia la parada a la siguiente finca, y así sucesivamente. El agua es un bien escaso y preciado. No suelen haber muchos conflictos, porque los relojeros son gente muy seria y formal, pero cualquier tontería se puede convertir en una trifulca.

— Voy comprendiendo, tendré que aprender más cosas de estas tierras.

— Claro, pero tomemos este té, que les va a reanimar.
— El doctor llegaba con una bandeja con más vasos ya servidos de su té y un azucarero.

— Sargento, ¿usted fue el que atendió la desgracia que le ocurrió al padre Venancio?

— Si, yo fui. Montoya ¿Quién me acompañaba aquel día? tu no eras, ¿No?

— No, mi sargento, era el cabo Rueda.

— Cierto, tienes razón, era Rueda.

— ¿Qué me puede decir? Sargento, ¿han encontrado algo que les guíe hacia el culpable?

— Entenderá que, de estas cosas, no solemos hablar, pero siendo usted quien es, y estando presente el amigo Gregorio, que era quien atendía al difunto a nuestra llegada, le puedo confiar que no tenemos ninguna pista.

— Ninguna, ninguna, tampoco. — Intervino el doctor.

— Sí que sabe alguna cosa. Por ejemplo, que lo mataron en otro sitio, y trasladaron el cuerpo y la bicicleta lejos del camino.

— Claro, bueno, eso sí, pero no es ninguna pista. Supongo que lo mataron en el camino, con la bicicleta no podría ir por los bancales. Sin embargo, hemos recorrido el camino y no hemos encontrado manchas de sangre. Una herida como aquella tuvo que dejar un buen reguero de sangre, pero no lo hemos encontrado. Para cuando quisimos mirar las pisadas cerca del cuerpo, había tantas que no se podía distinguir nada. Eso sí, no había huella de que la bicicleta hubiese rodado por el bancal. La tuvieron que traer a pulso. Tampoco había huellas de que hubiesen arrastrado al padre.

— Entonces estamos hablando de alguien bien fuerte. Si fue en el camino, de día, apartaría la bicicleta para que no se viera, cogería en peso al padre Venancio, lo llevaría hasta el punto donde lo encontraron y volvería a por la bicicleta. — El padre Ramón reflexionó en voz alta.

— Una cosa debe tener clara también. — Dijo el doctor. — Piense que, aunque esos caminos no tienen el tránsito de una carretera, hay que tener mucha sangre fría para hacer todos esos movimientos con el riesgo de que alguien pudiera ver tus movimientos.

— Sí, todo eso es cierto, pero hasta donde yo sé, nadie ha visto nada. Por lo que seguimos como al principio. No tenemos ninguna pista, no sabemos nada. Montoya, arranque el coche que nos vamos de ronda. Muchas gracias por su hospitalidad.

— Sargento, pase usted a visitarme las veces que quiera, también va la invitación para usted, señor Montoya.

Al poco rato, Gregorio se fue, el padre Ramón cenó y se acostó. El día siguiente transcurrió sin ninguna novedad. Cuando regresó de dar misa, le estaba esperando su oponente y el ajedrez preparado en la mesa del porche. Los acompañaban dos vasos de té. Comenzaban la partida cuando un joven, en bicicleta, paró frente al porche, puso el caballete de la bicicleta y se dirigió a ellos.

— Buenas tardes padre, doctor.

— Ramón, este joven es Andrés, el novio de Josefa. — El doctor ya se tomaba alguna familiaridad con el padre Ramón.

— ¡Ah! Bien, un placer Andrés, yo soy el nuevo párroco, quería hablar contigo.

— Lo que usted mande, padre.

— No es ninguna orden. Hablé con el tío Braulio, que me dijo que te encontró cuando descubrió el cuerpo del padre Venancio, que fuiste tú el que aviso al doctor y a la guardia civil.

— Así fue. Me fui a buscar al doctor, porque solo me dijo que el cura tenía mucha sangre. Yo no lo vi, ni en ese momento ni después. Fui todo lo rápido que mis piernas y la bici me permitieron. Cuando el doctor se fue, me atreví a coger el teléfono y llamar a los civiles.

— Hiciste lo correcto, Andrés. Si no te dije en ese momento que lo hicieras, debería haberlo hecho.

— Eso entendí yo.

— ¿No te encontraste con nadie? — La pregunta la hizo el cura. — ¿no viste nada?

— Yo venía como del ayuntamiento, había pasado su cortijo y esperaba ver a Josefa en la entrada del suyo para hablar con ella. No vi a nadie, por lo que seguí por el camino, hacia nuestra casa. A lo lejos vi al tío Braulio corriendo, dejando su carro muy atrás, pensé que algo no iba bien, pero no se me ocurrió que podía ser tan grave.

— Gracias por contarnos esto. ¿Quieres algo?

— Si pudiera ser un buchito de agua.

— ¿Cómo? — el padre Ramón no entendió lo que le decía.

— Yo me encargo padre. Andrés le ha pedido un traguito de agua. — Entró en la casa y salió con el botijo que estaba sobre aquel plato decorado, en la cocina. Andrés lo levanto con naturalidad y comenzó a beber, ante la mirada de los otros.

En ese momento, a lo lejos, un perro comenzó un aullido largo. Andrés casi se atraganta, deja de beber, gira su cabeza hacia donde intuye que puede estar el perro. Al aullido inicial se unen varios perros más, cada uno desde un sitio distinto, pero todos aullando a la vez.

— Doctor, ya sabe lo que significa eso.
— Creo que sí, Andrés. Voy a la consulta, alguien me buscará pronto. — Gregorio ya estaba subiéndose en el coche, como si hubiese recibido una llamada para atender una emergencia.
— ¿De qué habláis? — El cura no entendía nada.
— Explícaselo tú Andrés. — Acertó a decir mientras su coche se ponía en marcha y se alejaba del cortijo.

— Padre, nadie sabe muy bien cómo, ni porqué, pero, cuando alguien fallece, los perros lo notan, lo saben de alguna manera y aúllan a coro, como los lobos.

— Pero, ¡eso no puede ser!

— Ya, pero es. Lo comprobara usted. El padre Venancio tampoco se lo creía, pero los perros aullaron aquella mañana.

7 EN EL PALOMAR

Andrés terminó por irse hacia su casa, seguramente con la esperanza de ver a Josefa, su novia, al pasar frente al cortijo donde vivía. El padre Ramón quería hacer cosas, pero no sabía cuáles. Paseaba sin rumbo, sin salir de la entrada de su casa. Tan pronto estaba junto al porche, como al lado del establo o a la sombra de la balsa. Con más ruido del que se podía esperar, frenó un coche a la altura de su casa, era el de Gregorio, el mismo que minutos antes había salido como alma que lleva el diablo.

— Acompáñeme, padre.

— ¿Ahora me llamas padre? — Le dijo mientras subía al coche. Nada más cerrar la puerta, este comenzó a avanzar.

— Es que ahora es un asunto oficial. Creo que está muerto, por lo que me han dicho. Pero, por si acaso necesitase tus servicios, te vienes conmigo. Has mostrado interés en el tema de los asesinatos, así lo ves todo de primera mano.

— No pienses que me mueve el morbo, o algo parecido. Será solo un susto.

— Ojalá esté vivo y no tengas que hacer nada, ni dar los oleos, la extrema unción, o lo que sea que tengas que hacer, espero que sea sólo cosa mía. — El coche avanzaba a gran velocidad por aquel camino. Ya habían dejado atrás la casa de Fernando, el cortijo de Crescen y Andrés, se acercaban a San Miguel.

— Eso espero Gregorio, que quien sea, esté vivo. ¿Quién te ha llamado?

— El guardés de la finca, Indalecio. Mira allí esta.

En medio del camino, un poco más adelante, un hombre

agitaba una boina en la mano, más por nervios que por otra cosa. Estaba claro que cualquiera que pasase por allí lo veía perfectamente. Gregorio paró su coche frente a él, el padre Ramón descendió lo más rápido que pudo, pero la práctica de Gregorio ya le permitía llevar en una mano su maletín, mientras le posaba la otra sobre el hombro al guardés. Este parecía estar muy afligido, daba la apariencia de haber llorado. El padre Ramón reconoció el lugar, estaban cerca de la balsa, donde había visto a una joven desnuda. Gregorio comenzó a preguntar al guardés.

— ¿Qué ha pasado?
— Los perros comenzaron a ladrar y a ponerse nerviosos. Pensé que sería cualquier animalillo, pero estaban demasiado agitados, los tenía amarrados, de modo que los solté. Se dirigieron como alma que lleva el diablo al palomar. Perdón padre, no sé lo que me digo.
— ¿Al palomar? — el padre Ramón, quería entender bien la conversación, desde luego no sabía a qué se refería, que lugar era ese palomar.

— Mil disculpas, padre. Ni me he presentado. Soy Indalecio, el guardés de la finca San Miguel. El palomar es un capricho de un marqués, antecesor de mi señor. Está junto a la balsa de la finca, hoy no tiene palomas, pero algunos pájaros anidan allí, no le prestamos mucha atención. Ahí lo tiene, la verdad es que la obra es un auténtico capricho, ni el palacio tiene la decoración del palomar — ya estaban en los alrededores de la balsa, donde el padre Ramón había visto salir del agua, desnuda, a aquella mujer, continuaban avanzando. A lo lejos se oían aullidos, pero, de vez en cuando, uno parecía provenir del palomar.

— ¿Y los perros? — Gregorio preguntó mas por miedo que por curiosidad, más de una vez se había llevado algún susto con aquellos perros que no hacían nada. Tenía que ir a cualquier casa a visitar enfermos, muchas estaban protegidas por perros, no entendían que el doctor no quería ningún mal para sus dueños.

— Los volví a amarrar en cuanto vi lo que había. Están en la finca, no se preocupe por ellos. — Mientras hablaban, habían rodeado la balsa hasta acercarse a un costado del palomar.

Este edificio tenía una puerta chica en uno de los laterales del edificio. La fachada, por así decirlo, daba directamente a la balsa, una vez abierta la pequeña entrada, se percibía como los ventanucos adornados de la fachada eran las salidas de las palomas. Por la puerta del costado se llegaba a la parte trasera de las jaulas de las palomas, para poder alimentarlas, darles agua, limpiar las jaulas, mirar huevos, o cualquier otra cosa que se quiera hacer con estas aves. Los tres hombres entraron, siguiendo al guardés. Dentro no estaba tan oscuro como podían pensar, la luz que entraba por las entradas del palomar, permitía ver con toda claridad. Habían dejado atrás la primera de las tres grandes jaulas que albergaba cada planta, de la más lejana escucharon un ligero aullido lastimero. Junto a esa jaula se apreciaba una pequeña escalera, por la que se subía a la parte trasera de las jaulas superiores. El guardés se quedo inmóvil al instante, como petrificado, el doctor y el cura pasaron al lado de Indalecio, Gregorio dio dos golpecitos suaves, de comprensión, en el hombro de

Indalecio. Avanzaron hacia la tercera jaula, de la que venía aquel lamento.

El doctor abrió la puertecilla de la jaula, estaba solamente entornada, había un cuerpo tendido boca abajo, él y el padre Ramón ya sabían de quien se trataba, era el tío Braulio. Una mancha de sangre rodeaba el suelo donde apoyaba su cabeza, a su costado estaba Capitán, su perro, era el que había aullado. Gregorio rápidamente comprobó que aquel cuerpo yacía sin vida.

— Está muerto. Indalecio avisa a la guardia civil. No tocaremos nada.

— Ya le avisé doctor, le dije a mi mujer que les llamara, justo después de llamarle a usted.

— Bien. Vamos a ver si somos capaces de llevarnos de aquí a su perro. Padre, ¿me ayuda?

— ¿Vas a analizar ahora el cuerpo?

— Eso ya no me corresponde a mí. Salimos, si les parece, toca el momento de llevarse al perro de aquí. Si alguno de ustedes es tan amable de hacerlo, es que yo les tengo un poco de respeto. Vamos a esperar a que venga la guardia.

El padre se acercó a Capitán, le acaricio la cabeza y el animal levanto su mirada para cruzarla con la del cura. El padre Ramón no recordaba haber visto tanta tristeza en unos ojos. Volvió a acariciarlo y cogiéndolo del collar, consiguió convencerlo para que lo acompañara fuera, donde ya estaban el doctor y el guardés. Junto a la puerta del palomar, el cura acariciaba la cabeza del perro para tranquilizarlo. Se dio cuenta de algo en lo que no se había fijado hasta aquel momento. En el viejo collar había una pequeña soga amarrada de unos dos palmos, la estudió y continuó acariciándolo suavemente. Al poco rato el guardes les dejó junto al palomar, se escuchaba un coche acercarse, Indalecio fue al camino para guiar a los guardias hasta aquel lugar. Poco después, por el mismo camino por el que habían llegado antes el cura y el doctor, venían acompañando al guardés el sargento López y un cabo. El padre Ramón dedujo que bien podía ser el cabo Rueda.

— Buenas tardes, ya habíamos llegado al puesto cuando hemos recibido la llamada. ¿Doctor?

— Es el tío Braulio, está muerto.

— ¿Muerto? ¿Seguro?

— Si sargento, seguro.

— ¿sabe algo más?

— Herida punzante en el cuello, que le produjo una muerte rápida.

— ¿igual que la otra vez?

— Eso me temo, cuando le hagan la autopsia en Almería, se lo confirmaran.

— Vale, vale. Rueda, conmigo. — A la vez que decía esto, acompañaba al guardes dentro del palomar, le seguía el cabo.

— Siempre a mí, siempre me toca a mí. — el cabo murmuraba mientras entraba en el palomar.

Poco tiempo después de su entrada en el palomar salió Indalecio, hombros caídos, mirada al suelo, andaba mecánicamente hasta situarse junto a ellos. Mientras los guardias hacían su trabajo, acompañó en silencio al cura y al doctor. Pasaron varios minutos, el cabo Rueda, mucho más pálido que había entrado, se reunió con ellos.

— Dice el sargento que no hace falta aquí su presencia, esperaremos al Juez para que levante el cadáver. Esto puede llevar horas, tienen que venir de Almería, imagínense. Mientras, veremos si encontramos alguna pista. Indalecio, usted puede ir también a su casa. Si necesitásemos algo, le avisaremos, se hará de noche. Doctor, muchas gracias por su ayuda.

— De acuerdo, sargento, me voy con el padre Ramón.
— Cabizbajos, retornaron por el mismo camino que habían tomado antes, llegaron a su coche, no dijeron palabra hasta estar dentro del mismo y cerrar sus puertas. — Malo, malo, malo.

— ¿Por qué dices eso?

— Muy fácil, tu qué piensas de todo lo que has visto, ¿Cómo crees que pasó?

— Bueno, está claro que fue otro asesinato, Gregorio. Creo que lo pillaron por la espalda ...

— ¿Cómo? ¿Por qué piensas eso?

— Por qué no vi ninguna señal de defensa, por parte del tío Braulio, sus manos estaban intactas, aunque mayor y delgado, era un hombre acostumbrado a trabajar, si le hubiesen atacado de frente, de alguna forma se hubiera defendido, tendría alguna señal en su ropa o en sus manos. Yo las vi intactas.

— No me había fijado, sigue. – Mientras hablaban habían llegado al cortijo del cura, se bajaron del coche mecánicamente, se sentaron en el porche, en los que parecían haberse convertido en sus asientos de costumbre, uno frente al otro, con la mesa de por medio, sus miradas estaban fijas en el rostro del otro, continuaban con su conversación.

— Está claro que no murió en el palomar, sin embargo, lo llevaron allí sin dejar marca de haber arrastrado el cuerpo. No me mires así, si alguien muere después de una herida en su cuello, el charco de sangre debe ser mucho mayor.

— Cierto, me sorprendes, Ramón, realmente, me estas dejando de piedra.

— Además, lo han trasladado desde bastante lejos.

— Eso no puedes saberlo.

— No, pero tengo mis sospechas. Creo que el tío Braulio va a todos lados con su mulo y su carro, no los hemos visto en la zona, por lo que imagino que el lugar exacto del crimen, está más cerca del carro que del palomar. Por cierto, Capitán estaba con él, pero ¿se dio cuenta de que, en su viejo collar, había una pequeña cuerda colgando?

— No me fijé.

— Creo que la otra parte de la soga, debe estar aún unida al carro, o cerca del mismo. También pienso que Capitán la rompió con sus dientes para ir a la búsqueda de su amo. El trozo de soga que queda junto a su collar, da la medida para que fuera así. El asesino consiguió que el tío Braulio atara a su perro,

...

— ¿Por qué piensas que el tío Braulio fue quien ató al perro?

— No creo que capitán se dejara atar por otra persona, son solo suposiciones, recuerda.

— Claro, claro, es hablar por hablar, sigue con tus ideas.

— No le han matado para robarle. Aunque no registré sus bolsillos, estoy bastante seguro que no le falta nada.

— ¿Cómo llegas a esa conclusión?

— Su reloj de bolsillo sigue en su sitio, si alguien quisiera robarle, empezaría por el reloj, seguramente seria lo que más valor tenía en ese momento con él.

— Seguro que sí.

— Todo esto me hace pensar que, probablemente, pueda haber sido asesinado por la misma persona que terminó con la vida del padre Venancio.

— En eso te puedo ayudar, sí que fue el mismo asesino.

— ¿Como puedes estar tan seguro?

— No es algo que vaya comentando, de hecho, seguro que solo lo saben los guardias y el personal que haya realizado la autopsia. Siempre se ha dicho que el padre murió de una herida en el cuello, supongo que todo el mundo ha pensado que se trata de un corte.

— Es lo que yo pensaba.

— Pero no es así, no es un corte, la herida que mato al padre Venancio y al tío Braulio es igual, es muy rara y característica. Es un pinchazo en el cuello, pero lo raro es que la herida no tiene forma circular, como si el arma fuese un punzón, o recta como si fuera la hoja de una daga o cuchillo, la herida mortal tiene forma cuadrada.

— ¿Cuadrada?

— Sí, imagina, el arma que han usado en los dos casos tiene que ser muy especial, en lugar de plana o redonda, tiene cuatro lados. El asesino utiliza un arma muy característica, muy afilada, con una forma perfectamente cuadrada, además no debe ser muy larga, ya que el ataque ha sido en los dos casos violento, el golpe mortal ha debido ser muy fuerte, sin embargo, no he visto que atravesara el cuello de ninguna de las víctimas. No creo que su hoja mida diez centímetros, seguramente algo menos.

— Entonces queda claro que los dos murieron asesinados por la misma arma, lo que asegura que también sería por la misma mano.

— Eso es seguro.

— Tenemos a un posible asesino en serie, que podría volver a actuar.

— Supongo que sí. Vamos a sacar conclusiones. — El padre Ramón se recostó en su asiento, juntó sus manos y entornó sus ojos.

— Vale, las dos víctimas fueron asesinadas por la misma persona. No se me ocurre ninguna otra conclusión. Yo no sé nada más.

— Sí sabes más cosas, tienes que esforzarte más. Estarás de acuerdo conmigo en estos puntos. El asesino tenía motivos para matar a los dos, aunque desconocemos totalmente cuales pueden ser. Tiene que ser muy fuerte, porque fue capaz de levantar y trasladar los dos cuerpos, una vez muertos, para alejarlos del lugar del crimen, pensando en evitar miradas curiosas o, simplemente, para despistar.

— Sí, eso también, pero ya no sabemos más.

— Te equivocas otra vez, doctor. Ninguno de los cadáveres tenía heridas defensivas. Lo que me hace pensar que las dos víctimas lo conocían y confiaban en él. Se acercó lo suficiente para asestar un único golpe mortal, en ambos casos sin levantar ninguna inquietud, ni en el padre Venancio, ni en el tío Braulio.

— Es usted muy listo, padre, me está dejando realmente sorprendido. ¿Algún detalle más?

— Supongo que sí. Piensa que alguien, aunque no sea de aquí, fácilmente puede pensar en esconder un cuerpo fuera del camino, donde estaría a simple vista, llevándolo entre los naranjos. Pero no todo el mundo sabría llegar hasta el palomar o, incluso, conocer la existencia de ese edificio tan singular. Por tanto, esto me hace pensar que es alguien que conoce bien la zona, no necesariamente de aquí, pero sí con alguna relación con este pueblo, la suficiente para conocer y relacionarse con el cura o con el carretero.

— Me has dado mucho en lo que pensar.

— Hazlo, dale vueltas a todo lo que hemos hablado, seguro que se nos escapan algunos detalles más.

— A mí seguro, a ti no creo. — Rieron un poco, mientras se despedían.

Dos días después, el padre Ramón ofició el funeral del tío Braulio. La costumbre, en aquella parroquia, era acompañar el féretro hasta el cementerio, allí les dan el último adiós al difunto y el pésame a los familiares. En este caso, el tío Braulio no tenía familia conocida. Cuando todos los amigos se fueron, sin tener a quien darle el último pésame, el enterrador terminaba su trabajo sellando con yeso la sepultura, con la única compañía de Capitán y el párroco. El perro miraba tristemente el nicho donde descansaba su dueño. Todavía llevaba amarrada a su collar el trozo de cuerda con el que lo ataron. El enterrador dio por terminado su trabajo, se despidió del párroco y se fue. El padre Ramón, se santiguó, suspiró y miró al perro, este, mientras tanto, no apartaba su mirada del nicho. Él se había preparado para guiar a su parroquia, no había previsto lo difícil que sería, como pastor, acompañar a alguna oveja de su rebaño en el que sería su último viaje. En el seminario le prepararon para cumplir con los rituales de la iglesia, había sido todo muy abstracto, frio, sin sentimientos personales. La realidad le había enfrentado muy pronto a la despedida de una persona que había conocido, lleno de vida, pocos días antes. Una lágrima recorrió su mejilla, pensó secarla con su manga, pero a mitad del gesto, decidió que continuara su camino. Giró sus talones y salió del cementerio. Se dirigió hacia el cortijo del cura. Llegó hasta la antigua carretera nacional que era, de hecho, la calle principal del pueblo. Descendió un poco y tomó la calle San Marcos caminando mientras pensaba en sus cosas. En eso estaba cuando se dio cuenta de que no estaba caminando solo. Capitán estaba a su lado, andaba con la cabeza baja. La calle San Marcos termina en su parte mas baja, junto al ayuntamiento, una vez allí solo puedes tomar hacia la derecha, donde está la plaza y la iglesia, o a la izquierda, por el camino que lleva a San Miguel. El padre Ramón giró a su izquierda, dirigió sus pasos hacia el cortijo del cura, el perro hizo lo mismo.

En el porche esperaba Gregorio, lo había visto entre los

feligreses en la misa por el tío Braulio, pero no había ido al cementerio. Le saludó con un gesto de su cabeza, el cura le respondió levantando su mano, también sin decir palabra. Entró en el cortijo, se cambió, cogió una botella que todavía no había sacado de su maleta, dos vasos y salió al porche.

— Hoy no tengo cuerpo para té, Gregorio, ¿te apetece un vaso de vino?

— Sí, por supuesto. ¿De dónde es?

— De mi pueblo, no es un rioja de gran bodega, pero a mí me gusta. — Sirvió un poco de vino en los dos vasos, se sentó con la mirada perdida entre los naranjos. Capitán no había entrado en casa, se tumbó junto al cura. — Parece que acabo de adoptar a este amigo.

— Pues tiene toda la pinta. No creo que te dé ningún problema. Además, viviendo aquí solo, te vendrá bien que te avise si viene alguien extraño.

— Tienes razón. Además, de momento, es el único que conoce al asesino.

— ¿Cómo dices?

— Recuerda que quien mató al tío Braulio, amarró a Capitán al carro, que siempre le acompañaba suelto. O bien, consiguió que su dueño lo amarrara, en cualquiera de los dos casos, de momento, solo él puede reconocerlo.

— Tienes la extraña habilidad de caer en los detalles que pasan desapercibidos, eres muy observador. Por cierto, excelente vino el de tu pueblo.

— Sí que lo es, sí. Toma un poco más. — Rellenó los vasos.

— ¿Sabes que el carro apareció?

— Algo había oído, pero no presté mucha atención.

— Sí, en el río, junto a una de las entradas que unen el rio a este camino que va a San Miguel. Por cierto, en el carro estaba amarrada el resto de la soga con la que ataron a Capitán.

Miraron los dos a la vez al animal, pareció sentirse observado, levantó su cabeza devolviendo la mirada a los dos hombres. Movió tímidamente su rabo, no lo hacía desde hacía unos días. El padre Ramón aprovechó para quitarle la soga, la dejó junto al botijo.

8 LA BUENA GENTE

El padre Ramón decidió pasear nada más terminar su desayuno, hasta la misa de la tarde no tenía ninguna otra cosa que hacer, siempre que no se presentara algo extraordinario. Comenzó a andar, Capitán iba a su lado, sus pasos tomaron la dirección de la finca de San Miguel. Tenía la secreta esperanza de que cuando el noble animal se encontrase con la persona que mató a su dueño, le ladraría o gruñiría, avisándole de quién era el asesino. Pensaba que podía haber sido testigo del asesinato, si estaba en lo cierto al pensar que el crimen se había cometido junto al animal, trasladando el cadáver después al palomar. En el peor de los casos, el animal habría visto con quien se iba su dueño, esperaba que reaccionara de alguna forma extraña cuando se volviera a encontrar con él. Además, le había tomado cariño, era una compañía muy agradable, no le molestaba nada. Parecía estar enseñado a no entrar en las casas, siempre se quedaba en el porche. Aunque lo llamara, no entraba en el cortijo del cura, pero en cuanto salía de su interior, estaba acompañándolo siempre a su lado.

Caminaba como si fuera sin rumbo fijo, despreocupadamente, pero tenia muy claro en su mente lo que quería hacer aquella mañana. Su paso era lento, tranquilo, pasó al lado del cortijo de Fernando. Dolores estaba tendiendo ropa al sol, la saludo con un simple gesto, ella le devolvió el saludo mientras seguía con su ropa. Unos metros más adelante se encontraba su primer objetivo. Se acercó al cortijo de Crescen y su hermano Andrés. Dejó el camino principal, tomo uno corto que daba directamente a la casa. El corto camino, franqueado por naranjos, se ensanchaba frente a la vivienda. Era una buena entrada, aunque mucho más pequeña que la del cortijo del cura, allí tendría que hacer varias maniobras el coche del doctor para dar la vuelta. Junto a la puerta del cortijo había varias sillas de enea repartidas una al lado de la otra, un botijo en el alfeizar de una ventana. Del interior del cortijo le llegaba una voz dulce, cantaba una coplilla. El padre Ramón estaba ya bastante cerca de la puerta cuando salió por ella una mujer que él no esperaba. Era muy grande, parecía casi tan alta como él, pero pensó que podía sumar tres veces su cuerpo, un cálculo rápido le llevó a suponer que superaría los doscientos kilos. No recordaba haber visto nadie de ese tamaño nunca. Tuvo problemas para salir de la casa porque, realmente, parecía más grande que la puerta. Llevaba en cada mano un bastón, le costaba acompasar su cuerpo para caminar, dio primero un paso, parecía que el tiempo, al igual que su cuerpo, se detenían. Tras un lapsus, dio otro paso, nueva pausa, siguiente paso. Vestía de riguroso negro, excepto un delantal de color gris. En una de sus manos, además del bastón, llevaba agarrado un pequeño saco. Lo dejo al lado de una silla de un tamaño considerablemente mayor que las otras. Seguía cantando, cuando se giró como para volver a entrar en casa, se dio cuenta de la visita, su cara mostró una ligera sonrisa, dejó de entonar su coplilla.

— ¡Oh! Perdón, buenos días, usted debe ser el nuevo párroco. Soy Crescen, la hermana mayor de

Andrés. Mayor en todos los sentidos. — Hizo un gesto con las manos, sin soltar sus bastones, como diciendo que no podía haber nadie más grande que ella.

— Buenos días, Crescen. Sí, soy Ramón, su nuevo párroco.

— Un placer, padre. Andrés y Dolores me hablaron de usted, tiene que comprender que, debido a mi enfermedad, no vaya a misa con frecuencia, bueno, la verdad es que no voy a ningún sitio. Por favor, siéntese, podemos conversar mientras voy pelando unas patatas para la comida. Voy a por una fuente, ¿le apetece alguna cosa?

— No, por favor no se moleste, si acaso, luego tomaría agua del botijo.

— Como guste. — Con gran esfuerzo entró en el cortijo y volvió a salir al rato, seguía llevando un bastón en cada mano para apoyarse cada vez que movía una de sus piernas. Aunque parecía imposible, en una mano llevaba una fuente de porcelana de considerable tamaño, además de usarla de apoyo con el bastón. El cura se había sentado en una de las sillas, Capitán estaba tumbado a su lado.

— ¿Le ayudo?

— ¡No!, por favor, ya estoy acostumbrada, además, el doctor me dice que debo moverme todo lo que pueda, debería recuperar algo de agilidad. — Se sentó pesadamente en la silla que estaba claramente destinada a ella. Metió la mano en el bolsillo de su delantal, sacó lo que le pareció al cura que era un recorte seco de la piel de un jamón. Se lo tiró con una sonrisa a Capitán, que lo aceptó de buen agrado. Estaba claro que no era la primera vez que el animal recibía un regalo de aquella mujer. El perro se dedicó a mordisquear su regalo. — Pobre animal, con lo bueno que es. Se ha quedado sin el tío Braulio.

— Si, de momento, mientras él quiera, se queda conmigo. — Crescen, con una práctica de muchos años, había dejado la fuente en el suelo, entre sus pies, cogió una patata del saco que había traído antes, saco un pequeño cuchillo del mismo bolsillo de su delantal y comenzó a pelar las patatas a una velocidad asombrosa a los ojos del cura, las mondas las dejaba en el mismo saco del que sacaba las patatas, estarían destinadas a los cerdos que escuchó a lo lejos, supuso. — ¿tienen cerdos?

— Si, para matanza, normalmente tenemos dos.

— Crescen, de Crescencia, supongo.

— Sí padre.

— Crescencia, diría que nació el 15 de junio.

— Ese fue el día que nací, sí. ¿Qué le trae por aquí?

— Conocer a mis feligreses, más aún si somos, prácticamente, vecinos.

— Cierto, como ve, yo no suelo salir de este cortijo, porque no puedo, pero agradezco mucho las visitas, me hacen compañía, siempre hay una silla para quien quiere acompañarme. — Hizo un gesto, señalando el resto de sillas que estaban alrededor.

— Desde que mi hermano y yo nos quedamos huérfanos me ha tocado llevar esta casa como buenamente puedo. Los trabajos de las tierras que mi padre nos dejó, los vamos encargando a jornaleros. Mal que bien, los naranjos nos van dando para seguir viviendo. Andrés ya está trabajando, como bien sabe, en el ayuntamiento de Gádor, está ya en la edad de ir pensando en fundar un hogar con Josefa. Esta casa es grande, me gustaría que pensaran quedarse aquí, conmigo, aunque también puede ser que se vayan a otra casa. Ellos decidirán.

— Bien, eso está bien. — En ese momento, Capitán dio un pequeño gruñido, enfrascado en su trozo de corteza, este gesto lo aprovechó para llevar la conversación al tema que le interesaba. — Capitán, Capitán, ciertamente se quedó solo. Usted conocía bien al tío Braulio.

— ¡Oh!, sí, claro que sí. Era el que nos hacía todos los portes que podíamos necesitar. Muchas veces, si tenía que ir a Rioja, Pechina o Gádor, y pasaba por la puerta, se paraba por si me venía bien llevar algo hacia allí, o comprarme cualquier cosa, lo hacía muchas veces. Era muy servicial, una gran persona.

— ¿lo vio aquel día?

— Creo que sí. Se paró a tomar agua, me dijo que iba para Rioja, que si necesitaba cualquier cosa de allí. Parece que tenía tiempo de sobra para llegar bien.

Se sentó un momento, bebió de ese botijo, me hizo un poco de compañía, luego se fue. Eso pasaría unas horas antes de que encontraran su cuerpo. — en ese momento, ya había terminado de pelar todas las patatas, en el saco solo quedaban las mondas, hizo ademan de levantarse.

— Deje que le ayude. — El cura cogió la fuente y el saco con los restos de patata. Esperó a que Crescen, con mucho esfuerzo, se pusiera en pie. Apoyada en sus dos bastones, lastimosamente consiguió entrar en la cocina, el cura le siguió, descubriendo una amplia estancia, limpia y ordenada.

— Deje en ese pollete la fuente y el saco, ya me encargo yo.

— No le molesto más, continuare mi paseo.

— Visítenos cuando quiera. El padre Venancio venía muchas tardes a hacernos compañía. Tenía una conversación muy agradable. Era un gran hombre, buena gente.

— Si que debió serlo. Qué pena lo que le pasó, ¿verdad?

— Si, que horror terminar así, ¿no le parece?

— ¿Usted lo vio aquel día?

— No, seguramente no estaba en la entrada cuando el paso, lo habría visto, siempre saludaba, se paraba a la altura del camino, era un hombre muy amable y atento conmigo. — Sus ojos se humedecieron, el padre Ramón aprovechó ese momento para despedirse y retomar su camino. Capitán había terminado de alguna forma con la corteza que le habían dado, caminaba a su lado, moviendo el rabo.

Continuó andando por el camino, como lo había iniciado. Pasó junto a la balsa y el palomar, no se oía a nadie por lo que siguió caminando, esperando la oportunidad de poder hablar con alguien de San Miguel. Llego hasta la enorme puerta trasera del palacio. Era metálica, de dos hojas, el camino parecía terminar en aquella puerta, sin embargo, hacia la derecha aparecía otro más pequeño, hacia el rio, junto al muro de la propiedad. A través de la puerta se podía ver el interior de la finca, el gran palacio y al fondo, el imponente puente de rioja. Decidió acercarse al rio, tomando aquel camino secundario, pensando en poder tener una oportunidad durante el regreso. El acceso al río desde este camino estaba bien para personas, para carros y otros vehículos estaba mejor el otro que ya conocía. Aquel donde habían dejado el carro del tío Braulio. Llegó al punto donde el camino se cruzaba con el rio, a lo lejos, por el cauce seco aquel día, se veía un pastor con un buen rebaño de cabras, alejándose rio arriba. Estaba ensimismado mirando aquellos animales cuando Capitán dio un ladrido. Se asustó en un principio y giro sobre sus talones. El ladrido había sido a forma de saludo, no percibió peligro o miedo en el perro. El cura adivinó entre las sombras de los naranjos al guardés de San Miguel.

— Buenos días, padre, espero no haberle asustado.

— Nada de eso, estaba paseando por los alrededores, conociendo un poco más la zona. ¿Cómo está usted?

— Ya bien, padre, ya bien. Fue un mal trago, lo pasé mal. — caminaron retornando al camino principal.

— No es plato de gusto encontrarse una escena así, lo comprendo. ¿Conocía usted bien al tío Braulio?

— No podría decirle que muy bien, pero era más un amigo que un conocido, sí, nos daba algún viaje que otro. El administrador del marqués viene una vez, el primer viernes de cada mes, ese es el día de cobro. Al tío Braulio no se le escapaba nunca ese día. Sabía que desde el padre del marqués, que Dios tenga en su gloria, existía la orden de darle siempre una buena propina, además de lo que pidiera por cada viaje, sin preguntas.

— ¿Y eso?

— Es una larga historia, si tiene tiempo, se la puedo contar.

— No tengo obligación alguna, hasta la misa de esta tarde, me gustaría escuchar esa historia.

— Parece ser, que el viejo marques era muy dado a las fiestas, cuentan que la balsa del palomar ha visto alguna de las mayores juergas que se han podido disfrutar en España. Eran famosas incluso fuera de nuestras fronteras. Perdóneme usted padre, pero dicen que pocas orgias y bacanales se podían acercar a lo que aquí celebraban. Pues una mañana, aún con el sol por salir, el tío Braulio. entonces muy joven, se encontró entre los naranjos un joven desnudo, muy perjudicado por el alcohol, o algo peor, totalmente perdida la consciencia, no reaccionaba de ninguna de las maneras. Sin mayor problema, lo cargo sobre su carro, se lo llevo a su casa, lo acostó y cuando este se despertó se encontró un buen desayuno preparado, una ropa humilde, pero que le valía, nadie había en la vivienda. Al salir de aquella casa, aunque sería mejor y más propio decirle cueva, se encontró una vecina barriendo la entrada de otra de aquellas casas, dos puertas mas allá. Le preguntó por el dueño de aquella cueva, se enteró que era el tío Braulio, que ya entonces vivía solo, pues perdió a sus padres cuando era mozo. La mujer, sin saber que quien tenía delante era el marqués, le afeó su conducta preguntándole si había disfrutado su desayuno. Este que no entendía por qué le preguntaba aquello, le dijo que sí, a lo que ella le contesto, que lo valorara bien y que debía ser un gran amigo del tío Braulio, ya que le había dado todo lo que tenía para comer, quedándose seguramente él en ayunas. El marques se despidió, consiguió llegar a San Miguel y entrar sin que nadie supiera de su viaje, creo que continuaron con la fiesta, ya que estas se prolongaban varios días. En aquellos tiempos, el guardés era mi padre, yo aún no había nacido, pero mi padre me contó esta historia muchas veces, por eso le puedo dar tantos detalles. — Aunque andaban a paso tranquilo, habían llegado a la puerta de la finca, el guardés le permitió pasar y le llevo a unos jardines que estaban junto a una fuente, entre el palacio y la balsa. Realmente aquellos eran los jardines de un palacio, como pasaba con el palomar y la balsa, desde fuera no se podía adivinar aquel magnifico interior. Cerca de la fuente, había una mesa redonda, de cantería, con unos bancos, también de piedra, ellos se sentaron junto a esos bancos, en unos sillones de madera, que parecían bastante más cómodos que los bancos. — El marqués llamo a mi padre, preguntó por el tío Braulio. Le dijo que era un humilde carretero, buena gente, que de vez en cuando, le daba algún trabajo ya que era formal y trabajador. El marqués le encargo que quedase con él, para el día siguiente, que tenía un porte que dar, que le dijera que debía estar allí a la una, sin falta. Avisado el tío Braulio, llegó con su carro antes de la hora acordada. Se encontró con unos muebles y un baúl. Una vez cargado todo, lo trajeron aquí, a esta misma mesa, que estaba montada para dos personas. Le pidieron que se sentara a esperar. Él no quiso sentarse, esperó de pie, mi padre me contaba que estaba nervioso, con su gorra entre sus dos manos, girándola mientras miraba en todas las direcciones. El marqués no tardó en llegar, directamente le abrazó, el tío Braulio no entendía nada.

— *¡Vaya! No me reconoces.* — *con toda familiaridad.*

— *Ciertamente no.*

— *Claro, vestido pierdo mucho, si me vieras desnudo, seguro que me reconocerías.*

— *¿Era usted el joven desnudo que recogí el otro día? ¿el señor marqués?*

— *Muchas gracias por lo de joven, sí. Debo pedirle disculpas, ya que le causé muchas molestias, innecesarias, además de privarle de su cama y desayuno. Una cosa le voy a decir, no sería quien soy, si no le agradeciera lo que usted hizo por mí.*

— *No hice nada que todo buen cristiano no hubiera hecho en mi lugar.*

— *No conozco yo mucha gente que, sin saber quién era, recogiese a alguien desnudo, totalmente borracho, lo metiese en su cama y le dejase para que comiera lo que tenia.*

— *A mí solo me enseñaron a hacer las cosas así.*

— *Por eso mereces esto y más, ahora vamos a comer.*

— Y disfrutó de la mejor comida que nunca saboreó, esto me lo contó el tío Braulio muchas veces. Hablaron como si ambos fuesen carreteros o marqueses, daba igual, se contaron muchas tonterías, que se quedaron para ellos. Los muebles que estaban cargados en el carro eran para él, y el baúl estaba lleno de ropa. El marqués había tenido la precaución de no enviarle ropa pomposa, era todo ropa práctica que podía usar en cualquier momento el tío Braulio. Siempre dijo que, gracias a aquel baúl, nunca tuvo que comprarse nada. Cuando venía a hacer algún trabajo y estaba el marqués, se tomaban algún vino de nuestra bodega, y charlaban algo. Como ya le he contado, el día de cobro, el tío Braulio venía, pedía un precio justo por su trabajo, siempre recibía algo de propina. Cuando murió el marqués, su hijo, que conocía al tío Braulio de coincidir también en aquellos vinos con su padre, mantuvo el mismo proceder. De hecho, no hace mucho que les saque una botella de vino, se la tomaron aquí mismo, mientras le cargaban el carro. Va a lamentar mucho la muerte del tío Braulio, era mucho mayor que el señor, pero poca gente habla con normalidad, de igual a igual con un marques, él lo hacía desde siempre.

— Vaya historia. Dice mucho de la bondad del tío Braulio.

— Con todo el mundo, no creo que nadie pueda decir nada malo de él.

— Seguro, a poco que voy conociendo y me van contando cosas, menos motivos puedo encontrar para que acabara así.

— Desde luego.

— Una cosa, provengo de zona de bodegas y de vino. Habéis dicho que esa finca tiene una bodega.

— Oh, sí, que torpeza la mía, venga, que se la voy a enseñar. — cerca de donde estaban, a un lado de la balsa y del palomar, abrió una puerta que estaba en una pared encalada de una ladera. — Como verá, la bodega es directamente una cueva, así se conserva el vino a la misma temperatura en invierno y verano.

Aquella pequeña puerta, daba acceso a una gran cueva, no muy alta, pero si larga. Tenía estanterías, barricas y toneles a ambos lados, se avanzaba a través de un pasillo central. El padre Ramón vio escritos con tiza en las maderas de las estanterías, o en las barricas directamente, nombres como Burdeos, Borgoña, Jerez, Manzanilla, Rioja y varios más, muchos de ellos, no los había oído nunca.

— Es impresionante.

— Cada marqués tiene algún capricho. A unos les dio por las palomas, a estos dos últimos, por los buenos caldos, afortunadamente, los tiempos de bacanales y fiestas quedaron atrás. Ya sólo toman alguna botella de vez en cuando, o regalan una barrica para una boda, cosas así. Aunque cada vez pasan más tiempo en Madrid, aquí solo vienen de vez en cuando.

— Entonces, tu labor es solo mantener todo limpio y en orden.

— Sí, mi mujer va haciendo lo normal en el palacio, cuando van a venir, mandan unos días antes a personal de su servicio, para dar un buen zafarrancho de limpieza. Luego ellos ayudan. Pero mientras tanto, el palacio lo va manteniendo mi mujer, con ayuda de nuestra hija, claro.

— ¿Vuestra hija? — Le vino inmediatamente la imagen de aquella joven desnuda saliendo de la balsa. Un calor inexplicable le invadió todo su cuerpo. Debía contener aquellos impulsos.

— Oh, sí. Creo que no conoce a ninguna de las dos. Venga. — Salieron de la bodega y se dirigieron hacia el palacio, cuando estaban cerca de la gran puerta del mismo, esta se abrió y de ella salieron las dos mujeres que había visto días atrás en la balsa.

— Padre, esta es mi mujer, de siempre la hemos llamado Pepa.

— ¡Como que así me llamo! Padre, un placer conocerle.

— Lo mismo digo, Pepa, ¿su nombre proviene de algún familiar querido?

— Si padre, mi abuela también se llamaba Pepa. Esta zagala es Marisa, nuestra hija.

— Padre. — La chica miraba a los pies del cura, mientras le saludaba.

— Encantado, Marisa, de María Isabel, supongo.

— No padre, de María Luisa. — Al decir esto se cruzó su mirada con la del cura. Sus ojos eran de un tono miel que el padre Ramón recordó iguales a los de su padre, Indalecio. Pero la belleza de sus facciones era casi perfecta, aquella visión le turbó un poco.

— Capricho de la marquesa, que es su madrina. — Rompió el silencio que se había producido, Indalecio, aclarando aquel hecho. — Dijo que una prima suya se llama así, María Luisa, pero que todos le llamaban Marisa. La niña le recordaba a su prima, nos pareció bien y, desde entonces, todos la llamamos Marisa.

— Desde luego, mucho mejor que Venancia. — Dijo la madre.

— ¡Oh! Eso quiere decir que nació el 18 de Mayo ¿Quizás?

— Ciertamente, padre, acertó usted.

Rieron con los conocimientos del santoral del padre Ramón. Este se despidió de la agradable familia y volvió al cortijo del cura, con Capitán a su lado. No se había separado de sus pies ni una sola vez en toda la mañana.

9 BUSCANDO PISTAS

Faltaba aún algún tiempo para la hora de comer, ya quedó muy atrás San Miguel, había pasado por los cortijos de Crescen y de Fernando, se acercaba al cortijo del cura, cuando decidió eliminar la única duda que tenía en su cabeza. El tío Braulio no parecía tener enemigos, nadie le había comentado nada que podría desembocar en su asesinato, no veía motivo alguno. Quedaba descartar cualquier asunto sospechoso. Dejo su casa atrás, continuó por el camino dirigiendo sus pasos al ayuntamiento. Encontró detrás de una vieja mesa de escritorio al secretario, enfrascado en la lectura de un boletín oficial del estado. Cuando se dio cuenta de la presencia del padre Ramón, se levantó rápidamente.

— Buenos días, padre, no me había dado cuenta de que era usted. ¿necesita alguna cosa?

— Buenos días, don Baldomero. — A pesar de su juventud, había aprendido en el seminario que un don bien dicho en una frase, abría más puertas de las que se podría imaginar. — Es una simple curiosidad.

— Si esta en mi mano, puede contar con mi ayuda.

— Es una simple información. Ya sabe que tuve el penoso deber de dar sepultura al tío Braulio.

— Cierto, recordará que estuve en el oficio, al cementerio no pude acompañarle, ya que mis obligaciones son muchas, somos poco personal y el ayuntamiento no puede estar cerrado mucho tiempo.

— Por supuesto, no tiene nada que ver con usted, no se preocupe. Resulta que, desde aquel momento, parece que su perro, aquí lo tiene sentado a mi lado, ha decidido que yo me haga cargo de él. Pero debe entender que, aunque para mí, su compañía me es muy agradable, no quisiera apropiarme de algo que no me corresponda. Por ese motivo, me atrevo a molestarle.

— Ninguna molestia, padre.

— Quisiera saber si hay algún familiar, alguien que tenga derecho a los bienes del tío Braulio, para comentarle si quiere hacerse cargo de Capitán, o bien, puede quedarse conmigo, pero con su conocimiento y aprobación.

— ¡Oh! Entiendo, por esa parte, no debe preocuparse. El tío Braulio no tiene familia. Perdón, tenía, no me hago cargo todavía.

— Vaya, entonces perdone mi curiosidad. ¿Quién se hará cargo de sus bienes?

— Pues creía que ya lo sabia, dejó dicho que todo fuera a parar al ayuntamiento, para ayudar a los que lo puedan necesitar. Pero como la cueva no era suya, todo se reduce a su carro, su mulo, los muebles que tenía, por cierto, muy buenos, y también una cantidad de dinero que guardaba en su casa, parte se ha usado para pagar los gastos fúnebres.

— ¿Y cómo van a repartir esos bienes?

— Hemos realizado una lista de bienes, está colgada en el tablón de anuncios, el alguacil ya ha informado por todas las barriadas, en unos días recogeremos las solicitudes, quien necesite algún bien del tío Braulio nos lo hace saber, si nadie mas lo quiere se le asigna a él, si hay mas de un solicitante, hacemos una mesa que decide a quien se le da. Por cierto, normalmente un integrante de esta mesa es el párroco, esperamos poder contar con su opinión.

— Si es costumbre, cuenten conmigo. — Se despidió cordialmente y se dirigió al cortijo del cura, con Capitán a su lado.

El resto del día fue transcurriendo con normalidad, celebró la misa de la tarde, con Capitán sentado al lado de la puerta. No entraba dentro de la iglesia, de la misma manera que no entraba en ninguna casa. Cuando cerró la puerta se dio cuenta de que Marisa estaba acariciando a al perro, que se dejaba hacer entornando sus ojos. Sólo recordaba haberle visto mover el rabo de alegría, cuando Crescen le dio aquella corteza de jamón, pero hasta aquel momento, nunca lo había hecho por el simple trato de una persona.

— Buenas tardes, Padre.

— Buenas tardes, Marisa, la vi entre los feligreses. ¿Necesita alguna cosa? o por un casual, ¿tiene una consulta que hacerme?

— ¡Oh! No, padre, pero como vamos en la misma dirección, me preguntaba si le molestaría que le acompañara.

— ¿Molestarme? No, por favor, vamos. — El padre Ramón comenzó a caminar, procurando que, entre él y la joven, estuviese siempre Capitán. No quería murmuraciones inapropiadas, no por sí mismo, pensaba en Marisa, sabía de casos en los que las habladurías de gente con maldad, había complicado la vida de buenas personas.

— No piense usted que esto es algo que se me ha ocurrido, sin más. Cuando venia a misa con el padre Venancio, también compartía trayecto con él.

Si mis padres hubiesen podido venir hoy, haríamos el trayecto juntos, como hacíamos antes.

— Entonces ¿conocías bien al padre Venancio?

— Hablábamos muchas veces, de multitud de cosas, nos llevábamos bien, creo.

— Me alegro, qué me puedes contar de el, yo no lo conocí, pero quiero pensar que era una gran persona.

— Puedo asegurarle que sí que lo era, sus pensamientos no estaban acorde con su edad. Una pensaría que un cura mayor, tendría unas ideas muy conservadoras. Sin embargo, él pensaba como una persona joven, nos animaba a tomar decisiones, algunas atrevidas.

— ¿Por ejemplo?

— Él sabia de mis sentimientos hacia un hombre, me animaba a hacer algún gesto para darle pie, pero no me atreví nunca a hacerlo. Me arrepiento hoy, estoy segura de que le hubiera hecho ilusión vernos dar algún paso.

— ¡Oh! Entiendo. — Aunque, realmente, no entendía nada. Ya habían llegado al cortijo del cura, los dos avanzaban por el camino, con Capitán entre ellos, al acercarse a la explanada frente al cortijo, el perro se adelantó para saludar a Gregorio, que había montado el ajedrez y estaba sacando dos vasos de té.

— Capitán, ¿cómo estás? — Le dijo mientras acariciaba la cabeza del perro, en ese momento se dio cuenta de que el padre Ramón no se acercaba solo. — Veo que vienes muy bien acompañado. Buenas tardes a ambos, ¿le apetece un té, Marisa?

— Pues no me lo había planteado, pero ahora que lo dice, sí, me gustaría probarlo.

— Siéntese, ahora mismo se lo sirvo. — Gregorio entró en el cortijo del cura, para preparar un nuevo vaso de té para la joven.

— Ahora sí que entiendo, ahora sí. —dijo el padre Ramón, había visto la mirada tierna de Marisa sobre su amigo, el doctor. Ya sabía hacia quien iban dirigidos los sentimientos de aquella mujer. Se fijaría en las reacciones del doctor. Mientras tanto, Marisa con una ligera sonrisa estaba retocando las posiciones de las piezas sobre el tablero. — ¿sabes jugar al ajedrez?

— Sí, los sirvientes del marques, cuando vienen a preparar y servir en sus viajes aquí, me enseñaron de niña. Juego con ellos cuando puedo, algo que ocurre muy pocas veces.

— ¿Le apetece una partida? — En ese momento, salió Gregorio con un vaso de té, se dijo que ese era el momento indicado. — Siéntate aquí, Gregorio, debo mirar una cosa, nuestra amiga juega al ajedrez, al ver el tablero, creo que se atreve a desafiarte.

— ¿En serio? Marisa, juega usted con blancas, mueve primero.

— Por favor, doctor, que nos conocemos hace tiempo y soy prácticamente de su edad. No me hable de usted. Hace tiempo que no juego, pero vamos a ver si se lo puedo poner difícil. — Movió un peón, mientras miraba como el cura entraba en el cortijo, cruzaron sus miradas con complicidad. La sonrisa de la joven terminó de confirmar la intuición que había tenido el sacerdote momentos antes.

El padre Ramón, se entretuvo dentro del cortijo unos minutos, para dejar solos a la pareja jugando y que avanzara la partida. Cuando por fin salió a tomar su té, este ya estaba templado, mientras, Gregorio se veía totalmente acorralado, sin esperanzas de salvar la partida. Se sentó observando la posición de las piezas, las posibles jugadas, pero fijándose, sobre todo, en las miradas de ambos. Pocos movimientos después, Gregorio se veía en la obligación de tumbar su rey. Marisa aprovechó el final de la partida para despedirse.

— Debo ir ya a mi casa, no quisiera que mis padres se intranquilizaran.

— Por supuesto, Gregorio, ¿No crees que no deberíamos permitir que Marisa fuese sola por este camino, hasta el palacio?

— Tiene razón, padre, acompañemos a Marisa hasta San Miguel.

— No, yo debo terminar un detalle importante, acompáñale tú, te espero aquí.

— De acuerdo, ¿vamos Marisa?

— Vamos doctor. Capitán, vente tu también, así no regresa solo Don Gregorio. — Su mirada se cruzó con la del cura, este creyó ver agradecimiento en los ojos de la chica. Lo que si podía asegurar es que le había sonreído y le había regalado un ligero guiño. Algo a lo que un cura no está normalmente acostumbrado.

— Si me vas a decir Don Gregorio, no te acompañaré nunca más.

— De acuerdo, Gregorio a secas.

Un rato después, el doctor llegó al porche del cortijo del cura. Se encontró que los vasos de té ya no estaban, tampoco el tablero de ajedrez. En su lugar, sobre la mesa, se encontraba la botella de vino que empezaron la otra noche, junto a dos vasos limpios. Se sentó mientras lanzaba un ligero suspiro, Capitán se sentó a su lado. El padre Ramón salió del cortijo con una fuente con varios embutidos y un buen pan. Encima de los embutidos había puesto un par de cuchillos para ir, poco a poco, consumiendo aquellos manjares.

— ¿Qué tal el paseo?, Gregorio.

— Pues muy agradable, debo reconocerlo. He podido mantener buena conversación hasta San Miguel, no se han producido silencios incómodos.

— Ya veo. Pensaba que tendrías más relación con ella, ya que parece ser que también acompañaba desde misa al padre Venancio. — Esto lo comentaba, mientras parecía estar más interesado en cortar un trozo de longaniza, que en la conversación misma.

— Si que le acompañaba muchos días, pero en el mismo camino se despedía del padre Venancio, alguna vez me saludaba con la mano. Luego están las visitas propias al doctor.

— Pienso que eres afortunado, Gregorio.

— ¿Por qué piensas eso?

— Querido amigo, pocos hombres pueden contar con el interés de una mujer tan guapa como Marisa.

— Pero, pero . . . — Los ojos del doctor, se fijaron en los del cura, abrió su boca, entornó sus parpados, permaneció unos instantes inmóvil.

— No me puedo creer, que una de las personas más inteligentes que conozco, no se dé cuenta de estos detalles. Bueno, a lo mejor estoy equivocado ¿Porque tú eres inteligente? ¿no?

— Pues ahora mismo, te diría que no, no había pensado en Marisa como una mujer.

— A mi corto entender, una niña ya no es, no, de ninguna manera. Además, como mujer, me parece una persona muy interesante, deberías empezar a mirarla con otros ojos, Gregorio.

— Desde que termine mi carrera no había pensado en mujeres, Ramón. Solo tenía tiempo para atender a los enfermos. Además, es una chica lista, me ha ganado al ajedrez.

— Seguro que es lista, pero no tomes como referencia que te gane al ajedrez, eso es fácil. Yo mismo te gano casi siempre. — Rieron la broma, y rellenaron sus vasos de vino.

— ¿Cómo van las investigaciones?

— Pues nadie parece haber tenido ningún motivo para terminar con la vida del padre Venancio, o del tío Braulio.

— Entonces no tenemos ningún aspecto en el que fundar alguna sospecha.

— Yo no diría tanto. Tengo mis ideas que van dando vueltas por mi cabeza, no son conclusiones, son simples deducciones, más bien, sospechas.

— Por favor, compártelas conmigo, a ver si me iluminas algo.

— No tenemos nada para concretar ningún sospechoso, pero no puede ser coincidencia que el tío Braulio fuera la persona que encontrase al padre Venancio. El asesino decidió volver a matar por algún motivo concreto, si fuera un depravado que solo disfrutara matando, no se preocuparía en esconder o alejar los cuerpos del sitio donde los mata, creo yo. Supongamos. Vamos a pensar en voz alta, podría ser que cuando encontró el cuerpo vio algo o a alguien, que podría desvelar quien fue.

— Podría ser, claro.

— Bien, aquello que pudo ver, o que el criminal pensó que vio, bien podría ser el detalle que mandase al asesino a la cárcel. El tío Braulio no se lo ha dicho a la guardia civil, ni a nadie, porque no es algo que parezca importante, es una autentica pequeñez, una cosa sin importancia, pero, en algún momento, lo comenta con el asesino, le pregunta por esa cosa. Como el que no quiere la cosa, esa persona le quita importancia, pero se da cuenta de que lo puede poner en peligro, busca una oportunidad, cuando la encuentra, silencia el peligro.

— Pero eso nos deja exactamente como antes.

— No, Gregorio. Si tengo razón, puede significar que ha cometido, por lo menos, un error.

— Dando por bueno lo que dices, el error se lo ha llevado a la tumba el tío Braulio, no habrá quien lo descubra ahora, o por lo menos, va a ser muy difícil.

— Claro, lo que nos obliga a abrir los ojos aún más, hay que estar muy atento con los detalles, buscar algo que no termine de encajar. Puede que esté nervioso, hay que seguir buscando. — En ese momento, por el camino pasó, bastante despacio, una moto, el padre Ramón reconoció su sonido, alguna vez la había oído pasar, pero era la primera vez que la veía. — ¿Y esa moto?

— ¡Ah! Es Carmelo, el relojero.

— Ya, el que se encarga de los tiempos de riego.

— Si, exactamente.

— Por su trabajo, entiendo que siempre estará por los caminos de los naranjos.

— No siempre, piensa que hay fincas que tienen muchas horas de agua, cuando le toca a una de ellas es cuando puede descansar, no necesita estar continuamente sobre la acequia. Solo cuando tiene que cambiar las paradas, para que el agua llegue a una finca, o a la otra.

— Interesante. Creo que intentaré hablar con él.

— Coméntaselo a Fernando, se lo cruzará más fácilmente que tú, será mas rápido.

El Asesino del Andarax

10 CELESTINO

A la mañana siguiente, el padre Ramón le comentó a Fernando su interés por conocer al relojero. Aquella misma tarde, mientras jugaban la segunda partida de ajedrez el cura y el doctor, entró en la explanada una moto con unos años sobre sus ruedas, pero realmente limpia y bien cuidada. Un hombre pequeño, con un aire que le resultó familiar, descendió lentamente, se quitó unos viejos guantes de cuero, que dejó sobre el depósito. No sin esfuerzo, aseguró la moto en su caballete. Revisó que todo estaba bien, cuando quedó totalmente convencido, solo entonces, paró el motor. Hasta ese momento no había dirigido la mirada hacia los dos hombres que estaban en el porche mirando fijamente todos sus movimientos.

— Buenas tardes, padre. Me dijo Fernando que quería usted hablar conmigo.

— Buenas tardes, supongo que es usted el relojero.

— Si, ese soy yo, pero ¡Que cabeza la mía! Perdóneme padre, no estoy muy acostumbrado a establecer nuevas relaciones. Me llamo Carmelo, soy uno de los hermanos de Baldomero, el secretario del ayuntamiento.

— Ahora reconozco el aire familiar. Ciertamente se parecen bastante. Por favor, acompáñenos, siéntese con nosotros.

— Yo soy dos años mayor.

— Bonita moto, ando un poco perdido en temas de vehículos.

— Es una Ossa de ciento veinticinco.

— Vaya, ¿Cuántos caballos da?

— Creo que seis caballos y medio, pero para mí, me sobran seis, se lo puedo asegurar.

— ¿Me permite un pequeño juego? Antes de comentar más cosas, claro.

— Lo que usted quiera, padre.

— ¿nació usted un 16 de Julio?

— Pues realmente si, ¿Cómo lo sabe?

— Perdóneme, es cosa de curas. Memorizar el santoral y luego jugar con la costumbre de poner a los hijos el nombre que figura como onomástica, en el día de nacimiento.

— Pues son muchos nombres para recordar.

— Si, es una manera de mantener ágil la mente, un juego entre seminaristas, que me gusta seguir ejercitando. Pero no se preocupe, quería hablar con usted de otra cosa.

— Si es por asistir a misa, he faltado solamente cuando coincidía con mi labor de relojero, los cambios de agua unas veces son a la mañana, otras a la tarde o de noche, tocan cuando tocan.

— No se preocupe, por favor, estoy seguro de haberle visto en algún servicio, no quería hablar con usted de eso. Estaba intentando saber si alguien podría decirme algo del día que falleció el padre Venancio.

Usted está siempre moviéndose por estos caminos, entre naranjos, podría haber visto algo o a alguien. Aunque supongo que ya le habrá preguntado la guardia civil si se cruzó usted con alguien, o vio algo raro aquel día.

— Pues no me ha preguntado nadie, la verdad.

— ¡Vaya!, sorpresa, esto no me lo esperaba. Aunque hace ya un tiempo, quizás no lo pueda recordar.

— ¡Oh! Al contrario, puedo saberlo fácilmente. — se levantó de su silla, se dirigió a su moto, detrás tenía unas alforjas, de una de ellas sacó una libreta, con ella en la mano, retornó a la mesa. — Veamos. Yo voy anotando las horas de cada turno, para que nadie pueda dudar cuando le toca, cuando se le da agua y cuando se cambia al siguiente propietario. Esta es mi libreta de diario, luego lo paso a limpio, ya en mi casa. Pero aquí podemos ver por dónde podía andar yo.

— ¡Qué bien organizado lo tiene usted!

— Hay que ser muy meticuloso, padre. El agua, para todos los propietarios, es más valiosa que la misma tierra, posiblemente. Aquí, aquí está el día. Aquello paso después de comer, ¿verdad Doctor?

— Exactamente, se encontró después de comer, interesaría ver donde estuvo también aquella mañana. — Gregorio había asistido como oyente hasta aquel momento.

— Pues me pilló lejos, el agua andaba por la parte más al sur de mi zona. A las dos tuve que hacer un cambio de parada por debajo del Chuche, a esa hora estaba lejos, seguro. Piense que siempre voy con tiempo a los cambios, tengo que comprobar las acequias, las paradas, que no haya roturas por donde se pueda perder el agua, que nada impida que las balsas se llenen correctamente, que no pierdan o hayan olvidado poner el tapón, cosas así.

— En este caso, no puede haber visto a nadie. Si no es mucha molestia, ¿Puede mirar donde estaba el día que murió el tío Braulio?

— Claro, veamos, este es mas reciente. Tenía un cambio de parada en la acequia que está por encima de San Miguel, al otro lado del puente.

— ¿En la zona de Rioja?

— No, perdone, me refería en este mismo lado del rio, más hacia el norte. La finca que está justo rio arriba de San Miguel.

— ¿Como llega usted a esa finca? A esa acequia, vamos.

— Pues salgo al rio, después de cruzar por debajo el puente de Rioja, esa finca tiene una bocana, es como una acequia que tomaría el agua del rio, en el caso de que este saliera. Están listas para una riada, mientras no hay agua la de esa finca la utiliza mucha gente para circular, como camino para entrar o salir hacia el Andarax. Vamos, como en casi todas las fincas que dan con la orilla del rio.

— ¿Salió al rio por el mismo camino donde dejo el carro el tío Braulio?

— No, salí por el que hay después, el que sale junto a San Miguel.

— Sin embargo, esta mejor el otro.

— Si, pero me obliga a ir mas tiempo por el rio, que quiera o no, levanta polvo y ensucia la moto. La verdad, aunque vaya así de limpia, no es merito mío. Cuando dejo la moto en la puerta de casa y tengo espacio de tiempo para dormir un poco, mi mujer es la que le pasa el trapo, sabe que siempre estoy por la vega, camino para arriba y rio para abajo, pero no quiere que vaya la moto sucia. Es una de sus manías o costumbres. Por eso, dentro de lo posible, procuro andar lo mínimo por el rio.

— Entiendo, ¿recuerda si vio el carro del tío Braulio en aquel sitio?

— Cuando venía de cambiar la parada estaba fijo. Recuerdo que Capitán estaba amarrado ladrando. Aquí lo ve usted tan tranquilo, tumbado, siempre lo recuerdo así. Pero aquel día ladraba. No veía al tío Braulio por ningún lado. Pensé que estaría preparando cualquier carga.

— Eso cuando volvía. ¿Se fijó si estaba el carro allí cuando iba?

— Recuerdo con claridad aquella imagen, por lo raro de Capitán ladrando. Espere que piense.

— Sí, por favor, haga memoria.

— No lo puedo asegurar, pero creo que estaba el carro en el mismo sitio. Capitán no ladraba, de hecho, no lo vi. El tío Braulio estaba subido al carro, parecía estar hablando con alguien que estaba arriba, en el bancal de naranjos.

— Muy interesante, ¿vio algún detalle de la persona que hablaba con él?

— No, no vi nada más.

— Bien, supongo que eso sí que se lo contaría a la guardia civil.

— No, ya le he dicho que no he hablado con ellos. No me han preguntado, pero tampoco es que viera nada que llamara la atención, como para ir a contárselo.

— Perdone que insista. ¿no vio a nadie en el trayecto desde el ayuntamiento hasta el portón de San Miguel?

— Normalmente voy muy fijo en el camino, me tienen que perdonar, no soy de los que voy saludando a todo el mundo. No es por falta de interés o de educación. Debo reconocer que soy muy torpe con la moto, me he caído unas pocas de veces, el doctor lo sabe.

— Es verdad, puedo confirmarlo. — comento Gregorio con una sonrisa, recordando la torpeza de Carmelo.

— Y menos mal que voy siempre despacio. Pero siempre circulo fijándome mucho en el camino. Aquel día no vi nada raro. Me fijé en el carro, porque para tomar la bocana y llegar al rio, paro la moto, no vaya a ser que me encuentre a alguien entrando por la bocana, por eso paré y miré. No recuerdo nada más.

— Si recordara algo, me gustaría que me lo comentara.

— Con el único que me crucé aquel día, que yo recuerde, fue con Andrés, pero fue en el río, por encima del puente. Ya no sé si tomó por la misma bocana que utilicé yo, o por la que estaba el tío Braulio.

— Eso es muy interesante. — El padre Ramón, asintió con su cabeza. — ¿Se cruzó con él al subir el rio, o al bajarlo?

— Cuando subía.

— Muchas gracias, de verdad. Espero no haberle causado ninguna molestia. Lo dicho, Carmelo, si recuerda algo más, le estaré muy agradecido.

— Lo que usted necesite, padre. — Se levantó, recogió su libreta de anotaciones, la guardó en la alforja de la moto, donde estaba antes.

Para arrancar la moto, Carmelo realizó a cámara lenta todo un ceremonial de acciones mecánicamente que, seguramente, había repetido cientos de veces de la misma manera. Finalmente, con el motor ya en marcha, quitó el caballete, se subió a su motocicleta, saludó con la mano y se fue por el camino, dirección al pueblo.

— ¿Cómo puede ser que la guardia civil no le haya preguntado a este hombre? Debe ser el último en ver al tío Braulio con vida. — dijo Gregorio, con sus nervios excitados por las últimas novedades.

— El ultimo en ver con vida a este hombre, fue su asesino, Gregorio. También puede ser que Andrés lo viera después.

— Es cierto, hay que volver a preguntar a Andrés.

— Eso es, intentaré que de alguna manera le llegue el mensaje de que nos gustaría hablar con él.

— Padre, yo encantado de estar en la conversación, pero es usted el que avanza. Yo le sigo, pero detrás, siempre detrás.

— Que cosas tienes Gregorio.

La mañana siguiente, después de desayunar, el padre Ramón decidió dar un corto paseo. Salió al camino, avanzó dirección a San Miguel, al pasar por casa de Fernando, esperaba ver a su hija, pero no acertó a ver a nadie. Avanzó por el camino, haciéndose el distraído, Capitán lo acompañaba, como siempre. Al pasar a la altura del cortijo de Crescen y Andrés escuchó un saludo. Lo estaba esperando, pero, aún así, mostro sorpresa, cambio su dirección y se apresuró a devolverlo. Crescen estaba sentada en aquella silla robusta, sus dos bastones permanecían apoyados en la pared, mientras ella estaba desplumando una gallina. Al lado tenia un cubo con agua caliente, el que había usado para facilitar aquel trabajo. Respiraba con dificultad, pero sus manos no dejaban de pegar tirones a las plumas de aquel infortunado animal.

— Buenos días, doña Crescen.

— Doña Crescen, dice, no recuerdo jamás que nadie me dijese doña. Padre, tiene usted una curiosa forma de actuar, ¿Dando un paseo?

— Si, disfrutando de la vega.

— Nosotros no la apreciamos, es nuestro paisaje desde que nacimos. Siéntese, por favor, mientras dejo limpia esta pieza.

— ¿Hoy toca comer cocido?

— Sí padre, ya no pone huevos, como cuando era más joven, hay que comer, si no hay huevos, comeremos gallina. Es lo que decía siempre mi madre.

— Lógico, en mi casa también se hace así. Ha hablado de su madre, yo soy nuevo, imagino que falleció, como la veo de riguroso luto. ¿Hace poco?

— ¡Oh! No, para nada, hace ya mucho tiempo. Quince años ya, como pasa el tiempo.

— Entonces era usted una niña.

— Prácticamente, tenía yo doce años, mi hermano seis.

— Lo lamento mucho.

— Cosas de la vida. Mi madre enfermó, había sobrevivido a la guerra y una mala cosa la mató. Por si no era bastante, mi padre, que estaba totalmente enamorado de ella, murió una semana después, prácticamente.

— Pero, ¿Qué me dice?

— Si padre. Si en algún momento alguien le dice a usted que de amor no se puede morir, no le crea. Mi padre fue la prueba de que puede pasar. Habían sufrido juntos desde siempre. La guerra los separó y, afortunadamente, volvieron a unirse al finalizar. Desde aquel momento permanecieron siempre unidos. Mi madre tenía dificultad para quedarse en cinta, por eso solo somos dos hermanos. Los dos juntos levantaron este cortijo, trabajando uno al lado del otro, día tras día. Hasta que llegó aquel día, mi madre enfermó, unas fiebres, dijeron. Si mal no recuerdo, la muerte se la llevó en menos de dos semanas. Desde aquel momento me hice cargo de la casa, de mi hermano que no entendía nada, y de mi padre, que empezó a no querer comer, a vomitar sin parar, y finalmente, se fue con mi madre una semana después.

— Que historia tan trágica.

— Sí, por eso le digo que, de amor, también se puede morir. — sus ojos estaban anegados de lagrimas. Dejó la gallina un momento en el agua caliente, aprovechó para secarse las lagrimas con su delantal, tomó aire, y acto seguido, sacó con energía la gallina, continuó dando tirones a sus plumas. — Hacia tiempo que no contaba esto, perdóneme por ponerme así, siempre lloro al recordarlo.

— Por favor, no hay nada que perdonar. Entonces, algún familiar se haría cargo de ustedes en aquel tiempo.

— Para nada. Eran años difíciles, todo el mundo tenía sus propias tragedias en casa. Pero aquello no fue ningún problema. Afortunadamente los naranjos de mi casa han podido mantenernos. Tengo jornaleros que hacen las labores, yo no tengo capacidad física para hacerlas, les pago bien y desde siempre nos han salido las cuentas. Con doce años ya me había enseñado mi madre todo lo que necesitaba para llevar la casa para delante. Eso sí que lo hago yo sola, con más o menos dificultad, pero eso es cosa mía, desde siempre.

— ¿Y Andrés?

— Mi padre me encargó en su lecho de muerte que me preocupara de que Andrés estudiara para ser algo en la vida. Si no valía para los estudios siempre tendría la tierra. Estudió en el seminario de Almería.

— No me diga, no me lo imaginaba.

— Perdone que le sea franca, padre. Aquí hay pocos sitios donde un niño sin una buena bolsa detrás, pueda estudiar. El párroco que estaba entonces, nos ayudó mucho y Andrés entró en el seminario, gracias a una recomendación suya. Cuando avanzó en sus estudios, terminó dejando el seminario para entrar como secretario en el ayuntamiento de Gádor. El rato que le dejaban libres los estudios, lo dedicaba a la tierra, para ahorrar lo que pudiera en jornales. Ahora también, cuando termina su trabajo, se pega a los naranjos. Siempre hay algo que poder hacer. Me gustaría que se quedase en esta casa conmigo cuando se case, es grande, pero me temo que terminara viviendo en Gádor.

— ¿Fue el padre Venancio quien le ayudó a su hermano para ir al seminario?

— No, fue don Francisco, un párroco anterior, que Dios tenga en su gloria. Gran persona, nos ayudó mucho siempre. Vivía cerca y nos vio crecer. Nos tenía gran cariño, también a mis padres. Nosotros, para él, solo podemos tener palabras de agradecimiento.

— Claro, claro. Veo que ya esta limpia la gallina. Le dejo con su quehacer.

— Si quiere usted acompañarnos luego a comer, solo tiene que venir.

— Muchas gracias, Crescen, pero no va a poder ser. En otra ocasión.

— Como usted quiera.

— Por cierto, dígale a su hermano que me gustaría conversar un rato con él.

— No se habrá metido en ningún problema.

— Por favor, no, tranquila, son cosas sin importancia, nada que deba ser resuelto con urgencia.

— Se lo diré.

— Hasta pronto, Crescen.

Volvió al camino, para continuar con su paseo, aunque el objetivo de avisar a Andrés ya estaba conseguido, sus pasos le llevaban hacia San Miguel. Andaba con tranquilidad, observando los bancales y los naranjos. Al llegar a la altura de la balsa del palomar, quedó tentado de acercarse a curiosear. ¿Podría volver a ver el cuerpo de Marisa mientras se bañaba? Intentó quitarse aquel pensamiento de su cabeza. Además, Marisa pensaba seriamente en Gregorio, eso era bueno, alejaba malos pensamientos de su mente. Estaba tan ensimismado en aquellas ideas, que no había escuchado como se acercaba una bicicleta, solo se percató de ella cuando frenó a su lado.

— Buenos días, Padre. — Le saludó mientras se bajaba de la bicicleta, comenzó a caminar junto al cura.

— ¡Buenos días! Me asustó usted, Indalecio, no me di cuenta, pensaba que andaba solo por este camino.

— Aunque no lo parezca, este camino es bastante transitado, es la mejor ruta para ir a Rioja, o para llegar al rio para continuar por él. ¿Un simple paseo?

— Por supuesto, caminar entre los naranjos puede ser un ejercicio maravilloso.

— No lo pongo en duda. Mi hija me comentó que el otro día, después de misa, jugó con usted al ajedrez.

— Si, conmigo y con el doctor. Ya sabe, en la mesa que tenemos en el porche, aprovechamos la buena tarde que hacía. Su hija juega bastante bien, por cierto.

— No entiendo de ajedrez, a mi hija le enseñaron los sirvientes de los marqueses que vienen de vez en cuando. Si le molesta en algún momento, me lo dice para que no vuelva a ocurrir.

— ¡Por favor! Nada más lejos de mi pensamiento. Su compañía es muy agradable, es una excelente muchacha.

— Si que lo es, pero ya va dejando de ser una muchacha.

— Es verdad, es una excelente mujer. ¿Dónde quiere ir a parar?

— Padre, comprenderá que me preocupe por mi hija.

— No podía ser de otra manera, lo comprendo.

— Al retrasarse después de misa, mi mujer estaba pendiente de su regreso. Me dijo que hasta la puerta le acompañó don Gregorio.

— Cierto, yo le pedí al doctor que le acompañase, para que su hija no hiciera este trayecto sola, no era de noche, pero pensé que era aconsejable que la acompañaran a aquellas horas de la tarde.

— Gracias padre. Ya me quedo mas tranquilo. No sabía de las intenciones del doctor, un padre debe preocuparse por su hija.

— Entiendo, Indalecio, le entiendo perfectamente. — Le pareció percibir un pequeño aire de desilusión en el guardés, por lo que pensó en asegurarse si lo que estaba pensando, era lo que quería decir el guardés. Decidió dar rienda suelta a su intuición — No le gustaría a usted que su hija fuese molestada por alguien con malas intenciones.

— ¡Claro que no!

— Sin embargo, don Gregorio no creo que albergue ninguna mala intención para con su hija.

— Estoy seguro, padre. El doctor es un caballero y una excelente persona.

— Por supuesto, Indalecio, por supuesto. — le puso su brazo sobre el hombro, como para hacerle una confidencia. — Debo entender, espero no equivocarme, que usted, y supongo, que también su señora, verían con buenos ojos una posible relación de su hija con el doctor.

— No hubiera podido explicarlo mejor, padre. — tragó saliva antes de continuar. — Pero por favor, que esta conversación no salga de aquí, ni mi mujer debe saberlo.

— Por supuesto que no se va a enterar nadie. Aunque, algo me dice, que si estas hablando conmigo de esto, es precisamente porque tu mujer te lo ha pedido.

— Padre, no se le escapa a usted ninguna.

— Imagino que a ninguna madre de la zona se le ha pasado por alto que Gregorio permanece soltero, va a llegar a los treinta y es un partido mas que razonable para cualquier chica de por aquí.

— Supongo que tiene usted razón.

— No te preocupes, intentaré llevar por el buen camino a cualquier pareja que vea con buena disposición. Supongo que me has entendido.

— Gracias padre, esta tarde volverá a ir a misa, si le parece bien, no nos importaría que practicase el ajedrez con ustedes, siempre que luego le acompañase alguien, para que no vuelva sola a casa por estos caminos.

— No se preocupe, Indalecio, "alguien" le acompañará. — de esta manera dieron por terminada la conversación, más que nada, porque el guardés lo estaba pasando mal. Pocas veces había sufrido tantos nervios en una charla.

Se despidieron cortésmente. El cura dio media vuelta sobre sus pasos, para retornar a su casa. No se podía creer que acabara de aceptar el papel de "Celestino" que le habían propuesto. Debía reconocer que no le disgustaba, los dos le caían bien, no podía pensar una pareja mejor. Inconscientemente, caminaba con una sonrisa en su rostro. Le divertía mucho hacer de casamentero, sobre todo, si lo hacía por indicación de los padres de la chica. Capitán movía su rabo con autentico frenesí. ¿Habría entendido algo de lo que se habló anteriormente?

11 VAREANDO

Aquella tarde Marisa le esperó tras la misa, le acompañó a su casa y jugó con el doctor al ajedrez, mientras el cura leía algo que no podía dejar para otro momento, eso les dijo. La pareja no pensó en ningún momento que aquello fuera cierto, disfrutaron de las partidas y, pasado un buen rato, Marisa comentó que era hora de volver a su casa, el doctor se apresuró a acompañarla. A paso lento se perdieron por el camino comentando algún tema sin importancia con una amplia sonrisa en sus labios, contando con la compañía de Capitán durante el trayecto. El padre Ramón aprovechó para entrar en casa y coger una garrafa pequeña de vino. La había comprado en la Bodega el Chaparral, estaba bastante cerca de la iglesia, a pie de la carretera, en la cera contraria. Se entra a la bodega por una gran puerta, tan grande que permite el acceso a la misma de los carros o camiones para el trasiego del vino, con techos altos, llena de grandes tinajas de arcilla y varios toneles. Al hombre que le atendió, le pidió un vino que le recordara a su tierra. Estaba muy contento con su elección y quería compartir un vasito con Gregorio, cuando este volviera de acompañar a Marisa. Al salir del cortijo, se encontró en el porche a Andrés, no se había dado cuenta de que había llegado. Se fijó que su bicicleta estaba apoyada en la pared.

— Buenas tardes, padre.

— ¡Oh! Muy buenas tardes, Andrés. No te había oído llegar, estaba sacando un vino para probar un vasito con el doctor, que llegará en un momento. ¿Te apetece probarlo conmigo?

— Muchas gracias doctor, pero vengo sediento con la bicicleta, primero tomaré un buchito del botijo, después le acepto gustoso ese vino.

— Por supuesto, mientras lleno los vasos, sírvete.

— Gracias. — El joven se acercó al alfeizar de la ventana, donde estaba el botijo sobre un plato esmaltado y decorado con figuras frutales. Dio un largo trago y volvió a dejarlo en su sitio. Se sentó en una de las sillas que estaban alrededor de aquella mesa. El padre Ramón le puso uno de los vasos de vino frente a él.

— Espero que te vaya todo bien.

— Si, padre, todo va perfecto. Venía porque creo que quería usted decirme algo.

— Exacto, espero no haberte molestado.

— No hay problema, lo que necesite. He quedado con mi novia para verla ahora después.

— Entonces no tardaré mucho. Es una insignificancia. Espera que saque algo para acompañar el vino.

— No se moleste, padre.

— Por favor, no es ninguna molestia, es un momento. — el padre entró a la cocina, preparó su fuente de embutidos, cuchillos y pan, también cogió otro vaso para cuando llegara Gregorio. Salió y colocó todo sobre la mesa. — Además, debe estar al llegar el bueno del doctor, y este no me perdonaría que ofreciera el vino sin nada que lo acompañe.

— Padre, esto es mucho.

— Tranquilo, no hay por qué comérselo todo, y recuerda que aún debe aparecer el doctor, que también nos ayudará a dar buena cuenta de la fuente.

— No le voy a decir que no, padre, tienen muy buena pinta.

— Son excelentes, la longaniza es una maravilla. — Partió un trozo para Andrés y otro para él. La punta del embutido se la dio a Capitán que, como siempre, estaba tumbado junto a la puerta, con la cabeza entre sus patas delanteras. En ese momento, canturreando una coplilla, llegaba Gregorio.

— Espero que me tengan en cuenta, me gusta la pinta de esa longaniza.

— Estábamos esperándote, aquí tienes. Este no es el vino que traje de mi tierra, pero también es muy bueno, por lo menos a mí me gusta.

— Ahora le daré mi opinión. Buenas tardes, Andrés, que no te he saludado.

— Doctor, está usted cumplido. Padre, ¿Qué cosa quería preguntarme?

— Ah, sí, es un pequeño detalle. Hablando el otro día con Carmelo, el relojero, me comentó que el día que murió el tío Braulio, él subía el rio, dirección Gádor, que un poco más arriba del puente de Rioja, se cruzó contigo, que vendrías de tu trabajo.

— Creo recordar que así fue, si.

— Al tomar el rio, el lo hizo por la bocana de San Miguel, con su moto. En la siguiente bocana, rio abajo, recuerda que estaba el carro del tío Braulio. ¿Qué bocana tomaste tú?

— Pues, estoy bastante seguro, tomé en la que estaba el tío Braulio, para la bici es más suave, es la que tomo siempre. Para el mulo también es mas cómoda, por eso es la que tomaba también él con su carro.

— Perfecto, claro, ¿hablaste algo con el tío Braulio?

— No, solo le grite algo, como saludo, el levantó la mano, supongo que diría cualquier cosa, no le entendí, bastante tenía con la bicicleta.

— ¡Ah!, vale. ¿era normal que el tío Braulio parase por allí?

— Pues no recuerdo haberlo visto nunca allí parado.

— Quizás esperase a alguien. ¿no recuerdas ver a nadie más por el camino?

— No, sólo al relojero y al tío Braulio.

— ¿con él no había nadie?

— Ahora que lo dice, entre los naranjos, me pareció notar como una sombra, pero no le presté la menor atención.

— ¿Podría ser que el tío Braulio estuviera hablando con alguien que estaba en el bancal de naranjos?

— Como poder ser, podría ser. Pero yo no vi nada más, que yo recuerde.

— Otra pregunta. ¿te fijaste si el perro del tío Braulio estaba amarrado?

— ¿Capitán amarrado? — Lo miró, este, al escuchar su nombre, había levantado la cabeza y le miraba con sus orejas tiesas. — No, no estaba amarrado, recuerdo que me acompañó unos metros, como siempre hace, sin cruzarse con la bicicleta. Estoy seguro que no estaba amarrado. Es más, no recuerdo haberle visto nunca así, siempre está suelto.

— Te fuiste directo a tu casa, como es normal.

— No, pasé por el cortijo de mi novia, no estaba a la vista, continué hasta el ayuntamiento, le dejé unos papeles a Baldomero. Muchas cosas entre el ayuntamiento de Gádor y el de Benahadux, para ahorrar en correos y ganar tiempo, directamente yo las subo o las bajo. A la vuelta del ayuntamiento sí que vi a mi novia, estuve un rato hablando con Josefa, poco después me fui a mi casa, mi hermana tenia la comida lista. Comimos y me cambié de ropa. No es la misma, la que uso en el ayuntamiento es una, la ropa que me pongo para ir a los bancales, es otra.

— Entiendo. Me has aclarado todo. Muchas gracias. Cuando quieras puedes ir a visitar a tu novia. No quiero entretenerte, tienes que conseguir que florezca esa buena pareja.

— Gracias a usted padre, estaba todo muy bueno. Me voy, hasta otra ocasión. — Hablaba mientras se ponía en pie y se subía a su bicicleta.

— Vuelve cuando quieras. — El padre Ramón le despidió con un gesto de su mano, a continuación, partió dos trozos de una tripa de morcilla. — Toma, Gregorio, esto tiene que ir bien con el vinillo este.

— Seguro que sí.

— Lo primero, es lo primero. ¿Qué tal con Marisa?

— Muy bien, es un encanto de mujer.

— Sí que lo es. Me gusta mucho esa chica, para ti, por supuesto.

— ¿No tendrás nada que ver con todo esto?

— No sé a que te refieres.

— Ya, en pocos días, dos encuentros aquí, en lugar de jugar al ajedrez, te pones a leer, parece que estas empujando un poquito las cosas.

— ¡Qué imaginación! Pero, si así fuera, ¿te molesta?

— ¡Claro que no! Si es la chica más guapa de toda la vega.

— Seguramente. Pues, entonces, mientras las cosas vengan de cara, aprovéchalas.

— ¡Tienes razón! Continúa haciendo esas cosas que se supone que no haces.

— Eso haré. Qué te parece lo que nos ha dicho Andrés.

— Por lo que yo he entendido, confirma lo que nos dijo Carmelo. Todo normal.

— Exacto, pero ahora sabemos que despúes de Carmelo, la última persona en ver al tío Braulio con vida, fue Andrés.

— No, Ramón, el ultimo en verlo con vida fue su asesino.

— Evidentemente, Gregorio, cuando tienes razón, la tienes, no se puede negar. — Rieron, aprovechó para rellenar los vasos de vino. — ¿Qué te parece?

— Este vino esta perfecto. Que no te falte. Mañana pasaré por la bodega y traeré otra garrafilla.

— Si te empeñas, no te llevare la contraria.

Terminaron la velada con tranquilidad. Las cosas del tío Braulio se repartieron la mañana siguiente entre los que las solicitaron, sin ningún problema. Nadie pidió más de una cosa, por lo que todo fue muy repartido. Cada uno de los participantes había pedido lo que más le hacía falta, estaba claro que entre ellos se ponían de acuerdo, cada mueble tenía una sola petición, por ejemplo, el carro y el mulo fueron para un joven que retomaría el negocio del tío Braulio, sólo él lo había pedido. En la mesa de reparto, no necesitaron tomar ninguna decisión, no había disputa que dirimir. Estaban acompañando al padre Ramón, el secretario del ayuntamiento, el alcalde, el sargento López y el maestro de la escuela, Tomás Pastor. Estaba claro que este último no era muy partidario de la iglesia, ni del ayuntamiento, tampoco de la guardia civil. Saludó cortésmente, eso sí, esperando que todo acabara lo más rápido posible. Al terminar el reparto, el padre Ramón le comentó al sargento que le gustaría hablar con él, que se pasara alguna tarde, después del oficio diario, para hablar de algunas cosas. El sargento le preguntó si tenía algún problema, el padre le recomendó hablarlo en privado. Solo quería charlar un poco con él.

Aquella tarde Marisa no había ido a misa, por lo que, después del oficio, Gregorio y el padre Ramón estaban jugando al ajedrez, Capitán estaba tumbado junto a la puerta. En la mesa, junto al tablero y las piezas, estaban dos vasos de té moruno. El Land Rover de la Guardia civil entro en la pequeña explanada que hay frente al porche, lo aparcaron frente a la balsa, junto al cuatro cuatro del doctor. El Sargento venia con el cabo Rueda.

— Buenas tardes Sargento, igual para usted, cabo. —
El cabo le devolvió el saludo con un gesto amable
con su mano. Ambos se habían dejado el tricornio
en el coche.

— Buenas tardes, padre, aquí me tiene.

— No vendrá usted con prisa, ¿verdad?

— En principio no, mientras no nos llamen para algo,
no hay ninguna urgencia que atender.

— ¿Les apetece un te?

— Para mí, si tiene otra cosa que no esté caliente, estoy
seguro de que me sentaría mejor. — Comentó el
sargento.

— Un vaso de vino, ¿tal vez?

— Eso está mejor, diga usted que sí.

— Cabo, ¿Usted también prefiere vino?

— Si no es molestia, padre. — El cura entró en casa,
sacó dos vasos y la garrafilla de vino, sirvió
generosamente y se sentó. Los dos guardias civiles,
que ya estaban sentados junto a la mesa, probaron
el vino.

— Muy bueno, padre, un vino muy rico. Pero, a lo que
vamos, me dijo usted que quería comentarme algo.

— Sí, mi sargento. Quisiera saber si ha tenido algún avance en el caso de la trágica muerte de mi antecesor, el padre Venancio.

— ¡Oh! Sobre eso, no puedo decirle nada nuevo. No hay ninguna novedad, no tenemos ninguna pista, padre. ¿Por qué me lo pregunta?

— Mi sargento, voy a serle muy claro. Yo, como usted, tengo superiores. Estos me preguntan por las novedades del caso, yo debo responderles, lo mismo que haría usted. No se ponen muy contentos al ver que no avanza nada, o peor aún, si no se enteran de los avances.

— En ese caso, no se preocupe, porque no hay novedad que comentar.

— Mi sargento, le he dicho que iba a ser claro con usted, y lo voy a ser. Sí que ha obtenido avances, por lo menos yo si he encontrado novedades.

— ¿Usted? ¡Ah! Claro, pero ahora me dirá que no puede desvelar nada que le hayan confesado.

— Si piensa que el asesino ha venido a confesar su crimen, pidiendo el perdón divino, está usted muy equivocado. Nada más lejos de la realidad. El confesionario no ha sido ninguna fuente de información, se lo puedo asegurar.

— Entonces, ¿de qué me está usted hablando?

— Le voy a resumir las novedades que yo ya he trasladado a mis superiores. —El padre Ramón sabía que estaba mal lo que estaba haciendo, estaba faltando a la verdad, pero quería presionar un poco a aquel sargento. El único superior que había mostrado interés en aquella muerte, había sido su tío, pero después de su llegada a Benahadux, no había tenido contacto con nadie más. Pero eso no lo sabía el sargento. — Primera, el asesino del padre Venancio, ha vuelto a matar. Esta vez al tío Braulio.

— Eso no lo puede usted asegurar.

— Puedo. No es casualidad que ambos crímenes, cercanos en el tiempo, se hayan producido con la misma arma, siendo esta tan particular.

— ¿Cómo sabe usted eso? Nadie lo ha hecho público.

— Lo sé, debe bastarle.

— Yo me enteré por el informe que nos llegó desde Almería. No entiendo cómo ha podido usted enterarse.

— Sargento, una cosa. — Era Gregorio el que interrumpió el dialogo entre sargento y cura. — Antes de que los cuerpos fueran a Almería, yo reconocí a los dos cadáveres, certifiqué la muerte de ambos, de esa forma, pude comprobar la forma de la herida.

— Pues me lo podía haber dicho a mí también, me enteré días después, con el informe.

— Pensé que usted también se habría dado cuenta.

— Entre tanta sangre, yo no me fijé en nada. Uno no está acostumbrado a esas cosas.

— Para la próxima ocasión, ojalá no se presente nunca, le mantendré informado.

— Pero sabemos más cosas. — Volvió a tomar la palabra el padre Ramón. — las dos veces han trasladado los cuerpos después del crimen. Por tanto estamos hablando de un asesino fuerte, muy fuerte.

— Sí, pero nada más. Ya no puede saber nada más.

— ¿está seguro?

— Creo que sí, pero ya me está poniendo usted en duda.

— Si no me equivoco, ninguna de las victimas presentaba heridas defensivas, o muestra de alguna pelea o agresión.

— Cierto. — El sargento miró al doctor, que se encogía de hombros, adivinando que su fuente de información era él.

— El doctor me lo dijo, pero recuerde que también vi el cadáver del tío Braulio.

— Si, es cierto. Usted estaba allí.

— Esto me hace suponer que ambas víctimas conocían perfectamente a su asesino. Por tanto, es alguien, seguramente, de la zona. Pienso que debe serlo, se mueve con facilidad, conoce sitios tan escondidos como el palomar, nadie ha visto a ninguna persona extraña, seguro que es de la zona.

— Parece lógico, siga usted, padre.

— Del crimen del padre Venancio no pude obtener ninguna información. Pero si le parece a usted, podemos ponernos al día de las novedades que hemos descubierto de este último.

— Por lo que parece, sabe usted más que nosotros. No tenemos nada mas, he preguntado a todo el que podía saber algo, pero no he sacado nada en claro.

— ¿Ha preguntado a Carmelo, el relojero?

— ¿Para qué?

— Fue de los últimos en verlo en vida, estaba el tío Braulio donde encontraron su carro. Mientras tanto, Carmelo tomó el cauce seco por la bocana que está rio arriba, junto a la finca de San Miguel.

— Entiendo.

— Carmelo continuó rio arriba, cosas de su trabajo, ya pasado el puente se cruzó con Andrés que venía con su bicicleta desde Gádor por el río. Supongo que tampoco ha hablado con Andrés, ¿no?

— Pues no sabía que podría decirme algo.

— Si, podría decirle, por ejemplo, que él si tomo la misma bocana donde estaba el tío Braulio con su carro, que le devolvió el saludo.

— Debemos interrogar a los dos. — Estas palabras las dirigió el sargento al cabo, luego se dirigió al padre Ramón. — Supongo que no tendrá más información que compartir.

— Ahora mismo, creo que no, sargento.

— Debo reconocer que ha hecho usted más trabajo del que podía esperar. Me alegro mucho de haber mantenido esta conversación.

— Si en algo hemos podido ayudar, me sentiré muy satisfecho, sargento. Pero una cosa le quiero pedir.

— Dígame usted, padre.

— Ya le he dicho que debo informar a mis superiores, que están preocupados por la muerte del padre Venancio, si obtiene algún avance, o consigue alguna nueva información, le rogaría que me mantuviese informado.

— Padre, esto va también con usted, doctor, cuento con su discreción, esto que se ha hablado aquí, no puede salir de aquí.

— Queda claro, sargento.

— Si es así, podremos repetir esta charla.

— Sin duda.

— Siempre que nos obsequie con otro vasito de este buen vino.

— Cuente con ello. Siempre tendré un vaso para ustedes.

Poco después, el Land Rover abandonaba el cortijo del cura, mientras el doctor recogía los vasos que habían usado los guardias, dejando la garrafilla de vino. El padre Ramón no se había movido de su asiento, tenía las yemas de sus manos juntas, con ambos índices junto a sus labios. El doctor fue a su coche, cogió una bolsa y entró con ella en la cocina. Poco después salió con dos vasos limpios y una tabla con tres cuñas de quesos distintos. Dos eran curados, el otro fresco, de cabra. Los dejó sobre la mesa, volvió a la cocina retornando con un gran cuchillo y un buen pan. Comenzó a partir las cuñas en láminas.

— Dejamos la partida a medias, ¿no?

— Gregorio, la dejamos en tablas. Parece que hoy has decidido que vamos a tomar un poco de queso, ¿no?

— Pienso que será lo mejor para acabar el vino que queda, padre. Mañana deberemos reponer la garrafilla, no vaya a ser que vuelva nuestro sargento y no tengamos el suministro prometido.

— Tienes razón, Gregorio. Por cierto, ¿Qué piensas de la conversación que hemos tenido?

— Sinceramente, pienso que el sargento debería saber más de lo que dice.

— Podría ser, pero quizás, realmente no sepa nada más. No creo que haya muchas más pistas que desconozcamos ahora mismo.

— Entonces, ¿Cuál era tu intención al llamar al sargento?

— Varear, Gregorio, varear.

— No te entiendo.

— Me explicó un compañero de seminario, que es de Jaén, que cuando la aceituna está madura, no pueden esperar a que caigan por su propio peso, ya que no lo hacen a la vez. Cogen una vara, y con ella golpean las ramas del olivo, las aceitunas, por estos golpes caen para ser recogidas. A esto le llaman varear. Con esta reunión he pretendido varear para ver si puede caer alguna novedad. No sé si tendremos frutos maduros, pero voy a intentarlo.

— No dejas de sorprenderme, Ramón, vas siempre por delante de mí. ¿Oye, es cierto que tus superiores están pidiéndote novedades sobre la investigación?

— Algo tenía que decirle al sargento.

— ¡Eres incorregible!

— Como él tiene muy asumido el tema de tener un superior que le pida responsabilidades y resultados, pensé que sería la mejor forma de hacerle comprender que es bueno para ambos compartir información. Ahora esperemos el siguiente paso. A ver quien lo da primero.

Continuaron la velada, hablando de temas menos trascendentes, hasta que terminaron el vino.

12 BAJO EL PUENTE DE RIOJA

Al día siguiente, mientras el padre Ramón tomaba su desayuno, sonaron unos golpes en la puerta. No esperaba nadie en aquel momento. Se extrañó al principio, luego pensó que era una de las tareas que debería cumplir al servicio de su parroquia. Abrió la puerta sin saber qué podía esperar.

— ¿Se puede?

— Pase usted, buenos días, ¿que se le ofrece?

— Buenos días, padre, soy de la compañía Telefónica de España, vengo a instalarle el teléfono.

— ¿A instalar el teléfono?

— Si, es la orden que tengo.

— ¿Quién lo ha pedido?

— No lo sé, yo solo tengo esta orden. No sé quien ha podido presentar la solicitud.

— Habrá sido el párroco anterior, no sabía nada.

— No sabría decirle.

— ¿Tarda mucho desde que se solicita hasta que lo instalan?

— Depende mucho de la dificultad, en este caso, como aprovecho la línea que llega hasta el ayuntamiento y este está cerca, va a ser relativamente fácil, pero una solicitud viene tardando su buen par de meses, cuando menos.

— Bien, ¿me necesita para algo?

— Solamente me tiene que decir dónde montaría el aparato. Para dejarlo todo preparado. Mis compañeros ya están montando unos postes para que llegue aquí la línea. Si no hay problema, antes de comer ya tiene usted el teléfono puesto.

— ¡Ah! Qué rapidez. Bien, puede usted instalarlo aquí, en el salón de la casa, junto a la entrada.

— Le hemos traído un aparato de sobremesa, lo pondremos sobre ese aparador, si le parece a usted bien.

— Lo que sea más fácil para su trabajo me parecerá bien.

Aquella mañana la pasó viendo como montaban la línea. Solo faltó de su casa para ir a la bodega, a llenar su garrafilla, como siempre, Capitán le acompañó. Aunque no entró en la bodega. Seguramente por el fuerte olor que las barricas y tinajas desprendían, o quizás por esa manía suya de no entrar en las casas o en la iglesia. Cuando regresó al cortijo del cura, ya estaba la instalación prácticamente terminada, ya estaban comprobando que la línea funcionara. El padre Ramón no dejó que se marcharan sin que se tomaran un vaso de vino y un poco de embutido, lo preparó todo en la mesa del porche. Los empleados de la compañía telefónica agradecieron el detalle, tomaron un poco de vino y continuaron su trabajo, recogieron todo y se marcharon. El padre Ramón había recogido los vasos y el embutido del porche, cuando sonó el aparato recién instalado. Pensó que estarían probando la línea. Cogió el auricular y contestó.

— ¿Dígame?

— ¿Cómo está mi sobrino favorito?

— ¡Tío! Bien, pero, pero… ¿Cómo sabías que tengo teléfono?

— ¿Quién te crees que ha movido los hilos para que te lo instalen? En cuanto supe que estabas incomunicado, di orden de que se solucionara rápidamente. Para ser exactos, ayer pedí la urgente instalación de tu teléfono. Exigí que me avisaran en cuanto tuvieses línea, me lo acaban de decir, acto seguido te he llamado.

— Que sorpresa me has dado. ¿todo bien?

— Aquí no ha cambiado nada. Todo bien, tu familia también. Tú eres el que tienes que contar novedades.

— Ciertamente hay pocas, tío, solo puedo decirte que quien mató a tu amigo, ha vuelto a matar, ha matado a un carretero.

— ¿El mismo? ¿Cómo puedes estar tan seguro?

— Utiliza un arma muy característica. Es el mismo, sin duda.

— Anota el número que te voy a dar. Es el teléfono directo del padre Damián, cuando tengas alguna novedad llámalo, él me lo dirá, yo te devolveré la llamada lo antes posible, ya sabes como es mi día, continuas visitas y reuniones.

— De acuerdo tío, te tendré al corriente de las novedades que vayan surgiendo.

— Sobre todo, ten cuidado. Si ha matado ya dos veces, no dudará en hacerlo una tercera.

— Eso me temo. Puede ser alguien muy peligroso.

— Puede ser, no, sobrino. Es alguien muy peligroso. Debo dejarte. Hasta pronto.

Colgó el auricular. Su tío había organizado que le montaran el teléfono, lo había conseguido de un día para otro. El poder de la iglesia era indudable en aquellos días. La llamada de un arzobispo movía voluntades a una velocidad difícilmente superable. Estaba en esos pensamientos cuando escuchó el motor de un coche que, evidentemente, acababa de frenar frente a su porche. Al salir a ver quién era, comprobó que se trataba de Gregorio. Iba a decirle algo en tono simpático, cuando se fijo en su semblante serio, se quedó con la boca abierta. Entendió a la primera el gesto con la cabeza del doctor. Cerró la puerta y se subió al coche. Con más rapidez de la que se esperaba, Gregorio había retornado al camino, avanzaba bastante rápido, levantando una cortina de polvo tras su coche.

— ¿Qué ha pasado?

— Otro muerto.

— ¿Quién?

— No lo sé. Me han dicho que vaya rápido debajo del puente de Rioja, en el primer arco, el que está más cerca de San Miguel. — Mientras decía esto, tomaba el desvío a la derecha, el que desembocaba en la bocana donde se encontró el carro del tío Braulio cuando lo asesinaron. Los dos mantuvieron el silencio, mientras el coche botaba entre los naranjos, tomo la bocana y se dirigió rio arriba. Ya en el cauce seco, el coche aumentó su velocidad. Debajo del primer arco del puente se veía el carro y el mulo que anteriormente eran del tío Braulio. El doctor paró el coche junto al carro. Rápidamente se bajaron los dos. Un joven con su rostro muy blanco señaló a la base del puente. Gregorio, con su maletín en la mano, fue corriendo hacia allí. El padre Ramón se quedo con él. Reconoció al joven que en el reparto había solicitado el carro y el mulo.

— Tranquilo, todo está bien, ¿Cómo te llamas?

— José, padre, José. Pero no está bien, no está nada bien.

— ¿Qué ha pasado?

— Venia de Gádor, para el Chuche, con un viaje de muebles. Si hubiera ido andando, no hubiese visto nada, las ovejas están pastando en las matas que hay en la orilla del cauce, un poco más arriba, parecía que el pastor estaba pegando una cabezada, pero subido en el carro me pareció ver una mancha oscura en la camisa del pastor. Le di una voz, no me contestó. Paré el carro, en que mala hora, cuando me acerque vi que algo no iba bien, creo que está muerto. No entiendo mucho de estas cosas, pero seguro que vivo no está.

— Siéntate, tranquilo. ¿Cómo avisaste?

— Acertó a pasar el relojero, con su moto, él les llamó.

— Si no me necesitas, voy a ver si el doctor quiere que le ayude.

— Gracias padre, vaya usted. — El joven se quedó sentado en el suelo, apoyado en el pilar del puente, en el opuesto del mismo arco donde estaba el cadáver. El cura se acercó a Gregorio.

— Gregorio, ¿esta …?

— ¿Muerto quieres decir? Sí, está muerto.

— ¿Sabes quién es?

— Tobías, el pastor. Creo que no lo conoces.

— No.

— Normal, no se recuerda haberle visto nunca en la iglesia, tampoco le vieron nunca en una fiesta. Es de Pechina, siempre está con su rebaño rio arriba, rio abajo. Estaba, debía decir que siempre estaba.

— ¿Has visto si la herida es igual a las otras?

— Sí, Ramón. Es cuadrada. No hay duda.

— ¿Cuánto tiempo hace que lo han matado?

— Ya tienen que haber pasado varias horas. Me imagino que a primera hora de la mañana, amaneciendo. Quien pasó por aquí no se dio cuenta de que estaba muerto.

— Quien lo mató movió el cadáver, lo recolocó para que pareciese que estaba durmiendo. — El padre Ramón hablaba en voz alta, mirando el cuerpo inmóvil.

— ¿Cómo lo sabes?

— La postura inicial de la cabeza y de su cuerpo, tapaban totalmente la herida. Es prácticamente imposible que maten con un arma blanca pinchando por el lado del cuello, y al sacar el arma, el cuello y la cabeza tapen totalmente la herida. Además, recuerda la postura de sus manos, cruzadas como si estuviese durmiendo. Esa no es la reacción de alguien que está recibiendo un ataque mortal, tendría que tener algún gesto de protección o defensivo.

— A lo mejor no lo vio venir.

— Está apoyado en el pilar del puente, debió recibir el ataque de frente, donde está ahora mismo, no pudieron sorprenderle por la espalda.

— Tienes razón. No me había dado cuenta de todo eso. Aquí ya no puedo hacer nada. Mira, aquel debe ser el sargento. — Río arriba se percibía una columna de polvo. Se adivinaba en su base al land rover de la guarda civil. Se acercaba realmente rápido. Para llegar en el menor tiempo posible, en lugar de por la carretera, habían tomado el rio Andarax en Gádor, llegando directamente al puente de Rioja. Prácticamente antes de que el coche terminara de detenerse, el sargento López ya estaba caminando dirección al doctor. El cura se fue con el joven otra vez. Mientras los guardias hablaban con Gregorio, Carmelo el relojero, llegó con su moto. La subió a su caballete y se dirigió a hablar con el cura y el joven.

— Padre, se le saluda.

— Carmelo, qué me puedes contar.

— Poca cosa. Vi cómo José me hacía gestos, pensaba que había tenido una rotura o cualquier otra cosa, cuando me dijo lo que era, fui al pueblo lo más rápido que pude, avisé al doctor, después a la guardia civil. Me he acercado a casa, para avisar a mi mujer, no fuera a ser que llegara la noticia y pensara alguna cosa rara, para tranquilizarla, vamos. Después he decidido venir, por si podía ayudar en algo, o debía dar declaración a la guardia. No sé qué es lo que debo hacer en estos casos.

— Nadie sabe qué hacer cuando pasan estas cosas. No se preocupe, es normal. — El doctor regresó de hablar con el sargento, que llamó a Carmelo para interrogarle. El guardia civil Moya continuaba hablando con José, el nuevo carretero. — ¿Que te ha dicho el sargento?

— Que ya hemos terminado nuestra labor aquí, que ahora vendrán de Almería mucha gente. Ya es la tercera víctima, ya no se podrá tapar mas, la prensa lo va a publicar todo. Vendrán para llevarse el cuerpo a estudiarlo, del juzgado, también más guardias civiles, pero ahora de la comandancia de Almería, seguramente la prensa también aparecerá. Me dice que no comente nada, que lo mejor es que nos vayamos. Yo esta vez le he comentado todo lo que he visto.

— Seguiremos las instrucciones del sargento López.

— Claro, por supuesto.

Hicieron un gesto con la mano, que el sargento devolvió mientras continuaba hablando con el relojero. Se subieron al coche y regresaron al cortijo del cura. El doctor se fue para su consulta, que había abandonado en cuanto le llamaron. Los pacientes todavía estaban allí, esperaban pacientemente su regreso en la sala de espera. Sabían que había salido para una urgencia, esto podía durar horas o unos pocos minutos. Aquel día, el movimiento de vehículos de todo tipo frente al cortijo del cura fue constante, era la ruta que habían decidido para llegar al lugar del crimen. Como Tobías no pertenecía a la parroquia de Benahadux, ya que era del pueblo vecino de Pechina, el padre Ramón no alteró su rutina diaria. A la misa de la tarde, acudió Marisa, como ya era habitual, lo esperó al terminar el oficio, juntos hicieron el camino de regreso al cortijo del cura. Solo había un posible tema de conversación, que había dejado de lado los intrascendentes de siempre. Marisa le comentó que su padre había avisado a un pastor de Rioja, para que se hiciera cargo de los animales de Tobías, que se habían quedado pastando, totalmente ajenos al desenlace de su dueño, mientras llegaba el día que algún familiar se pudiera hacer responsable de ellos. Llegaron al porche, Gregorio les esperaba con un vaso de té moruno para cada uno. No había preparado el tablero de ajedrez, no tenia ánimo para pasar el tiempo jugando. Se saludaron con un beso en la mejilla Marisa y el doctor. Esta muestra de cariño no pasó desapercibida para el párroco, pero no comentó nada. Poco antes de la misa había pasado el último vehículo relacionado con la muerte del pastor de Pechina, lo que había devuelto la tranquilidad a aquel camino. El silencio de la tarde se rompió con la llegada del Land Rover de la guardia civil. Aparcaron el coche al lado del Renault del doctor. Se bajaron el cabo Rueda y el guardia Moya. Todos se conocían, no fueron necesarias presentaciones, los guardias aceptaron un vaso de té, el doctor entró en el cortijo para prepararlo.

— Algo me dice que no es casual su visita, cabo.

— Pues va a tener razón el sargento, es usted muy avispado.

— ¿Avispado? — Marisa se sorprendió a sí misma. Había decidido permanecer en silencio, pero se le había escapado aquella pregunta en voz alta. Notaba como el rubor comenzaba a colorear sus mejillas.

— El cabo quiere decir perspicaz.

— Si, también valdría inteligente, padre. Ahora mismo tenemos un sospechoso que está siendo interrogado en nuestro cuartel de Gádor. — Gregorio se unió al grupo, trajo dos vasos de te moruno para los guardias, y ocupó la silla que estaba junto a Marisa.

— Me alegro mucho. Es una buena noticia, ¿han conseguido el testimonio de algún testigo?

— No, padre. Más bien era un testigo que ha comenzado a contradecirse. Cuando se le ha interrogado más severamente, también sobre el padre Venancio y el tío Braulio, han aparecido mas contradicciones, el sargento está pensando en detenerlo, seguramente lo enviaran a la comandancia de Almería.

— Bien, supongo que su sargento no quiere que sepamos quien es el sospechoso, ya que no lo ha nombrado en ningún momento, por tanto, pienso que es alguien que nosotros conocemos.

— No se equivoca, padre.

— Bueno, pues dígame, si es tan amable, ¿qué le trae por aquí?

— Afortunadamente se encuentra también don Gregorio con nosotros, ya que el encargo es preguntarles a los dos lo mismo. Ya hablaron con el sargento, pero este quiere saber si mientras se dirigían al puente de Rioja se cruzaron con alguien.

— Estoy seguro que desde que me recogió Gregorio, hasta el puente de Rioja no vi a nadie en el camino.

— Yo también puedo confirmárselo, cabo. — Gregorio había utilizado un tono de voz muy serio para decir aquella frase.

— ¿Podría alguien haberse escondido entre los naranjos al escuchar su coche?

— Supongo que podría ser, de la misma forma que puedo asegurarle que no vimos a nadie en aquel trayecto, no puedo hacer lo mismo pensando si alguien podría estar escondido en los bancales de naranjos. Íbamos muy nerviosos pensando en lo que podríamos encontrarnos. Yo puedo decirle que no vi a nadie, Gregorio supongo que estará en el mismo caso.

— Estoy igual que el padre Ramón, seguro de que no nos cruzamos con nadie en el camino. Pero yo iba pendiente a conducir el coche, no me fijé en los naranjos.

— Bien, pues eso es todo. No queremos molestarle más, vamos rápido a confirmarle al sargento lo que nos han dicho.

— No es molestia cabo, queremos ayudar en todo lo que necesiten. Vengan otro día, sin necesidad de que les traiga un asunto oficial.

— Lo haremos padre, me gustó mucho su té, doctor.

— Gracias, cabo. Estaré encantado de ayudarles en lo que pueda.

Los guardias civiles se subieron en su land rover, abandonaron el cortijo del cura, dejando tras de sí un ambiente pesado de dudas y preguntas. Sobre todas las posibles, una destacaba de las demás. Fue Marisa la que le puso voz.

— ¿Quién será el sospechoso que están interrogando?

— No lo sé, pero pienso que ponerse nervioso y contradecirse en un interrogatorio de la guardia civil, es algo que le pasaría a mucha gente, no necesariamente culpable. — dijo el cura.

— Todos sospechamos cómo se han sacado muchas confesiones en algunos cuarteles, puede que este no sea el caso. Esta visita me ha dejado mal cuerpo. Estaba pensando cambiar estos vasos de té, ya vacios, por algo con más cuerpo, porque todavía no es hora de acompañarte a tu casa, ¿verdad? — estas últimas palabras, las dijo Gregorio mirando fijamente a los ojos de Marisa.

— No, pero tomen ustedes lo que quieran, yo los acompañare en la conversación, pero no con la bebida.

— Traeré un par de vasos de vino, si te parece bien, Ramón.

— No, quédate un momento con Marisa, voy yo a por otra cosa. — El cura recogió como pudo todos los vasos de té y entró en el cortijo. Al rato salió con dos copas de balón y una botella muy elaborada de cristal tallado. — No sé muy bien cuánto tiempo puede tener este brandy, esta bonita botella no tiene etiqueta. Tampoco sé quién lo trajo aquí, estaba ya en un estante cuando llegué. Pero tiene un magnífico olor y, como bien decía Gregorio, esta conversación me ha dejado mal cuerpo, necesito un reconstituyente eficaz. Creo que este brandy es lo que necesitamos en este momento. No me esperaba encontrar esta botella y estas copas en la casa de un cura, pero algún antecesor mío parece ser que era un autentico amante del buen brandy. aún tengo alguna que otra sorpresa para otra ocasión.

— Gracias Ramón, estoy seguro de que has acertado. — Cogió la copa que le había servido el padre Ramón, colocándola entre sus manos, de manera que el calor de las mismas, subiera la temperatura del brandy, el padre Ramón estaba haciendo lo mismo con su copa, acompañando el gesto con giros de su mano. Pocos segundos después, el aroma del brandy comenzó a inundar el ambiente de la mesa. Gregorio casi introdujo su nariz en la copa, por fin tomo un pequeño sorbo. —

excepcional, este brandy es un gran reconstituyente.

— Sí, es posiblemente el mejor que he probado nunca. — Dijo después de probarlo lentamente, con parsimonia.

— ¡Por favor! — Marisa había permanecido callada ante la tranquila representación de los dos hombres al probar aquel brandy. — ¿Es que no les corre sangre por las venas? Acaban de decirnos que tienen detenido a un posible sospechoso, ¿no se les ocurre nada mejor que hacer?

— ¡Oh! Ciertamente no, querida Marisa. — El padre Ramón, estaba usando su tono de voz más calmado para contestarle. — Piensa todo por un momento. Si quien está siendo interrogado ahora mismo en el calabozo de Gádor es, ciertamente, el asesino de los últimos tres crímenes, deberíamos estar mucho más tranquilos y celebrar su detención. Si no lo es, tarde o temprano reconocerán su error, no tendrán más remedio que soltarlo.

— De acuerdo, padre, pero a mí lo que me tiene en un sin vivir, es que no sabemos quién puede ser.

— Si no me equivoco, no tardaremos mucho en saberlo. El cabo ha sido muy discreto y no ha soltado prenda. Bien, pero por mi poca experiencia, sospecho que no todo el mundo es tan reservado en los pueblos pequeños, pronto circulará el nombre de ese hombre. Mientras tanto, solo nos queda esperar.

— Me gustaría poder hacer algo, alguna cosa para ayudar. Da miedo andar por la vega, sabiendo que hay alguien capaz de matar, que ya lo ha hecho tres veces. Tiene razón, ojalá lo hayan atrapado ya.

— Nosotros no podemos hacer otra cosa, Marisa. Responder a las preguntas que nos hagan y poco más. No debemos intentar algo que nos pueda colocar frente a un asesino sin escrúpulos, que ya ha matado a un pastor, a un carretero y a un cura.

— Tiene toda la razón, padre. Bueno creo que ha llegado el momento de ir a mi casa.

— Si me permite, le acompaño.

— Por supuesto, Gregorio, pero creo que no necesita mostrarse tan formal delante de don Ramón, creo que sabe perfectamente lo que pasa.

— ¡Oh! Esto …— Gregorio no sabía que decir, le habían subido los colores mientras miraba a su amigo Ramón, que reía de buena gana.

Se fueron caminando, esta vez Marisa iba del brazo del doctor, mientras le hablaba en un tono cariñoso. El padre Ramón miraba el cielo, de un intenso color azul, mientras mantenía entre sus manos la copa de brandy a la que, prácticamente, le quedaba un sorbo. Capitán, esta vez no había acompañado a la pareja, estaba a su lado ofreciéndole su muda compañía. El cura separó su mano derecha de la copa para acariciar la cabeza del animal. Seguramente aquel perro era el único ser que tenía la certeza de saber quién era el asesino. Capitán sabía quien estaba con su amo cuando lo amarró el tío Braulio. O quizás fuese el propio asesino quien lo amarrase. No, lo más lógico es que lo amarrase el tío Braulio, porque alguien había comentado que normalmente siempre iba suelto. Capitán no dejaría que lo amarrase alguien que no tuviese su total confianza, debió ser su dueño quien lo ató con aquella soga. En estos pensamientos estaba el cura cuando llegó corriendo Josefa, la hija de Fernando.

— ¡Padre! ¡Padre! — Gritaba mientras se acercaba.

— ¿Qué sucede?, Josefa.

— ¡Necesito su ayuda! ¡Tiene que ayudarme!

— Bien, pero dime qué es lo que sucede. — En ese momento, llegaba Gregorio corriendo, alertado por los gritos de Josefa, desde lejos, también la había visto correr por el camino.

— ¡Que la guardia ha detenido a mi Andrés!

13 EL BUEN HIJO

Josefa casi no podía respirar, había corrido todo lo que le habían permitido sus piernas durante el trayecto de su casa al cortijo del cura. Gregorio se quedó con ella, sentando y tranquilizando a la joven, mientras el padre Ramón había entrado en el cortijo, salió con un vaso, lo llenó con agua del botijo, se lo dio a Josefa que, a pequeños sorbos, consiguió tomárselo.

— Cuéntame cuando puedas, ¿Qué ha pasado?
— Cuando Andrés vuelve de trabajar en Gádor, normalmente se pasa para saludarme todos los días, no es que sea raro que falle alguna vez, es que pasa siempre. Unas veces mas temprano, otras mas

tarde, pero siempre me ve antes de comer con su hermana. Hoy no ha venido, me extrañó, después de comer me acerqué a su casa, por si estuviese malo o algo parecido. Su hermana estaba como yo, intranquila. Luego nos han dicho que le habían llamado del cuartel de la guardia civil, que había ido a prestar declaración. Hace un momento un conocido de allí, nos acaba de decir que lo han visto subido en el land rover de la guardia civil, que lo llevaban para Almería.

— Tranquila mujer, a lo mejor ha ido a completar un interrogatorio, o a ver fotos de delincuentes, o algo parecido, no te pongas en lo peor. — Estas palabras las decía Gregorio, pero el mismo no le daba crédito, ya se había planteado en su mente el peor escenario posible.

— Doctor, lo llevaban con los grilletes puestos. No va a ver fotos, ¡va al calabozo! — fue terminar estas palabras y sumergirse en un intenso llanto. El padre Ramón, de pie junto a ella, la tenia abrazada, intentando consolarla.

Cuando consiguió que se calmara un poco, el padre Ramón entró en el cortijo del cura. Cogió el listín telefónico, que no había sido usado aún, localizó el número del cuartel del pueblo vecino, colocaba el dedo en el número que correspondía, girando la pieza circular, hasta que su dedo tocaba el tope metálico del teléfono, soltando la rueda con su sonido característico, mientras retornaba a su posición inicial. Aquel gesto lo realizo uno a uno con todos los números que figuraban en aquel listín telefónico. Una vez marcados todos, el auricular comenzó a dar el tono de llamada intermitentemente. Por fin, alguien descolgó.

— Cuartel de la guardia civil, puesto dc Gádor. Dígame.
— Buenas tardes.
— Buenas tardes, dígame.
— Soy el padre Ramón, de la parroquia de Benahadux.
— Dígame, padre, soy el cabo Rueda.

— No sé si puedo realizarle esta consulta a usted, o debo hablar con el sargento Lopez.

— Depende de lo que necesite, es posible que yo pueda resolver su duda.

— Es sobre mi parroquiano Andrés. Parece ser que lo han detenido.

— Es cierto padre, pero prefiero que no se sepa que yo se lo he confirmado.

— ¿Podría hablar con el sargento?

— Está acompañando al detenido a la comisaría de Almería. Va a ser imposible. Además, seguramente, tardará en regresar.

— Tranquilo, esta conversación no saldrá de aquí, ¿Qué motivos han tenido para llevárselo detenido?

— Después de este último asesinato, han tomado el mando del caso personal de la comandancia de Almería. El interrogatorio lo ha llevado un teniente.

— Entiendo.

— Se ha dado la circunstancia que, en los tres asesinatos, Andrés ha estado más o menos presente, o en la cercanía. El teniente, en el interrogatorio, le ha presionado y ha caído en varias contradicciones.

— Pero eso puede pasar por los propios nervios de un interrogatorio, para alguien que no está acostumbrado a que le presionen, ya sabe lo que puede intimidar un uniforme.

— Seguro que tiene razón, padre, pero el teniente ha pensado que es bueno, para el caso, que la prensa pueda decir mañana en el periódico que la guardia civil actúa de alguna forma. Piense que llevamos tres crímenes, ninguna detención, la gente de bien tiene que ver que trabajamos y pueden descansar tranquilos.

— Pero eso estaría muy bien, siempre que el detenido sea culpable, algo que no estoy muy seguro que esté sucediendo en este caso.

— Que no salga de aquí, padre, yo tampoco lo pienso. Conozco desde hace tiempo a Andrés, no lo creo capaz de matar a sangre fría. Recuerdo que perdía el color natural de su cara, cuando estaba cerca de aquellos cuerpos. No entiendo cómo podría hincar un arma en el cuello de ninguna de las víctimas.

— Eso mismo pensaba yo. Entonces, ¿En que se ha basado ese teniente para llevárselo detenido?

— La verdad, padre, solo ha dado la explicación de que, según su experiencia, ponerse tan nervioso, además de dudar de los detalles de su propia declaración, le convierten en sospechoso.

— ¡Qué barbaridad! Eso no se sostiene de ninguna manera. Cualquier persona que sometiéramos a un interrogatorio, con la presión que ya impone el uniforme que llevan ustedes, con un oficial un poco inquisidor, entraría directamente en el calabozo siguiendo ese criterio.

— Totalmente de acuerdo padre, pero no diga usted que yo pienso lo mismo.

— Puede estar tranquilo, cabo, esta es una conversación privada entre usted, el santo padre que todo lo ve, y yo mismo. No saldrá de aquí. Buenas tardes.

— Buenas tardes, padre. Gracias.

El cura colgó el teléfono muy despacio. Tomó aire y salió al porche donde el doctor, con cara de preocupación, y Josefa, con sus ojos llenos de lagrimas, esperaban los comentarios del padre.

— Sólo puedo deciros que, efectivamente, se lo han llevado detenido a Almería.

— ¡Pero él no ha hecho nada! Estoy segura. Podría poner mi vida en juego, ¡Andrés no es capaz!

— Estoy seguro de ello, Josefa. Lo más fácil es que una vez realicen las comprobaciones oportunas, comprendan su error y lo liberen rápidamente. De hecho, no creo que tengan ninguna prueba en la que sustentar semejante acusación.

— ¡Ay! Padre, ¿Qué va a ser de nosotros?

— No te preocupes, todo se arreglará, más pronto que tarde.

— Voy a ver a Crescen, creo que sabrá lo mismo o menos que nosotros.

— Te acompaño para darle ánimos, así no vas sola.

— Yo también voy con vosotros. — Gregorio llevaba tiempo sumido en sus propios pensamientos, forzado por los acontecimientos, parecía que acababa de despertarse. Se levantó de su silla con rapidez.

El padre acompañaba a Josefa, ayudándole a caminar, sirviéndole de apoyo, ya que estaba totalmente hundida. Capitán caminaba al otro lado, acompañándolos, pendiente de sus movimientos, como sabiendo que algo raro pasaba. Gregorio permanecía atento, Josefa daba la sensación de poder desmayarse en cualquier momento. Tomaron el camino hacia San Miguel, hasta llegar al acceso del cortijo de Crescen y Andrés. Crescen estaba sola en su porche, sus ojos estaban hinchados, había llorado. Hizo ademan de levantarse, pero su cuerpo apenas se movió, Josefa dejó el apoyo del padre Ramón y la abrazó. Rompieron a llorar las dos, desconsoladas, susurrándose preguntas de todo tipo, sabiendo que ninguna tenía las respuestas adecuadas. Frente a ellas, el cura y el doctor permanecían de pie, observando con pena y tristeza aquella imagen. Por fin se separaron, aún corrían por su rostro las lagrimas de dolor.

— Crescen, lo que necesites y esté en mi mano, solo tienes que pedírmelo. — dijo el padre mientras apoyaba su mano en el hombro de aquella enorme mujer. En aquel momento parecía una niña pequeña, dentro de un cuerpo que no le correspondía.

— Lo mismo te digo, lo que sea.

— Gracias doctor, padre, lo único que necesito ahora mismo es a mi hermano, que es la única familia que me queda en este mundo.

— Estoy seguro que pronto estará contigo. No creo que tengan ningún motivo para prolongar esta situación.

— Tomen asiento, llevo desde el momento en que me enteré, esperando aquí en el porche su llegada, deseando que aparezca con su bicicleta, con su sonrisa, la camisa algo desabrochada por el calor al pedalear, como siempre, vamos. — Crescen hablaba mirando al camino de entrada. Josefa mantenía su mano entre las de ella, sentada a su derecha.

El padre Ramón se había sentado al otro lado de aquella mujer. El doctor ocupó una silla al lado de Josefa. Hablaron de Andrés, nadie podía entender la situación, era todo amabilidad, jamás había mostrado ningún signo de violencia, más bien, al contrario. Era todo dulzura. Poco a poco, conforme la noticia se extendió por el valle del Andarax, los vecinos y amigos fueron apareciendo para acompañar a aquellas mujeres. Las conversaciones se repetían, las palabras de ánimo y de incredulidad también. La velada parecía que no tendría fin. Ya bien de noche, el doctor, Capitán y su amigo volvieron al cortijo del cura. Durante el camino mantuvieron silencio. En su cabeza se repetían una y otra vez las mismas frases que habían oído muchas veces aquella noche.

— Gregorio, ¿Te vas a tu casa?
— No seria capaz de dormir nada, si le parece bien, padre, aún no.
— Vamos a hablar algo en el porche, sacaré el brandy, necesito un buen reconstituyente, otra vez.
— Eso es una gran idea, sí señor.

Mantuvieron silencio durante el resto del camino. Al llegar al porche, Gregorio se dejó caer pesadamente en una de las sillas, apoyó su codo en la mesa y su cara en los nudillos. Mientras, el padre Ramón había entrado en el cortijo del cura, había cogido dos grandes copas de balón en una mano, con la otra cogió aquella botella especial de brandy, se dirigió al exterior. Antes de sentarse sirvió dos generosas copas de aquel licor. Gregorio cogió la copa para calentar el cristal, de manera que este traspasara la temperatura al líquido, ayudándole a evaporar los aromas encerrados dentro de aquel brandy añejo. Por su parte, ya sentado, el padre Ramón tomó su copa abrazándola con las dos manos, para conseguir el mismo efecto que el doctor. El silencio de la noche lo rompió finalmente el cura.

— No tengo nada que sustente mis suposiciones, solo mis sensaciones. Estas me dicen que Andrés no puede ser el asesino que buscan. No le veo con la sangre fría que han necesitado esas muertes para llevarlas a cabo. El asesino ha mirado a sus víctimas, las ha tocado, las ha movido de donde las mató a otro sitio. No creo que Andrés haya sido capaz, ni por su forma de ser, ni por su físico.

— ¿Su físico?

— No le imagino tan fuerte como para poder mover los cuerpos con facilidad de un sitio para otro.

— No solo eso. Piense que ha tenido la dudosa habilidad de asestar a todas las victimas el mismo golpe cruel que las ha llevado a la muerte. Con una precisión casi quirúrgica.

— Tienes razón, Gregorio, no puede ser una casualidad que todas hayan muerto por el mismo golpe mortal. Pero no veo a Andrés capaz de asestar esas tres heridas. Intento imaginar la sangre fría necesaria para hacerlo y no puedo creer, de ninguna manera, que haya sido capaz de hacerlo él.

— Imposible, estoy de acuerdo. No quiero pensar el interrogatorio que tiene que estar sufriendo en estos momentos. Sólo espero que, si es inocente, como supongo, no se derrumbe. Estoy seguro de que muchas cárceles tienen ocupantes que no aguantaron un interrogatorio como el que tiene que estar soportando Andrés ahora mismo, aún siendo inocentes.

— Todos hemos escuchado o conocemos algún caso. Espero que sea capaz de aguantar siendo inocente.

Capitán bajó sus orejas tiesas, apoyó su cabeza en el suelo, entre sus patas delanteras. Aquel gesto del animal pareció marcar el inicio de un largo silencio. Mientras saborearon sus copas miraban el cielo plagado de estrellas. Cuando terminó su bebida, Gregorio rechazó el ofrecimiento de volver a llenar su copa, se marchó mientras el padre Ramón recogía la mesa. Al entrar en el cortijo, llamó a Capitán para que lo acompañara, pero este, como siempre, se quedó fuera, en el porche, vigilando tranquilamente.

El día siguiente, todo lo que sucedía, parecía rutinario, pero nada lo era realmente. Antes de la comida, el padre Ramón se acercó al cortijo de Crescen, para darle su apoyo y preguntarle si necesitaba algo. Estaba acompañada por otros vecinos que también mostraban su incredulidad sobre la acusación que pesaba sobre Andrés. Josefa estaba siempre con ella. Ya por la tarde, después de misa, esta vez acompañado por el doctor, además de Capitán, estuvieron un buen rato, casi no quedaba nadie cuando decidieron dejarla para descansar. Siguiendo los consejos de algún vecino, Josefa aprovechó que pasaban por la puerta de su casa, para no regresar sola. Ya en el porche, el doctor obligó al padre a que se sentara en la mesa. Fue él a por las copas de brandy, entró en el cortijo del cura, salió con una copa en cada mano, las dejó lentamente sobre la mesa, como si se moviera mecánicamente, mientras su mente estaba en otro sitio. Sin sentarse aún, se dirigió a su Renault, abrió una de las puertas y cogió una botella. Regresó al porche, con el padre Ramón que lo miraba fijamente. El doctor, sin cruzar su mirada con el cura, abrió aquella botella por primera vez. Sirvió parte de su contenido en las copas, volvió a cerrar la botella, finalmente tomo asiento, por fin cruzó su mirada con el párroco. Hizo una pausa y le habló.

— Padre, esto no es brandy. Es un buen whisky, escocés creo, me regalaron esta botella por un feliz alumbramiento, le habían dicho al padre que moriría seguramente la madre, con toda probabilidad, el niño. Después de muchas horas, pero muchas más de las que pueda imaginar, la madre sobrevivió y su hijo también.

— No sabes cuánto me alegro.

— Y yo, es por esos días por lo que me alegro de llevarle la contraria a mi padre.

— Nunca lo habría imaginado.

— ¡Oh! Sí, padre, aquí donde me ve, soy hijo de un buen abogado, nieto también. Mi familia mantiene despacho en Madrid, donde los buenos abogados son muy bien pagados. Yo comencé a estudiar el primer año de derecho. Afortunadamente, creo, vi con total claridad que lo mío no eran las leyes. Hablando con unos y con otros, todo lo que me llamaba la atención, era la medicina. Sin que mi padre supiera nada, al principio, cambié de especialidad, dejando la abogacía por los estudios en medicina, pero algunos de los amigos y colegas de mi padre debían darme clase de derecho. No tardó mucho en saberlo, tomó una decisión muy dura y, como todas las suyas, inapelable. Si no era abogado, no era nadie para él. Me expulsó de su casa. Realmente, a mí me dio exactamente igual, yo había tomado una decisión también. Trabajaba de noche en un almacén, para estudiar de día. Finalmente, con mucho esfuerzo, terminé la carrera, modestamente, con un expediente tan bueno que me permitía elegir plaza. Busqué cual era la mas lejana a Madrid, estaba entre Ferrol y Almería. No me gusta mucho el frio ni la lluvia. Por eso elegí venir aquí. Es algo de lo que no me arrepiento.

— Seguramente tampoco se arrepiente esa familia, la que ayudaste en aquel parto.

— Supongo que no, padre.

— Entonces, ¿aquel padre agradecido te regalo este whisky?

— Seguramente me lo habría regalado, pero no se lo habría aceptado. De hecho, cuando recibí esta botella, fui a verlo. No quería aceptarlo, sabía que no se lo podía permitir, eran muy humildes. Cuando hable con el padre, me dijo que aquella botella no venia de su parte. Si pudiese me habría regalado no una, cien. Yo le dije que el único regalo que le aceptaba era ver crecer a su hijo sano y feliz.

Doy fe de que, hasta hoy, así es.

— Entonces, ¿Quién mandó la botella?

— Tardé tiempo en averiguarlo, busqué familiares de aquel hombre, o de su mujer. Pero nada. Incluso pregunté al Marques, que tanto gusta y entiende de vinos y bebidas caras. Él fue quien me orientó.

— ¿El marqués?

— Sí. Parece ser que, aunque yo me alejé de mi familia, mi padre se buscó la manera de saber de mí, seguramente presionado por mi madre. Yo siempre mantuve un contacto discreto con ella, a espaldas de mi padre, nunca dejé de verla o hablar con ella, mantuve siempre nuestra comunicación, aunque con la mayor de las discreciones. Durante la carrera la veía con frecuencia, no tengo más hermanos, ella sufrió más que yo la decisión de mi padre. Una vez me vine aquí, verla con frecuencia ya era imposible, pero mantenemos conversaciones por teléfono con mucha frecuencia. No soy muy dado a escribir. Mi padre, sin yo saberlo, buscó quien lo informara de mis progresos, de mi vida, quería saber de mí, sin que yo imaginara que lo hacía. En Madrid le fue muy fácil. Cuando vine a Benahadux, parecía que seria imposible. Sin embargo, el marques es uno de los clientes del despacho de mi padre. Fue él quien le informaba de las pequeñas cosas que me ocurrían. Aquel parto fue muy comentado en la comarca, fue de mis primeros casos. El médico anterior le había avisado a la familia de las pocas posibilidades que tenía tanto la madre como el bebé. Quiso Dios, y la fortuna, que ayudara a venir al mundo a un bebé pequeñito y llorón. Estoy convencido que aquel llanto obligó a su madre a sobrevivir, tanto que luchó con todas sus fuerzas para agarrarse a la vida, para compartirla con aquel niño que la necesitaba. En algún momento se enteraría el marqués, este se lo trasladó a mi padre que, anónimamente, me envió la botella. Me sorprendió mucho entonces.

— ¿Qué hiciste?

— No sabía muy bien qué hacer, durante los años que estudié la carrera habíamos perdido todo el contacto. No quería que mi madre le escuchase decir alguna palabra desafortunada, por lo que decidí llamarlo a su despacho. Cuando pude hablar con él, le di las gracias por aquel detalle, directamente, sin más explicación de mi llamada. No olvidaré sus palabras. "Sabe Dios, igual que todo el mundo, incluido tú mismo, que hubiera sido el padre mas feliz del mundo si te hubiese visto ganar casos para nuestro despacho. Lo que no sabia nadie, ni yo mismo, es lo orgulloso que puede estar un padre, al saber que su hijo ha salvado vidas, sobre todo si son niños"

— ¡Bien por tu padre! Bonitas palabras.

— Sí, desde entonces los visito cuando buenamente puedo, ya no tengo que hablar con mi madre a escondidas, también hablo con el con relativa frecuencia. No sé por qué, pero le interesa, especialmente, el número de niños que he ayudado a traer a este mundo.

— Brindo por eso.

— Yo también.

— Finalmente, tu padre reconoció en ti a un buen hijo. ¿Por qué no habías empezado la botella aún?

— Esperaba tener algún buen amigo con quien compartirla. No quería tomarla en soledad.

— Te agradezco tus palabras. — levantaron sus copas y bebieron un pequeño sorbo. — Sin embargo, estoy seguro que falta algún detalle de tu historia.

— No se escapa nada a tu control, ¿Verdad?

— Algo me dice que tu padre no cambiaba fácilmente su opinión.

— Tienes razón, como siempre. Ya le he dicho que no tengo hermanos, pero no fue por que mis padres no quisieran. Cuando yo tenía unos dos años, mi madre perdió una niña en el parto. Aquello provoco que mi madre nunca volviera a quedar en cinta. Me enteré siendo ya mayor.

— Ahora si comprendo todo.

La conversación continuó con pequeñas historias de los estudios del cura, también de los del doctor y de sus comienzos en la profesión. Pequeñas anécdotas, como aquella familia que no pasa la semana sin llevarle unos huevos recién cogidos, en agradecimiento no recordaba ya el doctor a qué, o en los tiempos de matanza, donde era raro que alguien no apareciera con una morcilla, longaniza o salchichón. Pasado algún tiempo, se sirvieron un poco más en cada copa, para acompañar los comentarios de esta o aquella historia. Cuando dieron por concluida la velada, el doctor se empeñó en dejar aquella botella en el cortijo del cura, no pensaba beber aquel whisky en otro sitio o con otra compañía. Cuando se fue, Capitán ocupó su lugar habitual al lado de la puerta, aunque el padre Ramón lo invitaba a pasar con él al interior. No tardó mucho en dormirse el padre. La noche, tranquila y serena, envolvía con su manto oscuro el valle del Andarax.

El Asesino del Andarax

14 AULLIDOS EN LA NOCHE

El silencio de la noche se rompió con el primer aullido. Era Capitán. El padre Ramón se despertó sobresaltado. Le pidió al animal, que estaba fuera, como siempre, en el porche, que se callara. Capitán permaneció en silencio, en ese momento el padre escuchó a otros perros más lejanos aullar también. No podía decir si aquellos aullidos lejanos eran contestación a Capitán, o era este el que contestaba a otros. Comenzó a vestirse con prisa, Capitán se unió otra vez al coro de aulladores. El padre Ramón ya estaba vestido con su sotana, salió al porche, se sentó y acaricio la cabeza del perro. Este retomo su actitud silenciosa y le miró fijamente a los ojos. El padre, al verlos, sintió un ligero escalofrío recorriendo su espalda. Eran los mismos ojos tristes que recordaba haberle visto el día del entierro del tío Braulio.

No fue capaz de volver a retomar su sueño. Algo en su interior le decía que se avecinaban novedades. Los aullidos no cesaron del todo, cada pocos minutos, se oía algún perro lanzando aquel lamento al viento. Ahora parecía cercano, luego más lejano, eran distintos animales. La claridad del nuevo día, invadía por completo todo el paisaje que se ofrecía ante él. Poco a poco, las sombras se fueron convirtiendo en siluetas, estas en imágenes nítidas. El nuevo día ya estaba allí. No había desayunado aún, aunque había avanzado la mañana, continuaba en el porche, cuando apareció el secretario del ayuntamiento, acercándose rápidamente al porche, con sus pasos cortos, lo que ofrecía una escena un poco cómica. El padre Ramón refreno su incipiente sonrisa al ver la cara de preocupación que traía aquel hombre.

— Buenos días nos de Dios.
— Buenos días, don Baldomero. ¿Que le trae por aquí a estas horas?
— Al verlo en el porche, quisiera preguntarle si ha visto usted a mi hermano esta mañana.

— ¿A Carmelo? Pues no, ciertamente no, y puedo asegurarle que he visto amanecer desde aquí. Esta mañana no he visto a nadie, de hecho, es usted la primera persona que veo usar el camino.

— ¡Oh! Gracias padre. — Comenzaba a dar media vuelta, cuando el padre Ramón le interrumpió.

— ¿Busca a su hermano por algún motivo en particular?

— Mi cuñada se sabe los cambios de turno del agua igual que mi hermano. Ha venido a buscarme a mi casa muy preocupada. Carmelo tenía que cambiar el turno a las tres de la mañana, el propietario tiene diez horas de agua, por lo que hasta la una no toca otro cambio. Lo normal es que mi hermano volviera a acostarse antes de las cuatro, una vez hecho el cambio y comprobado que todo iba bien. Pero no ha sido así. Hace ya un buen rato vino a mi casa a preguntarme si yo sabía algo.

— Podría ser una avería de su moto.

— Andando habría llegado en poco rato a su casa. Nunca se pondría a intentar arreglar la moto a oscuras. Ya pasó otras veces. La dejaba en cualquier sitio y la recogería de día.

— Supongo que descartamos cualquier situación, digamos que, extraña.

— ¡Totalmente! Mi hermano nunca ha faltado de su casa, si no era por su trabajo. Esa forma de ser le ayudó para que lo eligieran como relojero.

— Comprendo, perdóneme si he insinuado algo fuera de lugar. Si le parece, como no tengo nada que hacer ahora mismo, le acompaño.

— De acuerdo padre. Muy agradecido.

Rápidamente se puso junto al secretario, cuya cabeza quedaba algo mas baja que el hombro del cura. Desde lejos ofrecían un raro contraste, caminaban uno junto al otro, pero mientras el secretario daba varios pasos rápidos y cortos, el padre Ramón avanzaba a grandes zancadas. Baldomero explicaba que según su cuñada, Carmelo debía haber cambiado el turno en una finca, rio arriba, pasado el puente de Rioja. Preguntaron a Fernando, que estaba cerca del camino, si lo había visto, pero su respuesta fue negativa. Avanzaron dirección a San

Miguel, con pensamiento de tomar el rio por donde acostumbraba Carmelo, por la bocana donde dejaron el carro del tío Braulio. Sin embargo, Capitán comenzó a ladrar nervioso, los abandonó y corrió por aquel camino, dirección a San Miguel. Los dos hombres se miraron y sin pronunciar palabra corrieron detrás del perro. Capitán se paró junto al camino, no dejaba de ladrar, parecía oler algo. El padre Ramón llegó antes que el secretario del ayuntamiento a la altura del perro. Descubrió lo que llamaba la atención del animal. Allí estaba, una moto Ossa de ciento veinticinco. Tumbada sobre uno de sus costados, con un fuerte olor a la gasolina que se había derramado de su tanque. Baldomero gritó, su hermano no estaba allí, pero no imaginaba nada bueno que hubiese podido terminar con su mimada moto tirada de aquella manera.

— Baldomero, corre a San Miguel, llama a la guardia civil y también a Gregorio, al doctor. Puede haber tenido un accidente, estar malherido por aquí. Yo voy a ver si lo encuentro mientras. No debe estar lejos. — Para nada pensaba que era realidad lo que acababa de decirle a aquel hombre. Se temía lo peor, intentaba evitar que el hermano tuviese una imagen desagradable grabada en su mente para el resto de su vida.

— ¡Voy! — Tenía un semblante pálido, con sus pasos rápidos, tomo la dirección del palacio de San Miguel, rápidamente se perdió en la lejanía.

El padre Ramón dejó de observar la moto. Buscó un lugar por donde acceder cómodamente al bancal que estaba al otro lado del camino. Estaba situado junto a la balsa de San Miguel. En el lado opuesto, imponente, se alzaba el palomar. La luz de la mañana provocaba sombras hermosas en su fachada. La mirada del padre Ramón se fijó en un charco de sangre próximo a sus pies, sus peores presentimientos comenzaban a confirmarse. Vio como un poco mas allá, podía adivinarse un par de gotas de sangre, unos metros más allá, otras gotas marcaban una ruta que rodeaba la balsa y se dirigía al palomar. Con pasos cortos y cautos, avanzaba pausadamente, temiendo encontrarse lo que su mente imaginaba que hallaría al abrir la puerta de aquel edificio extraño, que parecía fuera de lugar, de época. Siguiendo aquel rastro, había bordeado el estanque de agua. Sus pasos, lentos y cadenciosos, le habían llevado frente aquella puerta lateral sombría, el sol estaba enviando sus rayos sobre el lado opuesto, proyectando oscuridad sobre él, al contraluz. Las gotas que le habían guiado hasta allí, habían desaparecido, sin embargo, su intuición le decía que no podían continuar en otro sitio, estaba seguro que aquellas gotas, se perdían bajo la puerta, continuaban su lúgubre rastro hasta el interior del palomar. Su mano empujó suavemente aquella madera, su mirada descubrió, entre los rayos de luz que atravesaban las entradas de aquel palomar, la figura de un hombre, tendido boca arriba, con su cabeza ladeada, no quiso buscar un aliento de vida en aquel cuerpo. Sabía perfectamente que había muerto, no recientemente, su cuerpo había dejado de vivir entre nosotros bastante tiempo antes, en aquel momento su mente recordó el primer aullido que le despertó, seguramente, aquel fue el último instante que estuvo con vida. La mancha oscura en su cuello, ya no era roja, tenía un tono mucho más oscuro, casi negro, delataba que había pasado bastante tiempo desde que su corazón dejase de latir. Esa misma mancha escondía, con toda seguridad, una herida similar a otras. Una herida con forma cuadrada. Su mirada intentaba encontrar algún detalle que estuviese fuera de lugar, pero no veía nada que le llamase la atención. Capitán había seguido al padre Ramón hasta la puerta, pero no había entrado en el palomar. La puerta no se había cerrado del todo, el cura escuchó como lo llamaban desde el exterior. Salió andando de espaldas, no quería dejar de vigilar aquel cuerpo inerte. Sabía que no se movería, pero no quería que nada cambiara para que los expertos pudieran ver todo como lo había dejado el asesino. Cualquier detalle podía ser el que guiase la investigación hasta el culpable. Finalmente, ya fuera del palomar, pudo comprobar que quienes llegaban corriendo y gritando eran Indalecio el guardes y Baldomero, el secretario del ayuntamiento, también hermano del difunto. El padre Ramón se apresuró a abrazar a Baldomero, más para impedir que entrara en el palomar y viera a su hermano, que para consolarlo, al entender con ese simple gesto del párroco, que su hermano estaba muerto, se desplomó aún en brazos del cura y comenzó a llorar desconsoladamente. Indalecio se había quitado la gorra, sus ojos estaban llenos de lágrimas a punto de brotar para recorrer sus mejillas.

Ninguno de los tres sabría decir cuánto tiempo había transcurrido cuando escucharon un ruido de un coche en la lejanía. Pocos instantes después, observaron como cruzaban la maleza del borde del camino Marisa y el doctor. Hablaban entre ellos mientras avanzaban rápidamente. Marisa abrazó a su padre, sin decir palabra. Un gesto del padre Ramón bastó para que el doctor entendiera que tenía que entrar en el palomar. El doctor entró a solas, unos minutos después salió con paso lento. Baldomero estaba siendo consolado por Indalecio y su hija. El padre Ramón se apartó un poco para conversar con Gregorio. Una simple mirada y un gesto con la cabeza bastaron para que entendiera que el asesino había vuelto a actuar.

— Gregorio, ¿Estás seguro?

— No hay duda posible.

— Me dio la sensación de que lleva algunas horas muerto.

— Calculo más de cuatro, quizás seis. Quien ha hecho esto es un animal. Lo mató cerca de la moto, después lo trajo hasta aquí, como un simple saco. No lo entiendo.

— Yo tampoco, es algo que no entra en el pensamiento de una persona normal. Marisa, por favor, ve a San Miguel y avisa a la Guardia Civil de que ha aparecido otro cadáver. Diles que el doctor confirma que parece obra del mismo asesino.

Marisa, se dirigió rápidamente a hacer lo que le había pedido el padre Ramón. Hicieron un pequeño grupo los cuatro hombres, no querían comentar nada, el silencio se imponía mientras mantenía su mirada baja. No sabrían decir el tiempo que había transcurrido, pero minutos después llegó la guardia civil. Los primeros en llegar fueron del cuartel de Gádor, se acercaron al palomar el sargento López y el cabo Rueda. Escucharon lo que les dijo Gregorio, después entraron en el palomar, analizaron el escenario sin encontrar nada relevante. Al salir del palomar, el padre Ramón le comentó al sargento su opinión.

— Mi sargento, entiendo que ha revisado usted el palomar, que es donde ha aparecido el cuerpo, pero debería también mirar y no dejar que nadie pueda eliminar pistas donde se cometió el crimen.

— ¿A dónde quiere llegar?, padre.

— Cerca de donde está la moto de Carmelo, creo que es donde se produjo el asesinato, hay un gran charco, desde allí parten rastros de sangre hasta aquí. Puede que encuentren alguna pista, cuando vengan de la capital, estaría bien que usted les presentase una buena labor, completa.

— Gracias padre. — Lo dijo en un tono que no mostraba mucho agradecimiento. No le gustaba que le dijesen lo que tenía que hacer, pero debía reconocer que el cura tenía razón. A él se le había pasado por alto.

Dejó al cabo Rueda encargado de que nadie entrara en el palomar. Él mismo se acercó al camino, siguiendo el rastro de sangre del difunto, pero en sentido contrario. Entre la maleza, al borde del camino, muy cerca de donde estaba tumbada la vieja Ossa, localizó un gran charco de sangre. Estaba agachado junto a él, cuando irrumpieron en el camino varios coches de la guardia civil, en el primero de ellos venia el teniente Villegas. Había tomado el mando de la investigación, había asegurado ante sus superiores, la prensa y todo el que quisiera escucharle, que el único detenido hasta aquel momento, Andrés, terminaría confesando los tres crímenes. Ahora se había derrumbado toda su teoría. Había aparecido otro cadáver. Le dijeron que, con bastante seguridad, era el mismo asesino. Se acercaba al viejo Land Rover del cuartel de Gádor, se dio cuenta de que aquel sargento mayor, que nunca descubriría nada, estaba agachado mirando el suelo. Por su parte, el sargento López, ya apunto de ponerse de pie al ver que llegaba el teniente, observo un brillo metálico, algo había emitido un destello, ¿Qué era lo que había reflejado la luz solar?

— ¡Novedades! Mi sargento. — usar un tono autoritario cuando se encontraba con un subordinado era uno de los principios del teniente, sobre todo si este era mayor que él, tenía que dejar claro delante de todo el mundo, quién era el que mandaba allí, en ese escenario.

— Mi teniente, ha aparecido otro cadáver. El doctor del pueblo, que es el mismo que ha visto los anteriores, confirma que la herida mortal es la misma que en las otras ocasiones.

— ¿Qué sabemos hasta el momento?

— Parece que el fallecido venia de realizar su trabajo.
..

— ¿Su trabajo?

— Sí, es, perdón, era el relojero de esta zona, el que va cambiando los turnos del agua del pozo para regar
...

— Vale, vale, entiendo. ¡Venia de realizar su trabajo!

— Sí, sobre las tres de la madrugada, tenía que realizar un cambio. Supongo que volvía para su casa en su moto, esta que está aquí tumbada. Lo pararía con cualquier excusa, lo mató aquí, ...

— ¿Porque esta tan seguro de eso?

— Esa mancha de sangre es bastante grande, luego se puede ver un rastro de sangre que nos lleva hasta aquel palomar.

— ¿Palomar?

— Sí, mi teniente.

— ¿No será el mismo sitio donde se encontró otra de las víctimas?

— El mismo, allí apareció el segundo cadáver, Braulio el carretero.

— Vamos a ver este cuerpo y ese palomar.

— Un momento, mi teniente. He observado una cosa.

— Dígame.

— Hay un objeto metálico ahí. No he querido tocarlo para no borrar ninguna huella. — El sargento marcó el punto donde había visto aquel reflejo. El teniente mandó que lo recogieran con sumo cuidado. Un guardia civil, de los recién llegados de la capital se encargó de ello.

— Vamos a analizar el cadáver. ¿Dónde está el forense?

— Aquí, mi teniente.

— Venga con nosotros, Sargento guíenos que podamos ver ese rastro de sangre.

— Bordean la balsa, por el lado derecho, hasta llegar a aquel edificio de allí, que es el palomar.

— ¡Qué cosa más extraña! ¡Vaya palomar! ¿Quién es esta gente?— El teniente había usado un tono realmente desagradable.

— Aquel señor es el guardés de la finca. El que está a su lado es hermano del difunto, el doctor del pueblo y el párroco. — el sargento realizó las presentaciones, el teniente dio un apretón de manos a cada uno, conforme los nombraba.

— ¿Cómo es que está ya usted aquí? Padre.

— El hermano del difunto pasó por mi casa, preguntándome por él, como no tenía otra cosa que hacer, le acompañe a buscarlo, encontramos la moto, después el cuerpo.

— Bien, si ya han contado todo lo que saben, por favor, váyanse, déjennos trabajar. Puede que más adelante necesitemos hacerles algunas consultas. Supongo que no será problema localizarlos. - Esto último lo dijo mirando al sargento, que hizo un gesto afirmativo con su cabeza. - Usted, doctor, si fuera tan amable de esperar y hablar con nuestro forense para asegurarnos de que conocemos todos los datos, todo lo que usted vio en su primera inspección.

— Ningún problema. – contestó Gregorio.

Indalecio y el padre Ramón se dirigieron al camino, donde esperaba Marisa con impaciencia. Padre e hija se dirigieron a San Miguel, en silencio, con caminar lento y cabeza gacha. El cura, por su parte, pensativo y cabizbajo, andaba hacia su cortijo, con la única compañía de Capitán, que lo miraba directamente, mientras la mente del hombre giraba sobre la desconocida identidad del asesino. Cuando llegó al cortijo del cura, su comida estaba ya en la mesa. Josefa esperaba sentada en el porche. Capitán se adelantó para saludar a la joven, esta le devolvió el cariñoso gesto acariciándole suavemente.

— ¡Padre! ¿Es cierto lo que me han dicho?
— Supongo que sí, si te refieres a que ha ocurrido otra desgracia.
— Lo lamento de verdad, padre. Pero si es el mismo asesino, significa que mi Andrés es totalmente inocente, deben soltarlo ya mismo. ¿No? Tiene que

perdonarme padre, tiene que ser pecado encontrar alegría a una tragedia como esta.

— Estas perdonada, Josefa, seguro que el Santo Padre sabe que tus pensamientos son sanos y puros, que tu alegría es fruto del sufrimiento acumulado por las acusaciones, infundadas, que han vertido sobre tu amado Andrés. En lo que dices de soltarlo, creo que tienes toda la razón, pero no te puedo asegurar nada, ya sabes que las cosas de palacio, van despacio.

— Ya me imagino, padre. Voy a decírselo a Crescen. Aunque supongo que de una u otra forma ya lo sabrá.

— Me parece perfecto, luego me pasaré a darle ánimos y preguntarle si necesita alguna cosa.

El padre Ramón comió aquel día con la puerta del cortijo abierta. Quería estar al tanto de cuando se iban los coches que habían venido desde el cuartel de la capital. El primer coche que pasó por delante del cortijo, lo hizo poco después de la marcha de Josefa. Era el inconfundible cuatro cuatro de Gregorio. Unas horas después, el padre se estaba preparando para ir a dar la eucaristía, escuchó ruidos de coches por el camino y vio pasar varios, venían de San Miguel, se perdían dirección al ayuntamiento. Uno de los vehículos entró en la explanada frente al cortijo del cura. Conducía un guardia civil uniformado, se abrió una de las puertas traseras, descendió el teniente con un semblante muy serio. Seguía manteniendo una actitud altiva, casi chulesca, que no impresionó mucho al cura.

— Buenas tardes, padre. Espero no molestarle. ¿Tiene tiempo para atenderme?

— Estaba preparándome para ir a dar misa de cinco, pero no creo que sea un problema mantener una conversación con usted. Porque estamos hablando de una sana conversación, ¿verdad? Teniente.

— Por supuesto padre, que iba a ser, si no. Aunque no entiendo mucho su tono.

— Comprendo. Debe entender que, si no me equivoco, en sus calabozos estaba, o quizás aún esté encerrado uno de mis feligreses, que, a la vista de los acontecimientos, está claro que es totalmente inocente, en mi humilde opinión debería ser puesto en libertad inmediatamente, en el caso de que todavía no lo hayan puesto.

— Realmente padre, todavía no está puesto en libertad, ya que es algo que solamente puedo decidirlo y ordenarlo yo, que soy el que está al mando de este caso. Además, debería aclararme algunas dudas, antes de hacerlo.

— ¡No entiendo! ¡Esta meridianamente claro, que es inocente!

— Padre, lo que puede parecer cristalino para usted, a mí me siembra muchas dudas. Las contradicciones de ese joven me presentan serias dudas. No se ponga a la ofensiva conmigo, piense que mi único objetivo es localizar y detener al culpable, tengo que preocuparme por cualquier indicio que me pueda llevar a él, las continuas contradicciones de su vecino son sospechosas.

— Usted sabe, mejor que nadie que, la mayoría de ciudadanos, frente a un interrogatorio como el que, seguro, ha recibido Andrés, no entraría en unas pocas contradicciones, serian muchas. Los nervios y el pánico general a los uniformes se encargarían de justificar la mayoría de ellas.

— Ya veo, padre. Usted está seguro que Andrés no es culpable.

— Pienso que la mentalidad fría y cruel de este asesino, no me cuadra con lo que conozco de Andrés.

— Interesante. ¿Puede ser que le cuadre con la de algún otro feligrés suyo?

— ¿Sabe usted? Esa misma pregunta me ha estado rondando la cabeza desde el primer día, teniente. Analizando cada oveja de mi rebaño, buscando al lobo escondido entre ellas. De momento, no he visto indicios claros de una bestia sangrienta entre mis feligreses.

— Pero ya no podemos descartarlo, padre. Difícilmente va a ser alguien lejano a esta zona.

— También lo he pensado. Me causa dolor, pero creo que es lo más fácil. – en esos pensamientos estaba el padre Ramón, cuando entró en la explanada frente al porche Marisa. Fue evidente la sorpresa de la joven, al ver el uniforme del teniente.

— Buenas tardes tengan ustedes. Padre, venia a acompañarlo para ir a misa, si no le molesta.

— Por supuesto que no, Marisa. Este es el teniente Villegas.

— Un placer, señorita. ¿Puede ser que nos hayamos visto antes?

— Perfectamente, mi padre es el guardés de San Miguel. Yo estaba por la zona, cuando ustedes llegaron.

— Claro, claro. Padre, no le interrumpo más. No obstante, quizás tenga que volver a verle, para consultarle alguna cuestión o duda, sobre lo que han visto esta mañana.

— Cuando usted quiera, teniente, a su disposición.

El teniente Villegas se tocó la gorra con la punta de sus dedos, a modo de saludo. Abrió la puerta trasera del coche que ya había puesto en marcha el conductor. Se perdió de la vista de ambos rápidamente. El padre Ramón y Marisa fueron, como otras veces, juntos a la iglesia. Aquella tarde había más feligreses que el domingo de ramos. Prácticamente todo el pueblo estaba allí. En algún momento de la misa, mientras la oficiaba, el padre Ramón dejo de pensar en el sacramento que estaba celebrando, su mirada recorrió todos los rincones, buscó el contacto visual con todos los vecinos, sin poder evitar pensar que alguno de aquellos ojos que mantenían fija su mirada en él, eran los de un cruel y descarnado asesino. Pero, ¿Quién sería? Rápidamente limpiaba su mente de aquellos pensamientos y volvía mecánicamente a su tarea. A repetir las palabras recitadas mil veces en aquella misma iglesia.

15 EL ASESINO DEL ANDARAX

Después de misa la plaza estaba llena de corrillos, como no podía ser de otra forma, comentaban el asesinato de Carmelo el relojero. La detención de Andrés ya no era el tema principal que circulaba de boca en boca. Solo se mencionaba que era extraño que no estuviese en libertad aún. El padre Ramón realizo las comprobaciones de costumbre y procedió a cerrar la puerta de la iglesia. Normalmente solo estaban Capitán y Marisa en la plaza, que lo esperaba para hacerse compañía mutua durante el trayecto al cortijo del cura. Aquella tarde había muchos vecinos en la plaza. No prestaron mayor atención al cura y su compañera. Solo unos pocos les saludaron, algunos con un simple gesto de su cabeza.

— Padre, hoy está la plaza como nunca, después de una misa entre semana. No recordaba la iglesia tan llena, sin ser día festivo.

— Claro, Marisa, piensa que les mueve algo más fuerte incluso que la fe.

— ¿Qué es eso tan poderoso?

— El miedo. Ahora están descubriendo, o cayendo en la cuenta de que hay una mano criminal, que esta matando continuamente y que su próximo objetivo puede ser uno de ellos.

— Me está dando un poco de miedo padre, me asusta lo que dice.

— No te dejamos ir sola nunca, recuerda. No me perdonaría que te pasase cualquier cosa.

— Ya, pero ¿Quién me asegura que no podría atacarnos a los dos?

— Hasta ahora, el asesino ha actuado sólo contra una persona. Se podría pensar que es cauteloso o precavido. Lo que me parece evidente es que es alguien que actúa en solitario, no creo que se atreviera a atacar a dos personas, una podría huir y le reconocería sin duda, no se puede arriesgar a eso.

Tampoco me planteo la imagen de un asesino por impulso, parece que estudia sus ataques. Los hace en sitios públicos que cualquiera podría sorprenderle, pero no le preocupa, o se previene ante eso, parece conocer la zona como cualquier vecino de aquí, por lo que me temo que realmente lo es. — Ya habían llegado al porche, donde Gregorio los esperaba. Su semblante, siempre simpático y acogedor, permanecía serio y sombrío.

— Buenas tardes. Supongo que mucha gente hoy en misa.

— Mucha, todo el pueblo estaba allí. – Era Marisa la que le contestó. Se sentó a su lado y le tomó la mano. El padre Ramón entró en el cortijo, salió con la garrafilla de vino y tres vasos, los dejó sobre la mesa, al rato trajo una fuente con varios embutidos, un cuchillo y una hogaza de pan casero.

— Como no podía ser de otra forma, hoy estaban todos, si mañana me permiten oficiar el funeral por Carmelo, la iglesia se quedará pequeña.

— Seguro, piense que Carmelo es muy conocido y respetado en toda la vega del Andarax. Era, quise decir era. No me acostumbraré. – Gregorio agitaba su cabeza, Marisa intento tranquilizarle, pero no sabía qué palabras pronunciar. Un pesado silencio enrareció el ambiente del porche. Finalmente, el padre Ramón decidió romperlo, más con un gesto que con una palabra. Con el cuchillo partió pan para los tres, repartió un buen trozo para cada uno. Para él se preparó un poco de longaniza. Sirvió vino en todos los vasos, comenzó a comer, entre bocado y bocado, comentó algún pensamiento intrascendente, sin darse mucha cuenta de lo que hacían, Gregorio y Marisa también comieron y bebieron. Un tiempo después, Marisa tomó la palabra.

— Tenemos claro que el asesino ha elegido esta zona como su territorio, no quiero intranquilizar a mis padres, me voy para casa antes de que sea más tarde.

— Te acompaño. Si te parece bien, para mayor tranquilidad de todos, vamos en el coche, así será mas difícil que nos pase cualquier cosa.

— Tienes razón, y como protección, vamos a ver si nos acompaña nuestro fiel guardián.

Nada mas decir esto, Marisa invitó a entrar en el cuatro cuatro a Capitán, no se lo tuvo que decir dos veces, el perro se subió en el asiento posterior como si fuera algo que hiciese todos los días. Gregorio ayudo a Marisa y le cerró su puerta, se subió al coche y, despacio, tomó dirección a San Miguel. El padre Ramón aprovechó la situación para recoger todo. Cuando retornó Gregorio, con Capitán en el lugar que antes ocupaba Marisa, no pudo hacer otra cosa que sonreír. Había preparado dos copas de balón, también la botella de brandy, mientras se bajaban del coche el perro y el doctor, sirvió dos copas del espirituoso licor.

— Este animal me sorprende cada día.
— ¿Por qué dices eso?
— No consigo que entre en casa, por mucho que le insista, pero a la primera insinuación, se sube con vosotros en el coche, como si fuera tan normal.

— Piensa que se ha pasado toda su vida subiéndose a un carro, pero nunca entraba en las casas. Sigue haciendo lo mismo, aunque mi "carro" no lleva mula.

— Eso va a ser. ¿te parece bien un brandy?

— Sí, hoy necesito algún reconstituyente, este puede ser el indicado.

— Seguiremos su prescripción, doctor.

— Algo me tiene intrigado.

— Dime.

— Es algo que ha comentado Marisa. Lo principal es detener al culpable, por supuesto. Pero para eso hay que empezar a decir las cosas por su nombre.

— Totalmente de acuerdo, ¿A qué te refieres?, digo, en este caso concreto.

— A que esta zona es el territorio del asesino. No es ni el pueblo siquiera. Es la zona que va desde el palomar de San Miguel, hasta el puente del río, prolongándose por la vega de naranjos. Si tomásemos un mapa, esa sería la zona concreta donde actúa, su zona de caza. Dios me perdone por lo que he dicho.

— Tienes toda la razón, ahora dime lo que piensas, pero no quieres decir.

— ¿A qué te refieres?

— Antes lo podíamos sospechar, o intuir. Con esta última muerte, solo podemos tener la certeza de que seguramente es alguien de la zona. Un conocido.

— Tengo la certeza, por desgracia, estoy bastante seguro que tienes toda la razón.

— Veo que lo piensas sinceramente, pero hay algo que te hace dudar, ¿verdad?

— Es que no veo a ningún vecino capaz de asestar tantos golpes criminales, con semejante precisión. Todos en la carótida, mortales de necesidad, provocando el desvanecimiento y muerte casi instantánea de la víctima, sin que puedan reaccionar.

— Además, Gregorio, hay un tema que hay que plantearse. No es normal que cuatro victimas hayan permitido que el asesino se acerque tanto a ellas, como para no fallar el atravesar la arteria. ¿tú piensas que pudo atacarles desde atrás?

— No creo, sería muy difícil dar el golpe preciso y certero todas las veces, tenía que estar frente a su víctima, todo lo más al lado, pero difícilmente podría acertar dando el golpe desde atrás. Piensa que no rebana el cuello, cortando la arteria, la pincha y destroza, como un punzón.

— Quiero intentar ver por qué actúa. La primera muerte fue el padre Venancio, hasta que murió el tío Braulio pasó algo de tiempo, estas dos últimas muertes han ocurrido en un breve espacio de tiempo, me refiero al pastor y Carmelo. Pienso que algo le ha empujado a matar tan rápido.

— No me veo capaz de entrar en la mente de alguien capaz de hacer esto y continuar como si nada.

— Quiero centrarme en la primera víctima. ¿Qué motivo podría tener para matar al padre Venancio?

— No piense tanto padre, si es una persona totalmente desequilibrada, mata solo por el simple placer de matar.

— Seria una posibilidad, aunque hay dudas sin resolver aún. ¿Por qué ha comenzado a matar ahora? Y, sobre todo, otra más. ¿Por qué lo hace solo en esta zona?

— Algo ha tenido que ser el desencadenante. La chispa que ha provocado este desastre.

— Mi mente no da para más, voy a intentar descansar algo.

— ¿No quieres que te llene otra vez la copa?

— No, hoy no. Parece que no he dormido en una semana. Mañana será otro día, tendré la mente más fresca, buscaremos respuesta a esas preguntas que te rondan la cabeza.

— Vale, Gregorio, descansa.

El buen doctor, acarició la cabeza de Capitán, se subió a su coche, suavemente desapareció de su campo de visión. El padre Ramón estaba decidiendo si recogía ya las copas y la botella o esperaba un poco más, descansando en el porche, con su mente perdida. En eso estaba cuando sonó el teléfono. Sin excesiva prisa, descolgó el auricular.

— ¿Diga?

— Buenas noches, sobrino.

— ¡Tío!, me alegro de oír su voz. Espero que todo vaya bien.

— Por aquí sí, en tu casa también. Donde no parece que las cosas terminen de ir como esperaba es en tu parroquia.

— Esto sobrepasa en mucho lo que todos podíamos pensar.

— ¿has averiguado algo?

— No, tío, pero me parece que la chispa que encendió esta llama tenía algo que ver con el padre Venancio. Fue la primera víctima, creo que no es casualidad.

— Debes tomar precauciones, no te expongas. Piensa que este asunto ha pasado ya el nivel local, ese que tenía cuando te envíe allí. Espero que no te pase nada, tu madre no me lo perdonaría jamás.

— Ya procuro yo que no me pase nada. Tienes razón, ya no es un tema de nivel local, ya es provincial.

— ¿Provincial dices? Ya me dirás mañana. Yo diría que es nacional. Esto ha sobrepasado cualquier expectativa. Llámame si tienes alguna novedad, un abrazo.

— Descuida tío, te llamo, otro abrazo fuerte para ti.

El padre Ramón se quedó pensativo con las palabras de su tío. Recogió todo, invitó a pasar a Capitán, este se negó, como siempre. El cansancio acumulado le invitaba a acostarse rápidamente, la noche anterior se despertó con los aullidos que anunciaron la muerte de Carmelo. Ya había asumido aquel hecho como natural, los perros avisaban de una muerte aullando. Intentó quitarse aquella superstición de su cabeza mientras se acostaba procurando aprovechar, al máximo, aquel sueño reparador.

Un ruido le despertó de pronto. Se dio cuenta de la claridad que invadía el cortijo del cura. Era más tarde de lo habitual, el sol estaba mucho más alto que de costumbre al levantarse. ¿Qué ruido había sido el que le había despertado? Se vistió con rapidez, para salir a ver qué era. Por un lado, Capitán no había ladrado ni aullado, eso le proporcionaba algo de tranquilidad. Cuando pensó que estaba mínimamente presentable, abrió la puerta y se sorprendió al ver la escena que se estaba produciendo. El teniente Villegas estaba sentado en su porche, acariciaba la cabeza de Capitán, que estaba junto a él. Para completar el cuadro, en la explanada frente al cortijo del cura, estaba el coche del teniente, con su conductor apoyado en él. Se dio cuenta de que el ruido que le había despertado había sido aquel coche aparcando frente a su casa. Se pasó los dedos para adecentar en lo posible sus cabellos, que imaginaba algo revueltos, con toda la razón.

— Buenos días, teniente. Mentiría si le dijese que me esperaba encontrarle en mi puerta, de buena mañana.

— Buenos días, padre. He aprovechado el viaje. Mi buena acción del día ya está hecha. En parte es obra suya, su insistencia para que liberásemos a su parroquiano, ya lo ha conseguido.

— ¡Oh! ¡Han soltado a Andrés!

— Y no solo eso, lo he dejado en su casa, justo antes de venir aquí.

— Me agrada saber que han sido escuchadas mis recomendaciones, también han sido oidas mis plegarias.

— Por esa parte puede estar usted tranquilo.

— Sus palabras me hacen sospechar que hay otra parte que no me va a gustar tanto.

— En parte, tiene razón. Sin quererlo estamos ahora mismo en el ojo del huracán. — El teniente observó el gesto de extrañeza del cura. Era algo que iba buscando. Hizo un gesto a su conductor, que buscó algo dentro del coche. Cuando se acercaba al porche, a ellos, llevaba un periódico en la mano, se lo entregó a su superior. — Este es el periódico de hoy, el de Almería. Desde bien temprano me han llamado mis superiores de Madrid. Algún periodista ya ha bautizado como "el asesino del Andarax" al autor de estas muertes. En el parte de la radio, lo repiten cada hora, desde buena mañana. Seguramente toda España esté preocupada y preguntándose ¿Qué pasa en el Andarax? Afortunadamente, la prensa, de momento, no ha publicado nada más que lo que le hemos dicho. No tardaran en dar opiniones o inventar cosas. Entonces lo tendremos peor.

— Mi teniente, no entiendo por qué habla en plural, este caso es suyo, solo usted investiga el asunto.

— Cierto, pero recuerdo lo involucrado que estaba usted cuando detuvimos a uno de sus feligreses. Por eso cuento con su papel, también como protagonista.

— Pero, ahora mismo, mi feligrés ya está en libertad.

— ¡Ah! Claro, todavía no le he contado la última novedad.

— Desde luego, no conozco ninguna.

— Mientras yo acercaba a Andrés hasta su casa, haciéndole de paso esta visita de cortesía, mis compañeros están deteniendo a un nuevo sospechoso. Deben estar terminando de registrar su casa. Pronto me iré al cuartel de la guardia civil de Almería, para comenzar con los nuevos interrogatorios.

— ¡Me intriga usted! ¿Otro sospechoso? Espero que tengan pruebas físicas, no sólo contradicciones en una declaración. También deseo que acierten, no se vaya usted a pensar otra cosa.

— ¡Oh, padre! Esta vez tenemos, como usted dice, pruebas físicas. ¿recuerda que en el lugar donde suponemos que mataron al relojero, recogimos una prueba?

— Sí, creo recordar que recogieron algo que relucía.

— Cierto, aquella pieza resulta ser un botón característico, de una prenda que podría reconocer casi cualquier vecino de Benahadux. Por eso ha

sido tan rápido y fácil detener al sospechoso.
Espero poder terminar este asunto tan rápido que,
para el parte de la tarde, ya sea historia el asesino
del Andarax.

— Nada me haría más feliz, tranquilizando a todos, de
paso. Lo que no entiendo aún, es por qué me está
contando todo esto.

— ¡Ah! Es bien fácil. Recuerdo que usted fue el
primero, también el único, que me confió su
opinión, diciéndome que Andrés no podía ser el
culpable. Espero que me pueda ayudar,
orientándome en si este nuevo sospechoso le parece
capaz de realizar estos crímenes.

— No sabría decirle, aún no sé de quien estamos
hablando.

— Cierto, padre, cierto. Le confío esperando su
discreción, aunque estoy seguro de que en minutos
se habrá enterado toda la vega, que hemos detenido
como sospechoso de ser el asesino del Andarax, a
otro de sus feligreses. Quisiera que usted me diga
qué piensa de él. Estoy hablando de Tomás Pastor,
el maestro.

El Asesino del Andarax

16 BAJO EL FOCO DE LA SOSPECHA

La situación era tensa, necesitaba más información. Su mente buscaba todos los acontecimientos en su memoria, para intentar hilvanar un hilo que llevara de forma directa a una solución fácil, sencilla y lógica. En aquel momento, parecía imposible.

— No tengo tan tratado al maestro, como tenia a Andrés. Aun así, me ha sorprendido mucho cuando ha pronunciado su nombre.

— Algo me dice que ningún feligrés suyo encajaría con la imagen que tiene del asesino del Andarax.

— Tiene razón, no veo a nadie con ese aire de crueldad que, supongo, tiene el criminal.

— Sin embargo, no hay duda. Han identificado ese botón, estoy seguro que mis compañeros ya tienen la chaqueta de la que lo arrancaron en su poder. Esta vez no hay duda, no quiero que me llamen de Madrid otra vez para exigirme resultados.

— ¿Le han llamado sus superiores?

— ¿Usted que cree? ¡Claro que me han llamado! Este caso ha saltado a nivel nacional, todos los periódicos del país lo tienen en sus portadas. Tengo orden de que se vean resultados, la población tiene que tener la tranquilidad de que sus fuerzas de seguridad son eficaces y atrapan al culpable. Tengo ganas de interrogar ya a Tomás, de sacarle la verdad.

— Le entiendo. Aunque, realmente, me parece que tengo serias dudas. Cierto que el maestro es una persona callada y prudente. Nadie puede asegurar que no tenga una personalidad oscura mientras mantiene una fachada tranquila y apacible, o que, ocasionalmente presente brotes de locura y cometa algún crimen. Mi opinión no es tan tajante como lo fue con Andrés, quizás porque le conozco menos, he hablado poco con él, pero me sorprendería si fuera realmente su hombre.

— Sin embargo, en esta ocasión, no hablamos de sospechas o contradicciones. Tenemos una prueba física.

— Un botón, sí, tiene usted un botón.

— Exactamente, tengo "él" botón, el que pertenece al detenido. Padre, creo que voy a cerrar este caso esta misma mañana, voy para el cuartel, a ver lo que me cuenta este hombre.

— Nadie se alegrará más que yo si cierra el caso, teniente. Ojalá tenga pronto al culpable frente a usted.

— Eso espero. — dijo mientras entraba en su coche, el conductor ya lo había puesto en marcha, instantes después desaparecía de la vista del padre Ramón.

Este entró en el cortijo del cura, se terminó de asear, no desayunó, tenía algo urgente que hacer. Salió con prisa, Capitán avanzaba con él con un paso alegre, sus pasos le llevaron rápidamente a casa de Andrés. En la entrada, en el corro de sillas, se percató que ya estaban Josefa y sus padres, en su silla habitual Crescen y, a su lado, Andrés. Este último, al ver llegar al padre Ramón, se levantó y le abrazó.

— Cómo me alegro de que se haya aclarado todo.

— Gracias, padre. El teniente me ha dicho que usted siempre confió en mi inocencia, me lo ha comentado durante el viaje.

— Espero que no lo hayas pasado tan mal como supongo. — El padre se sentó mientras decía esto.

— Al principio, sí, lo pase muy mal. Uno no está acostumbrado a tratar con uniformes y ordenes. Los nervios me hicieron pasar un mal trago. Tanto quería ayudar, quería dar tantos detalles que alguno no coincidió, cuando me pidieron que los repitiera, antes de darme cuenta, me llevaban al cuartel de Almería. Lo peor es la imagen que tendrán todos de mí. Nunca imaginé verme con grilletes en mis manos. — comenzó a sollozar.

— Ya está todo aclarado, nadie tiene dudas sobre ti, tranquilo. Todos te conocen, Andrés, saben cómo eres en realidad. — Josefa le dijo estas palabras, cogiendo con cariño su mano.

— Tiene razón, creo que nadie se creyó, realmente, la versión que había montado la guardia civil. ¿Como se han portado contigo en Almería? – Preguntó el padre Ramón.

— Al principio muy fríos, yo estaba destrozado, no entendía nada. Con el paso de las horas, me tranquilicé, pensé que, si no había hecho nada, nada tenia que temer. Yo fui reaccionando mejor, con el paso del tiempo, ellos también fueron bajando su presión, supongo que conforme comprobaran que no era el culpable.

— Entonces, ¿Por qué no te soltaron antes? — esto lo consultaba Josefa.

— No lo sé, la verdad, no lo sé. Tampoco pienses que me comentaban nada. Era siempre repetir, y repetir las mismas preguntas, mientras yo volvía a darles las mismas respuestas.

— Supongo que no querían soltar a un sospechoso, antes de tener a otro. Querían dar imagen de que están trabajando, de que hacen cosas. ¿Cómo se ha portado el teniente Villegas contigo?

— Padre, es duro, pero no es mala persona, creo. Pienso que se dio cuenta de que no era su hombre, no puedo quejarme de cómo me trataron, aunque podían haberme soltado antes. ¿ha dicho que no querían soltar a un sospechoso antes de tener a otro?

— Sí, eso he dicho, ¿Por?

— ¿A quién han detenido?

— ¡Ah! Que no he comentado nada. No sé por qué, pensé que ya lo sabrían. Han detenido a otro vecino. Creo que han aprovechado el viaje para traerte aquí, pero tiene que estar ahora mismo ocupando el mismo lugar que has usado tú estos días.

— Pero, ¿Quién es?

— Perdón, no era mi intención teneros sobre ascuas. Han detenido al maestro, a Tomás Pastor.

— ¿Cómo?

— Pero, ¿basándose en qué cosa pueden tener algo en contra de él?

— En esta ocasión, no se basan en sospechas, tienen pruebas, pequeñas, pero pruebas al fin y al cabo. Ahora es otra persona la que está bajo el foco de la sospecha.

La noticia de la liberación de Andrés había comenzado a conocerse, corría como la pólvora en la vega del Andarax, cada vez llegaba a su cortijo más gente para saludarlo y demostrarle su afecto. El padre Ramón consideró que ya había cumplido con la familia, los dejó recibiendo amigos. Llegando a su casa, aceleró el paso al escuchar el estridente timbre del teléfono. Cuando descolgó, recibió la noticia de que el cuerpo de Carmelo se lo entregaban los forenses a su familia. Debía preparar el funeral para aquella tarde.

Como no podía ser de otra forma, la iglesia se llenó, no cabía nadie más. Había acudido gente de toda la vega del Andarax para presentar sus respetos. Una vez terminado el oficio, el féretro fue trasladado al campo santo a hombros de familiares y amigos. Mucha gente acompañó en su último viaje a Carmelo. Una vez el padre Ramón dijo sus últimas palabras frente al nicho donde descansaba, comenzaron a pasar todas las personas que hicieron aquel recorrido con el difunto, junto al nicho, al pie del mismo estaban su mujer y familiares, que recibieron consuelo y palabras de pésame de todos ellos. El padre Ramón estuvo cerca de la familia, con Capitán sentado a su lado. Cuando se quedaron sólo los más allegados, se despidieron del relojero, entre lagrimas tomaron dirección a su casa. El cura abandonó el cementerio tras ellos. Fue a la iglesia, cambió sus ropas de ceremonia, cuando se disponía a abandonar el templo, se dio cuenta que alguien esperaba en el confesionario. Rápidamente, ocupó su posición habitual y comenzó el sacramento de la confesión.

— Ave María purísima.

— Sin pecado concebida.

— En el nombre del Padre y del Hijo y del Espíritu Santo.

— El Señor esté en tu corazón para que te puedas arrepentir y confesar humildemente de tus pecados.

— Señor, tú lo sabes todo, tu sabes que te amo. Padre, ha pasado una semana desde mi última confesión.

— Sé de tu bondad, que eres persona de bien, no creo que tengas ningún pecado que sea urgente confesar, ¿verdad? — El padre Ramón ya había reconocido a su interlocutora. Era Dolores, sabía de su prudencia, no entendía la prisa y el momento escogido para buscar perdón.

— Padre, no he pecado de acción. Pero no sé si lo he hecho de omisión.

— No entiendo. Explícate mejor, por favor.

— ¿Sospechar es pecado?

— Difícil cuestión. Espero saber explicarme. Supongo que tus sospechas no carecen de fundamento. También imagino que estamos hablando de un asunto de gravedad.

— Máxima, padre, estamos hablando de un tema muy grave.

— Si estamos hablando de algo tan grave, sospechar sin suficiente fundamento, podría llegar a ser pecado. Podríamos caer en la tentación de realizar un juicio temerario sin fundamento alguno.

— Ese es mi miedo, padre.

— No obstante, hay que tener en cuenta alguna cosa. ¿Nace tu sospecha del odio, envidia o de la ira?

— De ninguna manera, padre.

— Puedes confiarme tu sospecha, para poder valorarla, hija.

— Creo que no sería lo adecuado, padre. No debo comentar lo que pienso, porque podría señalar a alguien injustamente.

— Entiendo. — lo raro de aquella confesión, hizo pensar al padre Ramón, que todo aquello podría tener algo que ver con el asesino del Andarax. — Quizás, solo quizás, para tu tranquilidad, podrías comentar tu sospecha con alguien que pudiese confirmarla.

— No le entiendo.

— Si tu sospecha fuera sobre un delito, comentarlo con las fuerzas de orden público, llevaría a una simple comprobación por su parte, que te dejaría al margen, finalmente se comprobaría o descartaría tu sospecha.

— Comprendo lo que me dice, pero usted, bajo el secreto de confesión, jamás comentará mis palabras. Todo lo que está pasando me da miedo. Si le cuento lo que pienso a la guardia civil, antes o después, se enterara la persona implicada, no me quiero ver en esa situación, porque pienso que, en el fondo, estoy equivocada.

— Existe esa posibilidad, podría pasar perfectamente que tus sospechas no sean nada más que eso.

— Por eso estoy confesándome y no en el cuartelillo.

— Te entiendo. — Sentía que se le estaba escurriendo entre sus dedos, la posibilidad de saber algo, de conocer algún detalle que pudiera iluminarle, guiarle hacia la persona que levantaba las sospechas de Dolores. Tenía que conseguir que se abriera a él en aquel preciso momento, buscaría darle un ligero empujón en la dirección que necesitaba. — Aprovéchate del secreto del confesionario, abre tu corazón y libérate de esa presión. Al compartir tu carga, repartes ese peso que te preocupa.

— No tengo certeza, padre. Solo una terrible sospecha que me reconcome por dentro. No quiero pensar mal de nadie, pero tampoco puedo evitarlo.

— Dime, libérate de esa carga. — Le decía estas palabras, mientras sentía que estaba perdiendo aquella oportunidad.

— Padre, necesito aclarar mis ideas. Creo que le veré pronto, pero quiero hacerlo sin equivocarme. Necesito su absolución. Jesús, Hijo de Dios, ten misericordia de mí, que soy una pecadora.

— Yo te absuelvo de tus pecados en el nombre del Padre, y del Hijo, y del Espíritu Santo.

— Amén.

Con esta última palabra flotando todavía en el confesionario, Dolores abandonó la iglesia. El padre Ramón permaneció un tiempo en el mismo sitio, mientras su mente no paraba de pensar que había fallado. Dolores había acudido con la idea de confesar sus sospechas, pero finalmente no había logrado que se las comunicase. Pensaba, también, que algo se le había escapado. Dolores conocía algo que había guiado sus sospechas. Ese detalle, o detalles, se le habían escapado a él. En aquel momento no sospechaba de nadie, tampoco de Tomás Pastor, el maestro, aunque el teniente hubiese encontrado una prueba física que apuntara en su dirección. También podía pasar que las sospechas de Dolores estuviesen equivocadas o sin fundamento lógico. Eso era más que posible. Por supuesto, eso debía ser.

Con aquella idea en su cabeza, más tranquilo, abandonó la iglesia, Capitán le esperaba junto a la puerta, como era su costumbre. Conforme avanzaba hacia el cortijo del cura, se iba convenciendo que era muy probable que la sospecha de Dolores, solo fuera un exceso de su imaginación, totalmente infundada, por tanto, equivocada. Esperaba encontrar a Gregorio en su porche, pero no había nadie. Aquella tarde necesitaba conversar, quería algo que entretuviese su mente, pero, sobre todo, necesitaba una excusa para tomar una copa de brandy. Entró en la casa, cogió el listín telefónico y buscó el numero del doctor. Marcó en la rueda cada uno de los números que componían su teléfono. Esperó el tono de llamada, comprobó que sonaba una vez, dos, antes del tercer tono escuchó el ruido del motor de un coche que entraba en la explanada, con el auricular aún en su oído, comprobó que era el Renault de Gregorio. Colgó el teléfono con alivio, necesitaba compañía. Salió de la casa con la botella de brandy y las dos copas. Gregorio también tenía sensaciones extrañas. No pudo reprimir abrazar a su amigo.

— Si te parece bien, hoy me gustaría volver a tomar una copa del whisky que me regaló mi padre.

— Me parece una excelente idea. — Entró con la botella de brandy en la mano, salió con la de whisky, Gregorio ya se había sentado, él sirvió generosamente en ambas copas, se sentó antes de continuar la conversación. — Debo confesarte que me entristeció no verte al regresar de la iglesia, hoy necesito mantener mi mente ocupada en algo que no sean los acontecimientos del día.

— Me pasa igual. He tenido que ir a casa de Carmelo, su mujer ha terminado muy mal. Le he dado algo para que durmiese.

— Lo necesitará. Espero que se sobreponga en poco tiempo.

— Va a ser difícil, es un golpe difícil de encajar, era una pareja muy unida.

— Ahora que lo dices, fíjate en ese detalle. Hasta ahora, el asesino del Andarax había buscado victimas bastante solitarias, el padre Venancio, el tío Braulio, el pastor de Pechina, pero Carmelo tiene mujer, hermano, no sé si eso significara algo.

— No creo. Bueno, realmente, no sé, ¿Quién puede saber lo que pasa por la mente de alguien que hace estas cosas?

— Tienes razón, intento buscar explicación a todo, buscar algún detalle que nos indique quién es el asesino.

— Ramón, piensa que puede ser que el asesino ya esté en el cuartel ahora mismo.

— ¿Tú crees que el maestro es el criminal?

— ¿Por qué no? No pienso que pueda ser él, de la misma forma que no pienso en otra persona. Lo que sí quisiera tener claro, es que las pruebas que tengan contra él, sean definitivas.

— Algo me dice que no va a ser tan fácil que confiese.

— Pues yo quiero que esto acabe, y que sea pronto. No quiero estar dudando de todo el mundo, como he hecho estos días.

— Tienes razón. Esperemos que el teniente Villegas acierte, que lo haga pronto.

Permanecieron en silencio un rato, disfrutando del sabor y aroma de aquel viejo whisky. Sorbos cortos que permanecían mucho tiempo en su boca, llenándola de aromas agradables.

17 CELOS

Pasaron dos días, en los que no parecía que nada extraordinario ocurriese. La rutina parecía instalarse en la mayoría de los habitantes de la Vega del Andarax. Después de misa, el padre Ramón se encontró que le estaban esperando, para regresar juntos, Capitán y Marisa. La joven sólo hablaba de temas sin importancia, no quería hablar del único tema que era común en todas las conversaciones en ambas orillas del río. El padre Ramón agradeció, mentalmente, hablar de las cosas que se considerarían normales en otras circunstancias. Gracias a este sencillo detalle, el paseo de regreso a casa fue agradable, sin tensión. Al llegar al cortijo del cura, el Renault de Gregorio estaba en la explanada. No era el único coche que había. Un Land Rover de la guardia civil permanecía aparcado junto al Renault. Se dieron cuenta de que con el doctor estaba el teniente Villegas, no había rastro de otro guardia civil, por lo que el padre Ramón supuso que había sido el mismo el que vino conduciendo. Al verlos llegar, dejaron la conversación que mantenían. El teniente fue el primero en hablar.

— Buenas tardes, padre. Un placer volver a verla, Marisa, está usted bellísima.

— Buenas tardes, no diga esas cosas, teniente, exagera usted. — contestó Marisa, con una sonrisa casi coqueta, que no pasó desapercibida al doctor.

— Si no les importa, acompañaré hasta su casa a la joven, antes de que sea más tarde. ¿Vamos?

— Por supuesto, buenas tardes. — Marisa contesto con el tono del que no se quiere ir, pero no tiene más remedio. Gregorio se preocupó de que el teniente viera claramente que se alejaban bien cogidos del brazo. Capitán, como otras veces, decidió acompañarlos.

— ¡Vaya! Parece que he incomodado al doctor. No sabía que había algo entre ellos, no debí ser tan galante con la chica.

— Quizás sí, pero no se preocupe, no creo que pase nada.

— Debo disculparme con Gregorio cuando regrese.

— Sería un detalle por su parte. Tengo una pequeña duda, ¿Qué le trae por aquí?

— Ya imaginara que no es una visita de cortesía.

— Si, solo espero que sean buenas noticias, lo que vaya a contarme.

— No son todo lo buenas que yo quisiera.

— Por favor, explíquese.

— El maestro ha reconocido que el botón encontrado es de su chaqueta.

— Ya tiene su prueba física, comprobada.

— Sí, pero dice que no ha estado por esta zona en meses.

— Eso le permite excluir la posibilidad de que el botón hubiese aparecido accidentalmente en esa zona, creo que ese comentario le favorece, teniente.

— Tiene razón, pero no termina de aclarar la autoría de ninguno de los crímenes.

— ¿Tenía alguna relación con alguna de las víctimas?

— Poca, si atendemos a lo que nos dice, poca.

— ¿Qué comenta del padre Venancio?

— Habló con él en pocas ocasiones. Ya sabe que tiene fama de rojillo, no pisa su terreno, padre.

— Debo reconocer que no lo recuerdo nunca en misa.

— Pues no es por usted, personalmente, por lo que dice tampoco frecuentaba antes su parroquia.

— ¿Con el tío Braulio?

— Con el sí había tenido trato, algún viaje para la escuela, para su casa no recuerda. Pero asegura que a Tobías solo lo conocía de vista, cree que nunca hablo con él.

— Para matar a una persona, tampoco hay que conocerla.

— Ya, pero debería tener algún motivo, algo debía provocar ese instinto asesino.

— Por ese camino, parece que no progresa.

— Con la última víctima, con Carmelo, solo dice haber mantenido algún contacto de cortesía, saludarse ocasionalmente, poco más. No tiene relación con nada que tenga que ver con el riego, el antiguo relojero no tiene ningún hijo en la escuela. No hay relación directa, prácticamente, no mantenían ni una conversación.

— Entonces, busquemos por otro camino, ¿Tiene coartada para alguno de los asesinatos?

— Ciertamente, no, tampoco hemos conseguido descartarlo por esa vía, no me gusta encontrarme con un callejón sin salida. Sin embargo, aunque tengo la sospecha de que el maestro no es nuestro hombre, las presiones que estoy recibiendo de Madrid, no me permiten dar la apariencia de que no avanzamos.

— Le entiendo. No me gusta lo que significa, pero le entiendo.

— ¿Lo que significa?

— Que un inocente está encerrado.

— Oficialmente, y realmente también, no está descartado, porque no está comprobada su inocencia.

— Tampoco su culpabilidad.

— Le comprendo, ahora mismo está en un terreno complicado, su situación es bastante compleja. Hasta que no se resuelvan todas las dudas, o se encuentre al verdadero culpable, va a ser complicado que vuelva a su vida normal.

— Espero que los interrogatorios sean, no sé cómo decirlo, ¿suavizados seria la palabra?

— Podría ser esa la palabra. No se preocupe por eso, no estoy forzando la maquina. Al principio sí, tenía que ver cuánto de verdad me contaba, pero estoy bastante seguro que no me engaña. Son muchos años de experiencia sacando la verdad mas escondida, ya sé cuando la tengo, cuando la he conseguido. En este caso, no voy a descubrir nada nuevo de nuestro maestro, me temo.

— Pues debe explorar otros caminos, si los que conoce, no le llevan a su destino.

— Es una buena manera de decirlo.

— Son solo palabras, lo que importa es la idea.

— Comprendo. Pero mi problema es que no tengo más pistas, no tengo más caminos que recorrer, no me gusta estar a la espera de acontecimientos.

— En este caso, estar a la espera, significa esperar otra muerte, no es ese un buen planteamiento.

— Para nada. Estoy totalmente de acuerdo con usted. Volveré a verle, espero que sea para otro rato de conversación. — Se levanto y se dirigió a su Land Rover. Cuando abrió la puerta, se detuvo un momento, para comentarle una última idea al padre Ramón. — Tenga cuidado, está usted en la zona conflictiva. El que ha hecho esto, ya ha matado a un cura, la sotana no le va a salvar.

— No me lo había planteado así. Lo tendré presente, no se preocupe.

— Preséntele mis disculpas al doctor, no quiero que piense que soy un desconsiderado.

— Descuide, se las transmitiré de su parte.

El teniente puso en marcha su coche, despacio para no levantar polvo, tomó el camino, dirección al ayuntamiento. Poco después, Gregorio retornaba de acompañar a Marisa a su casa, con Capitán andando a su lado. El animal decidió tumbarse al lado del cura, mientras el doctor tomaba asiento.

— ¡No puedes ser el mismo hombre que se ha ido de aquí hace unos minutos!

— ¿A qué te refieres?

— Recuerdo tu cara cuando te marchaste, enfadado y celoso. Pero has regresado con una sonrisa de felicidad.

— Sí que me he marchado enfadado, también tiene razón, me puse celoso con el comentario del teniente.

— Me dijo que lo sentía, que te pidiera en su nombre perdón, no se había dado cuenta de que había algo entre vosotros. ¿Qué te ha puesto tan feliz?

— Te lo contaré, ¿Quién mejor que un confesor?

— Nunca te has confesado conmigo.

— Ni lo hare jamás, si quieres mantener una amistad, no le cuentes tus pecados. A lo que iba. En el camino a su casa, he hablado con ella, le he mostrado mis sentimientos, mas por rabia que por otra cosa, antes de darme cuenta, nos estábamos besando.

— ¡No sabes lo que me alegro! ¡Un momento! ¿Todavía no la habías besado?

— No, soy más tímido de lo que crees.

— Pues entonces, en lugar de esperar las disculpas del teniente Villegas, deberías darle las gracias, te dio el empujón que necesitabas.

— Visto así, tienes toda la razón. Esto tenemos que celebrarlo, es una buena ocasión para el whisky de mi padre.

— Tienes toda la razón. — El padre Ramón espero a que su amigo trajese la bebida y las copas. Sirvió generosamente y brindaron entre sonrisas.

El Asesino del Andarax

18 RETRATO DEL ASESINO DEL ANDARAX

El tiempo pasaba, transcurrían los días y nada cambiaba. El maestro Tomás Pastor, seguía en algún lugar, custodiado por la Guardia Civil, los rumores dejaron de circular, no había nada que comentar, las conversaciones volvieron a ser las de siempre. Pocas personas pensaban que el asesino del Andarax continuaba en libertad, con toda probabilidad cerca de ellos. Después del oficio diario de misa, Marisa y el padre Ramón regresaron al cortijo del cura, donde les esperaba Gregorio, como era habitual. El tablero de ajedrez estaba sobre la mesa del porche. Las piezas no se movieron, el doctor se despidió un momento para acompañar a Marisa, que decidió colgarse de forma cariñosa del brazo de Gregorio mientras lo miraba directo a los ojos, susurrándole cálidas palabras al alejarse. El padre Ramón no se percató de estos gestos de complicidad, sentado en su butaca favorita del porche, en aquel atardecer, mientras las yemas de sus dedos estaban unidas frente a su rostro, su mirada permanecía perdida entre los espacios que dejaban las piezas de ajedrez, en aquel viejo tablero de juego. Su mente estaba dedicada a tejer una historia que diera algún sentido a los macabros hechos que habían sucedido en su parroquia hasta ahora.

Perdido estaba en sus ideas cuando regresó el buen doctor. Le pareció que se había acabado de marchar, sin embargo, aquella tarde había sido la vez que más había tardado en el trayecto de ida y retorno a San Miguel.

— Estás muy pensativo, ¿Quieres jugar al ajedrez?
— Sí y no. Sí que estoy pensando, pero no, no quiero jugar al ajedrez. Si te soy sincere, no estoy para juegos ahora. Necesito poner en claro ideas que vuelan por mi cabeza, quiero que dejen de ser algo sin sentido.

— ¿Te parece que guarde el tablero y saque dos vasitos y la garrafilla de vino?

— Sí, déjame que yo lo haga.

— No te levantes, ya estoy yo de pie. — Gregorio cogió el tablero, con cuidado para que las piezas conservaran su posición, entró en el cortijo del cura, salió al rato con dos vasos y la garrafilla. Sirvió aquel vino, pero antes de sentarse, dio un generoso trago del botijo que estaba al fresco. — Quería apagar la sed con agua, antes de comenzar a beber vino.

— Bien pensado.

— ¿Qué te ronda por la cabeza?

— Tengo miedo, Gregorio, tengo miedo.

— ¿Miedo? ¿de qué?

— El asesino del Andarax sigue libre. Estoy seguro, no sé a qué espera el teniente Villegas para dejar libre al maestro. Espero que el verdadero criminal nunca más vuelva a sus andanzas. Pero mis pensamientos me llevan a creer que eso no va a ocurrir.

— Yo quisiera olvidarlo, como un mal sueño. Pero no puedo, sé que está por aquí. Estoy convencido que es alguien de la zona, puede ser esa persona con la que me he cruzado, con la que he hablado, o la que me ha saludado de lejos. Puede ser cualquiera.

— No, cualquiera no. Sólo existe un asesino. No puede ser una persona al azar.

— Tienes razón. Sin embargo tengo dudas. ¿Qué sabemos realmente de ese criminal?

— Tengo varias certezas. Es muy fuerte, lo ha demostrado levantando y escondiendo cuerpos como si fueran simples fardos. Es frío y preciso. Todas sus heridas han sido certeras, ha demostrado una extraña habilidad para no fallar el golpe mortal. Es de la zona, se mueve por la Vega con mucha facilidad, la conoce como la palma de su mano. Además, debe ser alguien que inspira confianza. Parece que ninguna víctima hizo nada para defenderse. No sospechaban que la persona que tenían frente a ellas podía matarle. No lo esperaban.

— ¿Algo más?

— Mucho más. ¿Cómo no reaccionó nadie? Me refiero a defenderse frente a un arma mortal?

— Explicate, no etiendo tu pregunta.

— Hemos llegado otras veces a la misma conclusion, el asesino les atacó de frente.

— Sí, eso lo tenemos claro.

— Entonces, tuvieron que ver el arma que terminó por destrozarles la arteria y quitarles la vida.

— ¡Qué barbaridad! ¡Tienes razón!

— ¿Cómo no se defendieron?

— ¡Es imposible! Tenían que verla.

— Siempre que reconocieran que delante tenían un arma, imagina esta posibilidad, no fueron capaces de ver el peligro hasta que fue demasiado tarde y no tenían tiempo de reaccionar.

— Bien visto, padre, como siempre. Ahora, con esos datos, voy a realizar un retrato de ese criminal. Es fuerte, frío, preciso, de aquí, debe ser vecino de la Vega. Es alguien que inspira confianza, no temor. Ya está, ya he terminado la imagen del asesino.

— Puedes añadir más cosas.

— ¿Seguro?

— Si. Por ejemplo, después de estudiar las heridas, cuanto dirías que mide el arma asesina.

— ¿Me preguntas cuanto debe medir la hoja con forma cuadrada?

— Exacto, eso es lo que quiero saber.

— No menos de quince centímetros.

— A una hoja de quince centímetros, como mínimo, le debemos sumar la empuñadura, lo que deberían ser diez centímetros más, ¿correcto?

— Sí, eso como mínimo.

— Pues ya tenemos un dato más a tener en cuenta. Existe un arma de unos veinticinco centímetros, o más grande aún, con una forma o estructura muy particular que los infortunados no vieron venir.

— Entiendo. Debemos suponer que la lleva camuflada o escondida.

— Sí, pero no olvidemos un detalle importante: tiene que llevarla, además, de forma rápida y con facilidad puede usarla. Debe tenerla a mano para actuar tan rápido, ninguna de las victimas ha llegado a defenderse o a darse cuenta que estaban frente a un arma mortal.

— Correcto, ha destrozado la yugular de sus víctimas en todos los casos, para hacerlo con tanta precisión necesita ver con claridad el punto donde clava su arma. — Gregorio hizo un gesto con su dedo índice marcando el punto al que se refería.

— Bien visto, doctor, eso nos dice que la víctima tenía la suficiente confianza con el agresor, como para permitirle estar tan cerca sin ningún temor.

— Eso es.

— Realmente es una persona que todos conocían.

— ¡Conocemos! Padre, tenemos que conocerla.

— ¡Seguro! ¡Es alguien que todos conocemos!

— Esto me da más miedo aún.

— Por supuesto. Ahora, veamos. ¿No somos capaces de llegar a nada más sobre el asesino? Intentemos encontrar algo que nos guie, Gregorio.

— ¿Por ejemplo?

— Lo único que se me ocurre ahora, algo que pueda ayudarnos es encontrar un motivo. Ese justificante para esta ola de crímenes.

— Sí, pero no va a ser fácil.

— Hay que intentarlo. No parece que haya un motivo económico detrás de todos estos asesinatos. No llevaban nada de valor cuando murieron, que se sepa, ni la muerte de ninguna víctima ha provocado herencias generosas. Más bien lo contrario.

— Descartado el móvil económico.

— Creo que podemos descartar también el móvil sentimental, ninguna de las victimas podía tener conflicto pasional, o familiar entre ellas.

— Fuera también, no encontramos ningún móvil pasional o sentimental.

— La primera muerte fue la del padre Venancio.

— Sí, esa fue.

— ¿Por qué alguien mataría al cura del pueblo?

— Podemos descartar en su caso siempre motivos sentimentales, economicos, venganza o ajustes de cuentas. Se llevaba bien con todo el mundo y no se supo de ninguna discusión con nadie.

— Le he dado muchas vueltas, la verdad, a pesar de eso solo encuentro una posible explicación.

— A mí no se me ocurre ninguna.

— Imagina por un momento, si el padre Venancio no se llevaba mal con nadie, su muerte no ayudaría a ningún vecino, no tiene nada de valor, solo hay una cosa que pudiera obligar la actuación de su asesino.

— ¿Cuál?

— Por algún motivo, él conocía algo que el asesino no quería que se supiera.

— No sé cómo podría pasar eso.

— Bien, solo es una suposicion, imagina que, en alguna confesión, alguien le comenta un secreto al padre Venancio. Es un secreto de confesión, por tanto, no saldrá nunca del confesionario. Nadie lo conocerá jamás. Sin embargo, el cura lo conoce. No lo va a contar, nosotros lo sabemos, aunque, ¿tiene el asesino la certeza absoluta?

— Claro, entonces el asesino piensa que la manera de que ese secreto no se conozca, es eliminando a la única fuente posible.

— Exacto.

— Aunque podría existir otra fuente. Piensa que, a lo mejor, no fue el propio asesino quien contara en confesión ese secreto al padre Venancio. Pudo ser otra persona quien conociese el tema y lo contara en el confesionario.

— No necesariamente. Mató a mi antecesor, pero a nadie más, hasta pasado un tiempo. ¿Qué te podría indicar eso?

— Que no tuvo oportunidad antes.

— No creo, la segunda víctima fue el tío Braulio. En el tiempo que transcurrió entre el primer y el segundo asesinato, seguro que tuvo muchas oportunidades de asesinarlo en la vega. Yo tengo una sospecha.

— Pues no se me ocurre ninguna a mí.

— ¿Y si quien contó el secreto al padre Venancio fue el propio asesino?

— ¡Ah! Quieres decir que primero se confiesa de un secreto, ¿luego se arrepiente y lo mata?

— Es solo una idea, sin embargo, es la única que se me ocurre por ahora.

— Vale, puedo entenderla, aunque no del todo. ¿Qué secreto le confesó que le obligaría a tomar una medida tan drástica como el asesinato?

— Esto lo tengo más claro, ¿de verdad no se te ocurre ninguna opción?

— Estoy muy espeso, no, no se me ocurre nada.

— Pensemos en voz alta. Si fuese un adulterio, sería un problema, de acuerdo, aunque se enterase el ofendido o la ofendida, tampoco sería algo tan grave, además, no es tan frecuente como la gente podría pensar, reconozco que es habitual dentro de los pecados que se escuchan en un confesionario. Lo mismo sucedería con un robo.

— Ya creo saber por dónde vas. Sólo una muerte anterior, podría provocar el asesinato del padre Venancio.

— Esa es mi conclusión. Alguien le confesó un crimen, una muerte accidental, no sé, algo de esa gravedad. Tiempo después, no sabemos si poco, o mucho, se arrepintió de haberle dado esa información. Desde su enfermo punto de vista, sólo podía arreglarlo con otro asesinato. Con esa muerte solucionaría su problema. Lo taparía, se perdería de vista.

— Pero, luego ha vuelto a matar.

— Sí, tienes razon, Gregorio, recuerda. El tío Braulio fue quien encontró el cuerpo sin vida del padre Venancio. Pudo ver algo que le hiciese sospechar o, sin darle ninguna importancia, le preguntó por algo que no le encajaba sin saberlo al asesino, de esa manera provoca sin saberlo su propia muerte. O quizás el asesino lo vio cerca mientras lo mataba. Piensa que tanto él, como Tobías, el pastor de Pechina, tambien el mismo Carmelo, eran personas que siempre estaban moviéndose por la vega. Cualquiera de ellos podía haber visto algo, aún sin saber la importancia y consecuencias que podían traer lo que vio.

— O más sencillo aún, el asesino pensó que podían haberle visto cerca, sospechó que antes o después podían llegar a una conclusión que comprometiese su tranquila existencia.

— Claro. Recuerda que estamon delante de una mente enferma que ve la muerte ajena como una consecuencia inevitable, algo que debe ocurrir para que él viva limpio de todo lo que pueda molestarle.

— Bien, si analizo todo lo que has dicho, podría ser así, no me cabe la menor duda, todo esto no me ayuda a saber de quién me tengo que cuidar, antes de cruzármelo por algún camino.

— Puede que no, pero a lo mejor nos sirve de ayuda para localizar al culpable, incluso para descartar a un inocente. Piénsalo, todavía hay que darle muchas vueltas.

— Pero muchas, esta noche me da a mí, me va a costar conciliar el sueño.

Continuaron su conversación un poco más, antes de despedirse. El doctor se fue en su coche, dejando al padre Ramón sentado en su butaca, acariciaba la cabeza de Capitán. Se levantó, se acercó a la ventana donde descansaba el botijo, tomó un buen trago de agua fresca antes de recoger la garrafilla y los vasos. Salió de nuevo al porche, con tranquilidad volvió a sentarse en la butaca, mantuvo la mirada perdida en el cielo de estrellas que brillaban sobre la sombra del ayuntamiento. Su mano acariciaba mecánicamente la cabeza de Capitán. El animal, de felicidad, movía su cola con un ritmo lento y pausado. La mente repasaba una y otra vez todo lo que le había comentado al doctor. Dicho en voz alta, le parecía que seguía siendo posible todo lo que había dicho. Cada vez que volvía a repasar sus ideas, se convencía más de que su razonamiento explicaba perfectamente todo lo que había ocurrido hasta el momento. En su mente estaba dibujando un retrato, sin rostro aún, sin contornos definidos, aunque al fin y al cabo, realizaba el retrato del asesino del Andarax.

19 MUERTE EN LOS BANCALES

Soñaba. Le gustaría que fuera un sueño tranquilo y reparador, pero era todo lo contrario. Seguramente influenciado por todo lo que había hablado con el doctor en la velada antes de acostarse, ayudado por que no habían cenado nada mas que los vasos de vino, su mente era pura agitación. Veía una silueta difusa, sin rostro reconocible, avanzando hacia él, caminando entre naranjos. De vez en cuando, sin saber muy bien de donde, aparecía en su mano como por arte de magia, una especie de punzón, su aguja era larga, podía distinguir claramente el inexplicable reflejo de la luna, marcando perfectamente las cuatro paredes de aquella arma, perfectamente pulidas y brillantes. La mano de la oscura silueta, levantaba aquella arma con la clara intención de clavársela en su garganta. Mientras, él corría entre los naranjos intentando alejarse de su agresor, pero cada vez que giraba su cabeza comprobaba que estaba justo detrás de él, escuchaba su fuerte respiración, demasiado cerca para intentar despistarle, su única opción era huir, correr sin descanso. En algún momento de aquella interminable carrera, comenzó a oír un aullido. Estaba seguro de que era Capitán. En su sueño pensó que alguien había muerto. Se tocó su cuello. Estaba intacto y seco. Él no era el cadáver, por lo menos aquella vez. La silueta había desaparecido perdida entre los naranjos, pero el aullido parecía escucharse más fuerte aún. Por fin se despertó, con su cuerpo empapado en sudor. Capitán estaba aullando. Eso era lo que oía entre sueños. Le ordeno que se callase, el perro obedeció. Se vistió rápidamente, salió al porche. A lo lejos, otros perros aullaban también. Faltaría una hora para que amaneciese, pensó, quizás menos.

Se dirigió tranquilamente al viejo establo, sin saber muy bien por qué, sacó la bicicleta. Coloco en sus pantalones las pinzas metálicas que había cogido del cuadro. Capitán levantaba sus orejas cada vez que otro perro aullaba, moviéndose siempre al lado del cura, desde que le mandó callar, no había vuelto a aullar. A lo lejos, en el silencio de la noche, se escuchaba el motor de un coche que se acercaba. El padre Ramón acercó la bicicleta al borde del camino. Muy rápido, para la velocidad con la que acostumbraba a circular por aquel camino normalmente, se acercaba el Renault gris del doctor, al reconocer al padre Ramón con su bicicleta, le hizo una señal con las luces. Pasó a la altura del cura levantando una polvareda que no pareció molestarle. Se subió a la bicicleta y continuó pedaleando en la misma dirección que el coche del doctor, camino de San Miguel. El ruido del motor del coche dejó de escucharse. Mientras avanzaba, veía a lo lejos las luces del cuatro cuatro. Había pasado junto al cortijo de Fernando que permanecía en silencio y sin ninguna luz visible, como si estuviera sumido en un profundo sueño. El de Crescen y Andrés también estaba totalmente a oscuras. El coche estaba en medio del camino, girado, de manera que las luces iluminaban el bancal que estaba más próximo al rio, a su derecha, dejó de pedalear, esperó que el impulso le dejara junto al coche. Se bajó de la bicicleta y la apoyó con cuidado. Capitán había corrido a su lado, no aullaba, pero parecía lamentarse como solo los perros saben hacer. El padre Ramón caminó despacio hasta el borde del bancal, a unos diez metros estaba agachado Gregorio, reconoció a su lado a Indalecio, el guardés de San Miguel. Se dio cuenta de que estaban muy cerca de la puerta de entrada. Más o menos a la altura del palomar, pero en el bancal opuesto, al otro lado del camino. Indalecio iluminaba la zona con un viejo candil. La claridad del nuevo día se imponía, poco a poco, a la oscuridad de la vieja noche. El padre Ramón no quería sucumbir a su curiosidad, sabía que los dos hombres estaban al tanto de su presencia, aún así, no quería acercarse, no quería molestar. Gregorio se puso de pie, le dijo algo a Indalecio. Este apagó el candil, hizo un gesto de asentimiento con su cabeza y comenzó a andar hacia el camino, al llegar a la altura del cura, le puso una mano en el hombro, le miró con sus ojos inundados en lágrimas, sin ser capaz de pronunciar una palabra. Giró sobre sus talones y comenzó a andar, pausadamente, dirección a San Miguel. Gregorio también vio como se alejaba. Sin moverse de donde estaba llamó al cura. Capitán se sentó al lado de la bicicleta, permanecía atento con sus orejas tiesas.

— Padre, venga conmigo, quiero que vea algo.

— ¿Está muerta? — titubeo mientras se acercaba por el bancal.

— ¿Muerta? No, padre, no es una mujer. Es Baldomero, el secretario.

— ¿El hermano de Carmelo?

— El mismo, bueno, mejor dicho, era Baldomero.

— ¿Es la misma arma de siempre?

— Sin duda. Pero mira fijamente y dime si ves algo que te llame la atención. — El padre Ramón ya había llegado a su altura, podía ver el pequeño cuerpo del viejo secretario del ayuntamiento, tumbado en una posición imposible, mirando su rostro al cielo, cada vez más azul, menos negro. — Tenemos tiempo para estudiar todo, Indalecio me llamó a mí, después avisó a la guardia civil, tardarán un poco en llegar aquí.

— ¿Dónde lo has mandado?

— Le he dicho que avise al cuartel de Gádor, para que vengan los de Almería, de paso, que se tome algo para tranquilizarse, está muy afectado.

— Sin duda. Está aterrorizado.

— Contéstame, ¿Ves algo distinto en este cadáver?

— Lo primero que veo es que este cuerpo está distinto.

— Exacto, sabía que no se te pasaría.

— Los otros cadáveres fueron trasladados, los movieron desde donde los mataron. Este creo que ha sido asesinado aquí.

— Sí señor, eso es lo mismo que pienso yo, después de matarlo, en lugar de hacerlo como siempre, no quiso moverlo de sitio.

— O no pudo, Gregorio, o no pudo.

— También pudo pasar, pero ¿Qué podría evitar que lo llevase a otro sitio?

— La verdad es que no se me ocurre nada.

— Piensa que al otro lado del camino está el palomar, donde ya ha dejado dos cuerpos.

— Tienes mucha razón, algún motivo tendría para actuar así. Pensando rápidamente, pudiera ser que escuchase a alguien que se acercase por el camino, este cuerpo está bastante cerca.

— Esa es una buena explicación.

— Creo que es perfectamente posible. Por cierto, ¿cuándo calculas que lo mataron?

— Creo que no me equivoco mucho si digo que a este hombre lo mataron hace dos, o tres horas.

— Vaya, noche cerrada.

— Sí, yo diría más cerca de las tres que de las dos horas.

— ¿Qué hacía Baldomero a esas horas en medio de la vega?

— No se me ocurre nada.

— A mí sólo se me pasa por la cabeza una idea.

— ¿Cuál? A mí no se me ocurre ninguna buena razón para estar en medio de estos naranjos en plena noche.

— Ya, pero, piensa por un momento, Gregorio, ¿Y si estuviese buscando al asesino de su hermano?

— ¿Quieres decir que tenía alguna sospecha de quien lo mató y vino a pillarlo?

— Podría ser, o también vino a pillarlo sin tener sospechas concretas de quién pudiera ser. A lo mejor quiso saber que vecino se movía a hurtadillas por la zona.

— Vale, acepto tu idea, pero, recuerda Ramón, este asesino también ha matado en pleno día. No siempre ha actuado de noche.

— Cierto. Pero eso sólo nos lleva a una pregunta concreta, ¿Qué hacia Baldomero a esas horas escondido en la vega?

— También pudiera ser que no se escondiera, que se citara con alguien.

— Es difícil, pero, podría pasar.

— Oye, veo a lo lejos que se acerca Indalecio, quiero hacerte una pregunta antes de que llegue.

— Dime, Gregorio.

— ¿Quién pensabas que era cuando dijiste que si estaba muerta?

— ¿Cómo?

— Me preguntaste si estaba muerta, no muerto. ¿Creías que podía ser una mujer?

— Sí, recordé que una mujer me confesó que tenía algo que quería contar, una sospecha. Pensé que podría ser ella.

— Pues deberías hablar con esa mujer, cuanto antes.

— En cuanto tenga ocasión. Descuida. Ya estás de vuelta, Indalecio, qué te han dicho.

— Vienen ya de camino, estarán pronto aquí.

— ¿Qué pasó para que llamases al doctor?

— Pues ha sido una noche rara. Mis perros estaban tranquilos, a eso de las dos de la mañana comenzaron a ladrar, como cuando hay alguien que ronda cerca del palacio, normalmente son chiquilladas, pequeñas trastadas, cosas sin importancia. Nadie quiere enfrentarse a mis perros, por lo que, si hay algo, ladran un par de veces y se acabó. Esta noche, cuando comenzaron a ladrar, no paraban, por mucho que les dijera. Terminé vistiéndome, pero no veía nada cerca de la puerta o de la valla. Debo reconocer que tenía miedo, mucho miedo, no salí de la propiedad. Los perros, al estar a su lado, ya no ladraban, pero actuaban como si hubiese algo, o alguien cerca. Sólo tenía la luz del viejo candil. A lo mejor, si me hubiese atrevido a salir, habría podido ayudar o salvar a Baldomero.

— Comenzó a sollozar, tapando su cara con ambas manos.

— No pienses eso. — Dijo el padre Ramón, mientras intentaba consolarlo con un cariñoso abrazo. — Seguramente llegarías tarde, lo único que podrías haber conseguido es encontrarte cara a cara con el asesino. Fuiste prudente, seguramente actuaste de la mejor manera que podías en ese momento.

— Visto así, seguramente tiene razón.

— Sí que la tengo. ¿Cuándo saliste a comprobar que era?

— Bastante tiempo después, los perros seguían intranquilos, gruñendo, ladrando de vez en cuando. Cuando dejaron de hacerlo, me atreví a abrir la puerta, los dos salieron corriendo, tan rápido que los perdí. Yo seguía por el camino, buscando a mis perros y temiendo encontrarme con alguien. Hasta que comenzaron a aullar.

— ¿Cómo?

— Corrieron como alma que lleva el diablo, perdón por la expresión, yo no quería perderlos de vista y también avanzaba lo más rápido que me permitía la luz del candil. Localizaron algo y aullaron, yo no sabía qué podía ser, tampoco quería descubrirlo, me dio miedo. Cuando reuní algo de valor, me acerqué despacio, vi lo que había, les mandé callar, ya era tarde, el coro de perros ya se había extendido por la vega. Me llevé a los animales a casa, tranquilicé a Pepa, le dije que llamara al doctor y a la guardia civil. Yo esperé en la puerta de la finca la llegada del doctor, cuando reconocí las luces de su coche, salí al camino para guiar al doctor.

— Fuiste prudente, hiciste bien.

Los tres hombres giraron su cabeza, el Land Rover de la guardia civil se acercaba a ellos a mucha velocidad. Frenó bruscamente, pararon el motor. El Sargento López fue el primero en bajarse del coche, el cabo Rueda, que era el que conducía lo acompaño rápidamente. El guardia Moya no parecía haberse despertado por completo aún. Descendió del coche, pero se quedó junto a la puerta que acababa de cerrar, mientras, los otros dos guardias se acercaban al grupo formado por el guardés, Gregorio y el cura. El doctor puso al corriente a los guardias. Estos preguntaron algo al guardés. Luego mantuvieron una corta conversación con el cura, este último abandonó el grupo cercano al cadáver, llegó al camino, donde le esperaba Capitán moviendo su rabo y el guardia Moya, que parecía no estar muy contento por estar despierto tan temprano.

— Padre, ¿Otra vez?

— Si, hijo, por desgracia otra vez.

— ¿A dónde va usted?

— Me han dicho que cuando lleguen los guardias de Almería, mejor que estén solo los primeros testigos. Yo llegué después, no puedo aportar nada a lo que digan ellos. De manera que cogeré mi bicicleta y, tranquilamente, me iré para el cortijo.

— Hace usted bien.

El sol estaba bajo aún, pero ya se podía adivinar un día despejado y caluroso. El padre Ramón se subió la sotana, los bajos de los pantalones seguían sujetos por aquellas pinzas metálicas. Comenzó a pedalear tranquilamente, para que Capitán pudiese acompañarlo con un paso cómodo para el animal. Pasaron al lado del cortijo de Andrés y Crescen, sin que viera ningún movimiento. Un poco más cerca de su casa estaba el cortijo de Fernando y Dolores. Llegando a él vio cómo varios coches habían tomado aquel camino y se dirigían, a toda velocidad, hacia San Miguel. El cura se desvió a la entrada de aquel cortijo. Puso pie en tierra, Capitán a su costado, los coches pasaron a su altura levantando una nube de polvo. Le pareció que alguien le saludaba desde el asiento trasero del primer coche, pero no podía asegurar que fuera así. Cuando pasó el último vehículo de aquella comitiva, escuchó un ruido a sus espaldas, se giró encontrándose a Dolores secándose las manos en su mandil.

— Buenos días, padre.

— Buenos días, Dolores, aunque no lo van a ser para todos.

— Nada bueno ha podido pasar cuando se ven tantos coches del cuerpo por aquí.

— Cierto. Ha aparecido el cuerpo de Baldomero. Asesinado como los otros.

— ¡Oh! ¡No me lo puedo creer! ¿Es que no acabara nunca esta tragedia?

— Espero que atrapen pronto al criminal y termine esta pesadilla.

— ¡Sí! Ya no podemos vivir tranquilos.

— Tienes razón. Por cierto, Dolores, nosotros tenemos una conversación sin terminar.

— Padre, esta tarde, en el sitio correcto, la terminamos.

— De acuerdo, estaré en el confesionario esperando escuchar lo que tengas que decirme.

— Quizás no sean más que sospechas sin fundamento, imaginaciones mías.

— Podría ser. Pero, por favor, no lo dejes. Te veo más tarde.

— Cuente usted con eso, nos veremos luego, padre.

El padre Ramón no se subió en la bici, la empujaba cogiéndola por el manillar, mientras Capitán le acompañaba. Ya dentro del viejo establo, se quitó las pinzas y las colocó en el cuadro de la bicicleta, la apoyó en el sitio de costumbre. Necesitaba un baño refrescante, decidió hacer algo que tenía en mente desde el primer día que llegó a Benahadux. Entró en la casa, se desnudó, abrió uno de los cajones de la cómoda, tomó un gastado bañador negro, se lo puso. Salió al porche, iba descalzo, como casi siempre cuando era niño, se acercó a la balsa, subiendo al muro de la misma, por los viejos peldaños de piedra que había en el costado de aquella vieja obra. El agua llegaba casi al borde del muro, seguía cristalina, recordó los baños que se daba con sus hermanos y primos de niño, no se lo pensó mas, se sumergió en el cristalino elemento, el agua estaba mas fría de lo que esperaba, mejor, pensó. Estaba disfrutando de la sensación de frescor con el agua a la altura de su barbilla, cuando un chapuzón de agua, a su espalda, le asustó. Giró rápidamente sobre sí mismo para encontrarse a Capitán, avanzando hacia él. Rió la ocurrencia del perro de acompañarle en el baño. Jugó un poco con él, hasta que el animal decidió dar por finalizada aquella experiencia, se sacudió el agua y desapareció de su vista. Permaneció un buen rato aún en el agua. Las dimensiones de la balsa no le permitían intentar nadar, pero para darse un buen chapuzón, sí le bastaban. En aquel momento de tranquilidad, su mente empezó a intentar encajar las últimas novedades. Otra muerte más, tan cerca, otra víctima conocida. Misma arma, por tanto, con toda seguridad, era el mismo criminal. Volvió a repasar en su imaginación todos los detalles que conocía, desde el padre Venancio, hasta minutos antes. Cuando le pareció que su mente no podría aguantar más presión, decidió cerrar sus ojos, dejándose envolver por aquella agua fresca que casi le cubría por completo.

En la parte interior de la balsa existían unos peldaños en piedra, que parecían salir y formar parte del propio muro, igual que los que facilitaban la subida a la balsa desde el exterior, gracias a ellos Capitán había salido con facilidad del agua. Pensó que era la primera vez que él se bañaba en la balsa, pero quizás, Capitán ya habría disfrutado allí, de algún baño con anterioridad. Salió del agua, se dio cuenta de un pequeño fallo en su plan. No había preparado una toalla para secarse. Él no iba a sacudirse, como antes había hecho Capitán, sonrió imaginándose en su mente aquella escena. Recordó lo que hacía de niño, decidiendo que, finalmente, haría lo mismo. Se sentó en el muro, dejando que el sol le calentase el cuerpo, a la vez que le secaba. Cuando se sintió lo suficientemente cómodo, volvió al interior de la casa, se vistió y desayunó.

20 LAS TRANQUILAS AGUAS DE LA BALSA

Estaba recogiendo los restos de su desayuno cuando escuchó un coche que paraba frente al cortijo del cura. Intentando aparentar tranquilidad, se asomó al exterior para comprobar quién podía ser aquella visita.

— Buenos días, Padre.

— Buenos días tenga usted también, teniente Villegas. Por decir algo, la verdad es que es un día trágico, otro más para este pequeño rincón del mundo. — Hizo un gesto para indicarle que se sentase con él en el porche que, afortunadamente, ya proporcionaba sombra a la mesa y los asientos.

— Sí, otro más. Imaginará que esta no es una visita de cortesía.

— Supongo que querrá preguntarme algo. — El padre Ramón intentó que les acompañara el conductor del teniente, con vivos movimientos de sus manos, pero este prefirió permanecer sentado en el coche, hizo un gesto declinando la invitación.

— Realmente sí, tengo curiosidad por saber cómo aparece usted, de madrugada, montando en bicicleta en el escenario de un crimen.

— Entiendo, comprendo su curiosidad. Esta noche pasada me desperté antes de que saliera el sol. Mi perro aullaba.

— Este que esta tumbado a su lado. Supongo.

— Sí, el mismo, Capitán. — al escuchar su nombre, se levantó moviendo su rabo. El padre Ramón le devolvió el gesto al animal, acariciándole con cariño su cabeza. — Ya no podía recuperar el sueño, de manera que me levanté. Al salir aquí mismo, comprobé que varios perros aullaban. No sé muy bien porque, pero algo me decía que los animales volvían a tener razón, preparé la bici, comencé a pedalear.

— ¿Era de noche todavía?

— Cierto, estaba todo oscuro.

— ¿Por qué tomo dirección San Miguel?

— Los aullidos parecían venir de allí, pude tomar esa dirección o la contraria, pero al escuchar a los perros, decidí seguir su llamada.

— De acuerdo, continúe, por favor

— Al poco de salir, me adelantó el coche del doctor, me imaginé que algo no iba bien, como sospeché en un principio. Avanzó en la misma dirección que yo llevaba, de manera que seguí pedaleando. Él paró, dejando su coche de forma que alumbraban sus faros una zona del bancal, junto al camino, hacia el lado derecho.

— Sí, así estaba su coche cuando llegamos.

— Exacto, el resto ya lo sabe.

— ¿No vio a nadie durante su excursión nocturna?

— No, solo al doctor cuando pasó a mi lado, también al guardés del marqués, cuando llegue a su altura.

— ¿Tampoco vio nada extraño o fuera de lugar?

— No recuerdo nada que me llamase la atención.

— Ya, ya.

— No quisiera estar en su lugar, supongo que debe tomar decisiones que no son, del todo, de su agrado.

— No sé a qué se refiere.

— Imagino que deberá poner en libertad a Tomás Pastor, este nuevo crimen le descarta por completo.

— ¡Oh! Si, tenía previsto soltarle hoy. Su detención no ha sido totalmente un error.

— No le entiendo.

— La prueba que lo llevó al calabozo, aquel botón suyo que apareció en el lugar donde se produjo el asesinato del relojero, me ha puesto en la pista de un posible culpable.

— ¡Oh! Explíquese, por favor, siempre que pueda, claro está.

— Sin decirle nada que no deba, puedo darle algún detalle. Descartando que lo perdiese el maestro, a la hora de cometer el asesinato, solo contemplo dos opciones. Lo perdió descuidadamente el verdadero criminal, o lo dejó a conciencia para despistarnos, sabiendo que nos llevaría a una pérdida total de tiempo y esfuerzo.

— Tiene razón, seguramente es la segunda opción.

— Eso mismo es lo que yo he deducido. Pero tomando esta conjetura como la correcta, esto me lleva a otra pregunta.

— ¿Cuál?

— ¿Quién tuvo opción de conseguir ese botón? Y, sobre todo, ¿lo consiguió con el propósito de despistarnos? O, quizás, una vez en su poder, ¿se planteó usarlo con ese fin?

— Son varias preguntas, cualquier podría ser la correcta.

— Sí, pero después de muchas horas de interrogatorios, de ir eliminando y depurando distintas posibilidades, creo poder confirmarle que estoy cerrando el circulo, sobre un claro sospechoso.

— Imagino, entonces, que pronto recibiremos la noticia de una nueva detención.

— Sí, esta vez no voy a impacientarme, estoy dando los pasos con calma y tranquilidad.

— Vaya, está usted preparando la captura de su presa, como una araña.

— Exacto, estoy tejiendo una red a su alrededor, el criminal no se da cuenta, prácticamente, ya ha caído dentro de mi trampa.

— Espero que acierte usted, de verdad se lo digo.

— Este criminal, frio y calculador, necesita ser capturado por alguien que sea mejor, más listo que él. Porque es bueno, muy bueno. Por tanto, quien le eche el guante ha de ser muy bueno, más inteligente que él.

— No se lo voy a discutir.

— Desde luego, estos crímenes, no podían ser resueltos por un aficionado, necesitan los conocimientos e inteligencia de un buen profesional.

— ¿A quién se refiere cuando dice aficionado?

— Por ejemplo, al sargento de Gádor, este asunto le viene grande, muy grande.

— Entiendo, pero usted convendrá conmigo que no es un caso fácil.

— Quizás sea más sencillo de lo que aparenta.

— ¡Oh! ¡Me sorprende usted!

— Actualmente sólo tengo una duda, padre, solo una.

— ¿Solo una? ¿Cuál?

— ¿Estoy frente a uno, o más criminales?

— ¿Piensa que no actuó solo?

— Mi sospechoso podría tener la fuerza suficiente para trasladar los cuerpos como ha hecho el criminal, pero no fácilmente. O bien desarrolla una fuerza superior a la que imagino al verle, o quizás, cuente con la ayuda de un cómplice.

— ¡Nunca lo había tenido en cuenta!

— Reconozco que no es mi principal hipótesis, pero un profesional debe pensar en todo.

— Ya, le entiendo, pero no imagino cómo dos personas, son capaces de ponerse de acuerdo para…— El padre Ramón tuvo que interrumpir la frase que estaba diciendo. Capitán había comenzado a ladrar ruidosamente, nunca lo había visto así. Parecía aumentar de tamaño a cada ladrido, los pelos de su lomo se habían erizado transformando su silueta, de animal tranquilo, a una que recordaba perfectamente que su ascendente era un lobo salvaje. — ¡Capitán! ¿Qué te pasa?

— Algo ha oído o visto el animal. — dijo el teniente Villegas, a la vez que se ponía en pie y, de forma instintiva, ponía su mano sobre su pistola reglamentaria.

— ¡Nunca le he visto así!

Mientras el cura imitaba al teniente, acercándose sigilosamente al perro, este ladraba y gruñía sin apartar su vista de la balsa, se escuchó un ruido que procedía, indudablemente, de aquella zona. El sonido recordaba a un gran chapuzón, como si una gran piedra, hubiese sido lanzada al agua. El perro dejó de gruñir y ladrar, para, una vez volvió a hacerse el silencio, comenzar un aullido largo y profundo. Casi al instante, en la lejanía, otros perros comenzaron a imitarle. El teniente y el cura, paralizados por lo extraño de la escena que estaban contemplando, giraron sus cabezas de forma que sus miradas se encontraron. Sus ojos estaban muy abiertos, sus rostros pétreos, impenetrables. El teniente tomó la iniciativa, comenzó a dar pasos rápidos y cortos en dirección a la balsa. Mientras tanto, el padre Ramón consiguió que Capitán dejara de aullar, acariciándole la cabeza, mientras le hablaba con susurros tranquilizadores. El teniente subió los dos primeros peldaños que facilitaban el acceso a la balsa.

— ¡Me cago en la...! — Dejó sin terminar aquella grosería, recordó quien tenía a su lado, se mordió la lengua. — Padre, hay un cuerpo aquí, flotando en la balsa.

— ¡No puede ser!

— ¡Ayúdeme a sacarlo! Quizás aún está con vida, aunque se ve una gran mancha de sangre en el agua.

— ¡Voy! — No sin dificultad, entre los dos hombres, sacaron aquel cuerpo, inerte, sin poder hacer nada por ayudarle. Dejaron el cuerpo junto a la escalera de la balsa. — ¡Dolores! ¡Aún un tiene su piel tibia! ¡Mire teniente! ¡Brota sangre de su cuello! ¡Tiene la misma herida que las otras víctimas! ¿Por qué no acudiste antes a mí? ¡Quizás estarías con nosotros aún!

— ¿Padre? ¿Qué quiere decir?

— ¡Oh! ¡Me refería a que no he podido darle la extremaunción! — No quería mentir, pero, no pensaba decirle nada que tuviera algo que ver, por mínimo que fuera, con nada que escuchase en el confesionario.

— ¡Han tenido que matarla hace un instante, por eso la balsa se ha teñido de sangre tan rápido, voy a ver si puedo encontrar alguna pista por aquí, avise al doctor, debe estar cerca, tambien al cuartel de Gádor, quiero aquí a todo el mundo, ¡Pero ya!

El padre Ramón no quería hacerle ver que no era un subordinado suyo, pensó que no era el momento de entrar en aquellas minucias, realizó aquellas llamadas rápidamente, no quería dejar abandonado, aquel cuerpo, aún caliente.

21 EL CÍRCULO SE CIERRA

Prácticamente el resto de la mañana, fue un continuo ir y venir de guardias civiles, controlando toda la zona, mirando aquí, levantando aquella piedra, registrándolo todo. Tanto el cortijo del cura, como el de Fernando y Dolores. Josefa se había llevado a su padre a su casa, toda la familia estaba hundida, su madre era una fuerza de la naturaleza que conseguía que todo funcionara en su casa. Llegó por fin el momento, se quedaron solos, igual que unas horas antes. El padre Ramón, el teniente Villegas y Capitán. Nadie le traería, como era costumbre, su comida al cura aquel día. Tampoco tenía ningún apetito. Estaban sentados en el porche, en silencio. El teniente, después de estar mucho tiempo ensimismado en sus pensamientos, comenzó a hablar en voz alta. No parecía contarle nada a su interlocutor, parecía hablar para sí mismo.

— El cortijo de la difunta está junto a este. El pequeño muro tiene un punto que linda con esta balsa. La conclusión, es evidente, porque si no, tendría que haberlo hecho delante de nosotros, es que la han matado en su cortijo. Supongo que, al haber muchos guardias por la zona, se deshizo del cuerpo rápidamente, sin saber que al otro lado del muro y de la balsa, estábamos nosotros, que escuchamos como tiró el cuerpo al agua. — En ese momento, levanto su mirada hasta encontrarse con la del padre Ramón. Hasta aquel mismo instante, parecía que había estado hablando sólo, con su silencio, el cura entendió que le animaba a entrar en la conversación.

— Sin el aviso de Capitán, podía haber pasado mucho tiempo hasta que nos diésemos cuenta de que estaba allí, no voy frecuentemente a ver la balsa. Al estar al costado interior del cortijo, en la parte más alejada del camino, prácticamente no la veo, si no me acerco expresamente.

— Por otra parte, una vez analizados los alrededores, el pinchazo mortal se produjo a escasos tres metros de la balsa. La mujer no gritó, ni pareció defenderse, la habríamos oído.

— Como en el resto de asesinatos.

— Sí. Además, analizado el borde de la balsa, que tiene un muro con una altura de poco más de metro y medio, no hemos visto ningún punto por donde se aprecie que deslizara el cuerpo.

— ¿Qué quiere decir?

— Que el criminal levantó en peso el cuerpo de Dolores, lo lanzó al agua sin tocar el muro. Es mucho más fuerte de lo que cabía esperar, de lo que imaginaba.

— ¡Sí que debe serlo! ¡Qué barbaridad!

— ¡Tenemos que actuar rápidamente! ¡Ha matado dos veces en pocas horas!

— ¡Cierto!

— ¡Y delante mía!, esta ultima vez, en mis propias narices, ¡Tengo que encerrarlo ya!

— ¿Sabe quién es el culpable?

— ¡Oh! ¡Sí! Estoy bastante seguro.

— Debo reconocerle que yo ando bastante despistado, entonces. No tengo ninguna certeza. Sólo ideas que revolotean por mi mente, sin una conexión clara. — En ese momento, entró despacio en el ensanche el doctor con su coche. Lo aparcó junto al del teniente.

— Hombre, llega don Gregorio, quiero saber qué puede comentarnos de todo lo acontecido esta mañana. — El tono del teniente, no expresaba curiosidad, precisamente.

— Gregorio, siéntate con nosotros, esta mañana ha tenido que ser complicada. — El padre Ramón habló con un tono de voz pausado y tranquilo, como si con su voz pudiera transmitir calma y paz a quien le escuchase.

— Ahora, padre, pero primero, si me lo permite, necesito tomar algo.

— Ya sabes que esta es tu casa, sírvete.

— Gracias. — Entró en el cortijo, parecía su tono de voz, algo enfadado. Salió tras unos minutos, con la botella de brandy en una mano, en la otra llevaba tres copas de balón. Dejó la botella en la mesa, después, con calma, colocó las tres copas, sirvió brandy en la que estaba frente a él, también en la más cercana al padre Ramón, cuando pensaba servir al teniente Villegas, este le hizo un gesto con su mano.

— Estoy de servicio, no debo tomar alcohol mientras trabajo.

— ¡Oh! Lo comprendo, teniente, lo comprendo. ¿No le molestará?

— ¡Para nada! Por favor. Hoy debe contarnos muchas cosas, necesita un reconstituyente.

— ¡Nada que usted no sepa ya!

— ¡Al contrario! Me interesan mucho sus opiniones, sus impresiones, la de ambos. Usted, padre, como testigo, la suya, como doctor, también es importante.

— Yo como testigo puedo aportarle poco, teniente, pero Gregorio seguro que puede ayudarnos a comprender algo, si es que hay algo que se pueda entender de todo esto. El asesino sigue siendo el mismo, ¿No?

— Sin duda. En los casos de hoy, la misma arma, con ese perfil cuadrado, un golpe único y certero.

— Ese es un aspecto que me llama la atención, doctor. — El teniente Villegas se acercó al doctor mientras hablaba. — ¡Cuánta precisión tiene este asesino! ¿No le parece?

— ¿Qué quiere decir exactamente?

— ¡Doctor! Quiero poner el énfasis en esa precisión, entiéndame. ¿Cuánta gente seria capaz de asesinar a tantas personas con semejante certeza en el golpe mortal?

— Pues la verdad, no lo sé, pero no es fácil acertar siempre en el mismo punto, desde luego.

— A eso me refería, ¿Cuántas muertes van ya? ¿Cinco? — Pregunto el teniente.

— ¡Seis! Por desgracia ya son seis. Mi antecesor, el padre Venancio, el tío Braulio, Tobías, el pastor de Pechina, Carmelo el relojero, su hermano Baldomero y, por último, Dolores. Seis, si antes no ha matado ya.

— El asesino del Andarax, ya famoso en prensa y en los noticiarios, suma en su triste haber, como mínimo, seis muertes con una precisión mortal casi perfecta. Tiene una morbosa precisión en el momento de asestar el golpe mortal. Eso sería algo que nos debería ayudar a cerrar el círculo sobre el culpable.

— Referente a eso, teniente, antes de la llegada del doctor me comentaba que está usted pensando en un posible sospechoso.

— Cierto, tenemos nuevas pistas que nos pueden guiar a la pronta detención del culpable.

— ¡Oh! Eso son buenas noticias. ¡Muy buenas!

— ¡Sí que lo son! Pronto vamos a proceder con la detención de este sospechoso, confío será el último, porque es el criminal, estoy convencido. Lo que me recuerda que debo llamar al cuartel, para asuntos oficiales. ¿Puedo?

— ¡Por favor! No tiene que pedirlo, el teléfono esta a la entrada del cortijo, a mano derecha, en la pared.

— ¡Gracias, padre!

— Pero no piense que va usted a dejar de explicarnos quien es su sospechoso.

— ¡Nada más lejos de mi pensamiento! — Comentó el teniente Villegas, mientras se perdía por la puerta del cortijo.

— ¡A ver si lo atrapan pronto y de una vez para siempre! ¿Cómo estas, Gregorio? Te veo cansado.

— ¡Agotado! ¡Estoy sumido en un continuo sin vivir! Además de los casos normales de la consulta, estos crímenes no me dejan parar un momento. — Apuró el brandy que quedaba en su copa, volvió a servirse, al intentar hacer el mismo gesto con la copa del padre Ramón, comprobó que este, prácticamente, no había bebido casi nada. — ¿No bebes?

— Hoy no me apetece mucho, pero no te preocupes, algo te acompañaré. Tómatelo, lo necesitas mucho más que yo. — En ese momento, el teniente salió del cortijo del cura, con semblante satisfecho. — ¿todo resuelto?

— ¡Oh! Sí, solo eran unas instrucciones que debía dar. No podían esperar. Aunque yo esté aquí, reflexionando sobre el caso, los engranajes de la justicia y de la guardia civil, deben seguir girando, trabajando para dar con el culpable, hay que encerrarlo lo antes posible.

— Eso me recuerda, que debe explicarnos, si puede, todo lo posible sobre ese nuevo sospechoso.

— ¡Lo prometido es deuda! Sí, voy a explicarles todo, o casi todo. Antes de darles el nombre del sospechoso, yo casi diría, del culpable, les voy a decir cómo llegamos hasta él, como deduje que no podía ser otra persona, como decimos los profesionales, por eliminación.

— ¡Qué interesante! Díganos, por favor, ¡queremos saberlo todo! — El padre Ramón estaba, realmente, esperando con ansia las palabras del teniente.

— Si recuerdan, antes comentaba sobre la precisión demostrada por el asesino. Supuse que tanta perfección solo podía ser posible por dos causas. Una habilidad innata o una perfección conseguida con la práctica. Analizando los vecinos y posibles candidatos a sospechoso, no veía ningún perfil que me indicara la posibilidad de que la primera opción fuera posible. Dicho de otra manera, no veía a nadie con esa habilidad y precisión en su poder. Por tanto, me centré en investigar si alguien la había conseguido, a base de práctica y repetición. Ciertamente, investigando en los archivos provinciales de la guardia civil, no encontré nada relativo a un arma con el perfil cuadrado, como la usada con los crímenes del asesino del Andarax, ni con su modo de proceder.

— Entiendo. Ha dicho en los archivos provinciales. — El padre Ramón hablaba con verdadero interés.

— Exactamente, pero, por mi formación, sé que existe el Archivo general del Ministerio del Interior, está activo desde principios del siglo pasado. Recoge, básicamente, todos los casos en los que hubo investigación de la policía o de la guardia civil. Esta en Madrid, ustedes no lo podían saber, pero la semana pasada me desplacé a la capital con algunos agentes, buscando alguna coincidencia. Nos centramos en casos sin resolver, ya que supuse que si lo hubiesen cogido en un crimen anterior, no estaría campando por aquí inocentemente.

— Lógico, entiendo su punto de vista. — El padre Ramón asentía mientras hablaba.

— Encontré muchos casos de heridas mortales en el cuello, pero siempre se referían a un corte, a un tajo, a una herida producida con el filo cortante del arma. También encontré muchas muertes con arma blanca por punzadas o apuñalamientos, con una sola herida que penetraba en el cuerpo de la víctima, pero casi todas se produjeron en el tronco, unas en el corazón, otras en los pulmones o en el vientre. No me valían para compararlas con las de nuestro caso. Comenzamos a ir retrasando el año de los archivos que analizamos, hasta encontrar un crimen que nos llamó la atención. Hace unos cuatro años, aproximadamente, mataron a un hombre de una herida de arma blanca, certera, en el cuello.

— ¿Con un arma con el filo cuadrado?

— No lo dice en ninguna parte de aquel informe. Lo único claro era, por lo que pude leer, que solo se produjo una herida, que esta era punzante, en el cuello. Esta herida provocó la muerte instantáneamente, sin que la victima tuviera opción para defenderse de ninguna forma, ni gritando, ni atacando de alguna forma a su agresor. De forma muy similar a como se han producido aquí.

— ¿La víctima tenía alguna relación con esta zona?

— Muy interesante su pregunta, padre, muy interesante. Pero no, el fallecido era un viejo funcionario de Madrid. No se conoce que alguna vez viniera a Almería, ni familiar de esta zona. Se podría decir que está totalmente desvinculado con esta parte del mundo. Un dato a tener en cuenta, aquel crimen se cometió un sábado por la noche. Lo encontró en su ronda el sereno de la zona, que encontró el cuerpo aún caliente, pero no vio nada más.

— Entonces, si nos olvidamos de la víctima, ¿podría ser que tuviese pistas del culpable?

— ¡Ojalá hubiera sido tan sencillo! Padre, el informe de aquel crimen, prácticamente sólo tenía una hoja del forense, la declaración del sereno que lo encontró y poco más. No había ningún dato, a simple vista, al menos, que nos pudiera ayudar. Sin embargo, algo podría serme útil.

— ¿Qué es? — preguntó el padre Ramón.

— A su debido tiempo, padre, justo en su momento se lo diré. Habíamos encontrado un crimen que encajaba en el modo de matar de nuestro asesino.

— Sí, pero no puede tener la certeza de que sea exactamente el mismo criminal. Si tuviese el dato, en el informe de la autopsia me refiero, de que coincidía la extraña forma del arma con la usada aquí, sería una coincidencia, pero tampoco podría asegurar que fuese el mismo asesino. — Dijo Gregorio, mirando fijamente a los ojos al guardia civil.

— Cierto, no puedo tener la certeza de estar hablando del mismo asesino, pero tampoco puedo ignorar que, perfectamente, podría serlo. Continuamos revisando casos, cada vez más lejos en el tiempo, sin encontrar una muerte que pudiese encajar con el patrón que buscábamos. — El teniente dejó de hablar cuando observó que dos Land Rover de la Guardia Civil se paraban en el camino, a la altura del cortijo del cura. Se bajaron cuatro guardias civiles de los dos coches, se acercaban a ellos. — Parece que vienen a buscarme, un momento.

— ¿No pensará irse sin contarnos que es lo que encontró útil de aquel asesinato en Madrid? — Preguntó el padre Ramón.

— ¡Oh! Tranquilo, de ninguna manera le voy a dejar sin ese dato. Por favor, esperen aquí un momento, que ahora procedemos a lo que han venido. — Esta última frase, se la dirigió el teniente a sus compañeros que se habían quedado junto al porche, como esperando instrucciones. — Padre, me extraña que no haya usted llegado a la misma conclusión que yo.

— Ciertamente, no me ha parecido que haya comentado nada que me dé una pista, fiable, para llevarme a una conclusión sobre quién es el culpable.

— Me extraña, padre. Quizás le ocurre que no quiera verlo, o no quisiera creerlo.

— De verdad, teniente, no llego a imaginar ninguna pista nueva con lo que me ha contado, que me ayude a pensar quien es el asesino del Andarax.

— Es muy sencillo, padre, muy simple.

— Ilumíneme. — El tono del padre Ramón, era desafiante, estaba retando al teniente para que le dijese cual era aquella conclusión que le llevaría al culpable, que se le había escapado a él.

— Cuando analicé este caso, incluyendo el asesinato de Madrid, todo se reducía a dos sospechosos.

— ¿Dos? — Preguntó Gregorio.

— Sí, dos. Le voy a ser sincero, padre, mi primer pensamiento se dirigía a usted.

— ¿A mí? — El tono del padre Ramón, era de indignación, más que de incredulidad.

— No se alarme, tenía que valorar todas las posibilidades, comprobé la fecha del asesinato, usted disponía de un permiso en el seminario.

— ¿Me ha investigado?

— ¡Por supuesto! ¡No podía hacer otra cosa! Tengo que estudiar todas las posibilidades, así es como funciona un buen trabajo de investigación.

— ¡Perdón! Perdón, lo comprendo, pero tiene que entender que me altere.

— No se preocupe, efectivamente, figura en los registros que usted disfrutaba de permiso de fin de semana, pero, también confirmé que era imposible que usted hubiera cometido el asesinato del padre Venancio. En aquella fecha, estaba usted bien controlado en el seminario. Esto le descartaba como sospechoso. Lo que me lleva a mi segunda y definitiva opción. — Al decir esto realizó un leve gesto con su cabeza — He hecho un seguimiento de prácticamente todos los habitantes de la zona, solo una persona pudo haber realizado ese crimen.

— ¡No puede usted creer que …!

— ¡Sí! ¡Doctor! ¡Queda usted detenido! — en ese mismo momento, los guardias civiles se abalanzaron sobre Gregorio, impidiéndole ningún movimiento extraño.

— ¡Pero yo soy inocente!

— ¡Imposible! Es usted la única persona que pudo cometer el primer crimen del asesino del Andarax. Estaba en Madrid en el momento en el que se cometió ese crimen.

— ¡Soy inocente! ¡Padre! ¡Ayúdeme!

— ¡Teniente! ¡No tiene ninguna certeza de que ese asesinato tenga algo que ver con la serie de muertes que han ocurrido aquí!

— ¡Yo creo que sí! ¡Llévenselo! — Hizo un simple gesto, mientras se llevaban al detenido, al que ya le habían puesto unos grilletes. — Ahora, padre, con su permiso, vamos a registrar la vivienda del doctor. Estoy seguro que hallaremos más pruebas del delito.

— ¡Pero…!

— ¡No! Padre, no diga nada que pueda interferir la acción de la justicia.

— Nada más lejos de mi pensamiento, pero, ¡Creo que se equivoca, teniente!¡Totalmente!

— En el fondo, estoy seguro de ello, usted sabe que no lo hago. No puedo creerme que no haya pensado, aunque fuese un sólo momento, que su amigo y compañero podía ser el criminal.

— Teniente, intento conocer el alma de mis feligreses, más que su personalidad. Creo, sinceramente se lo digo, que está usted muy equivocado. — Pensó añadir a la frase "como otras veces", pero decidió no lanzar ese comentario dañino.

— ¡Los hechos me darán la razón! Padre, espero verle en ocasiones más agradables. — Dicho esto, dio por zanjada la conversación, hizo un gesto con su mano, saludándole tocándose el tricornio, se subió al vehículo en el que había venido, dejando en la entrada, solamente, el coche del doctor. De pie, en el porche, sin nada que decir, el padre Ramón tenia perdida su vista, miraba el camino, por donde se había ido el teniente, también se habían llevado por allí al doctor. Su cabeza intentaba entender todo lo que había pasado aquella mañana. En poco tiempo, horas, habían muerto dos personas, también habían detenido a Gregorio como el asesino del Andarax. Su mente estaba intentando encajar todos los elementos de aquel puzle imposible. Su mirada seguía pérdida entre los naranjos lejanos, un observador minucioso, se habría percatado de que una lágrima recorría su mejilla.

22 UNA VISITA INCÓMODA

Más de dos meses habían transcurrido desde la detención de Gregorio. El padre Ramón había decidido hacer unas gestiones en la capital. Era un tema personal, de pura amistad. Temprano, en el primer tren de la mañana, viajaba con la mirada perdida en el paisaje que corría frente a sus ojos. Mientras él estaba cómodamente sentado en aquel compartimento, su pulcra sotana alejaba a todo el viajero que se asomaba a la puerta, con la única intención de terminar el viaje sentado. Nadie quería escuchar el sermón de un cura a una hora tan temprana. Aprovechando aquella tranquila soledad, en su mente, planificaba lo que haría aquella mañana, lo que no sabía, ni podía intuir, es lo que podría conseguir con aquel viaje, si es que, finalmente, lograba algo.

El tren llegó a la hermosa estación de Almería, sin prisa, con calma, bajó al andén. Todos los demás pasajeros parecían necesitar llegar rápidamente a su destino. Él, por el contrario, caminaba con paso pausado y tranquilo. Frente a la estación de tren, se halla la comandancia de la Guardia Civil de Almería. Su mirada reflejaba fastidio, no era algo que le apeteciera hacer, pero necesitaba realizar aquella visita, para conseguir su verdadero objetivo. Cruzó la carretera de Ronda, al guardia que estaba en el puesto de puerta del cuartel, le dijo que tenía cita con el teniente Villegas, le acompañaron a su despacho, al entrar comprobó que estaba hablando por teléfono. Mientras conversaba, con una sonrisa en su rostro, le hizo un gesto, invitándole a sentarse frente a él, el padre Ramón se acomodó y esperó a que terminara aquella conversación.

— ¡Padre! Me alegro mucho de verle, sobre todo en estas circunstancias, sin crímenes de por medio.
— Le entiendo, teniente. Pero debe entender que no es una visita feliz para mí.

— ¡Oh! Lo entiendo, sigue usted pensando que me equivoqué de sospechoso, a pesar de todas las evidencias.

— Teniente, sin ánimo de polemizar con usted, no termino de ver tan claramente la culpabilidad de Gregorio. Yo sólo sé lo que dice la prensa, pero, hasta ahora, no creo haber leído que confesara ningún crimen.

— Cierto, no ha confesado. Aún, por lo menos. Pero acumula varias pruebas que lo incriminan, inequívocamente. — En ese momento, el teniente estaba repanchigado en su sillón, con las yemas de los dedos de una mano, unidas con las de la otra, mientras las palmas parecían estar separadas por una fuerza que no les permitiera unirse. Su mirada, aunque, sobre todo, su tono de voz, reflejaban una actitud victoriosa. Realmente, el teniente Villegas estaba seguro de su triunfo. — La primera, no me lo puede negar, desde que detuvimos al doctor, han cesado los crímenes. Ha desaparecido el asesino del Andarax.

— ¡Oh! También puede haber aprovechado la detención de un inocente, para usarlo como chivo expiatorio, mientras él continua libre y sin cargos.

— ¡Ya! Si eso fuera así, ¿Por qué no dejó de actuar cuando se detuvieron a otras personas? Si buscaba alguien a quien cargarle sus crímenes, tuvo un par de oportunidades antes.

— Eso no se lo puedo discutir.

— ¡Claro que no! Además, encontramos manchas de sangre, de las víctimas, en su ropa.

— ¡Eso no puede ser una prueba! ¡Sabe usted que examinó los cuerpos antes de la llegada de su forense!

— ¡Sí! Pero yo presento esos exámenes de otra manera. ¿Qué mejor forma de justificar esas manchas de sangre tendría, si, como yo afirmo, alguna de ellas se podría haber producido durante el crimen?

— Eso es demasiado rebuscado, incluso para este caso.

— No seré yo el que le lleve la contraria, pero es una suma de muchos pequeños indicios. Por ejemplo, ha reconocido que cuando vivía en Madrid, frecuentaba el barrio donde ocurrió el primer crimen.

— Supongo que lo frecuentaba, como otros miles de madrileños.

— Además, no ha confesado su culpabilidad, pero en los interrogatorios, ha incurrido en numerosas contradicciones.

— Teniente, usted y yo, sabemos que eso no es prueba de nada.

— Ya veo que no voy a poder convencerle. Afortunadamente, el juez que va a llevar el caso ya me ha confirmado que está más próximo a mis conclusiones que usted.

— ¿El juez?

— ¡Oh! Sí. Este caso ya lo consideramos cerrado, está en el juzgado para ponerle un lazo y terminar con una sentencia, que ya adivino, será ejemplar.

— Lo veo a usted muy contento y satisfecho.

— ¡Ya lo creo! Cuando me destinaron a Almería pensé que tardaría muchos años en conseguir destino a una comandancia de importancia. Gracias a pillar al asesino del Andarax, creo que pronto recibiré aviso para trasladarme a la capital, a Madrid. ¡Puede que el cambio de destino venga con el ascenso a Capitán! ¡Me lo han comunicado mis superiores!

— Si es así, le trasladaré mi felicitación.

— No lo dice con ningún convencimiento, padre.

— Sinceramente, espero no causarle molestia alguna, creo que el asesino no está entre rejas.

— Para ser un hombre de iglesia, tiene usted muy poca fe.

— Tiene que entender que para encarcelar a una persona, bajo acusaciones tan graves, estas deben sustentarse con pruebas físicas, concretas e irrefutables, más que con actos de fe.

— Creo que no nos vamos a poner de acuerdo fácilmente en este punto. Ni yo le voy a convencer, ni usted va a aceptar mis conclusiones. Su amistad con el detenido le hace ver los hechos con algo de parcialidad. Debe saber algo, padre, le aprecio sinceramente, por eso, a pesar de lo poco frecuente que resultó su petición, lo tengo todo listo y preparado.

— Eso es algo por lo que le estaré eternamente agradecido.

— No se permiten visitas a los presos de este tipo, menos aún cuando estos tienen a sus espaldas, delitos de sangre tan graves como los del asesino del Andarax. Pero le tengo preparado esta autorización. No le voy a engañar, al ser usted sacerdote, la he vestido como ayuda espiritual, con lo que espero que pueda usted "disfrutar" de una visita, digamos que, lo más agradable posible, dentro de las circunstancias.

— Quedo en deuda con usted, teniente. Espero poder devolverle este favor algún día.

— No se preocupe. — Tomó una hoja ya mecanografiada, la tenía preparada sobre la mesa, hizo el gesto de leerla, la firmó, terminando teatralmente cuando le estampó un sello que sacó de un cajón de su mesa. Revisó otra vez el documento con atención y, con una sonrisa en sus labios, se lo dio al padre Ramón. — ¿Quiere que le lleve algún compañero? Podemos acercarle sin mayor problema.

— ¿Sería posible?

— ¡Por supuesto!

— Me vendría muy bien, no me muevo con soltura por Almería.

— No se preocupe, venga conmigo.

Le acompañó hasta el aparcamiento de la comandancia, donde dio instrucciones a un guardia civil, este le invitó a subirse a uno de los coches patrulla. Sin contar con los saludos de cortesía y rigor, no se dirigieron ninguna otra palabra durante el trayecto. El padre Ramón intentaba recordar algo que había dicho el teniente. Sentía en su interior, que algo importante se había dicho, su mente pensaba que no se le podía escapar aquel detalle, pero, ¿Cuál era? ¿Qué se había dicho hacia unos momentos? De los dos, ¿Quién había expresado un comentario importante? ¿Cuál era? Cuando se vino a dar cuenta, estaban circulando por la carretera de ronda. La cárcel estaba, relativamente, cerca del cuartel, tomaron el cruce de la carretera dirección a Nijar, a pocos metros se veían los muros de la cárcel provincial, casi frente a ella, fijó su mirada en el imponente Seminario Diocesano. El edificio penitenciario imponía respeto con sus altos muros, en los que no faltaban las correspondientes garitas en sus esquinas, en las que se podían ver guardias armados. Su acompañante le ayudó a presentar su autorización. Le dejaron sentarse, no había nadie más, en una pequeña sala de espera. No había ninguna ventana en aquella habitación, unos bancos pegados a las paredes eran el único mobiliario, la oscuridad estaba parcialmente rota por una bombilla de baja potencia que, junto con el cable del que colgaba y el correspondiente portalámparas, era todo lo que había en aquella estancia. Pasaron muchos minutos hasta que un funcionario abrió la puerta, le saludó cortésmente y le pidió que lo acompañara. El guardia abrió una vieja puerta y le invitó a pasar. Aquella habitación también carecía de ventanas, además de la iluminación tenue, procedente de otra bombilla de baja potencia, el padre Ramón sólo encontró una pequeña mesa y dos sillas, una frente a la otra. Aceptó la invitación y se sentó en la silla que le permitía ver, directamente, la puerta de aquel cuarto, esta se cerró tras aquel guardia. Pasaron pocos minutos, le parecieron muchos más de los que realmente fueron, se abrió la puerta y dejaron pasar a Gregorio, cerraron tras él. Gregorio parecía desconcertado. El padre Ramón se levantó y abrazó a su amigo. El tiempo parecía haberse cebado con el doctor. Una espesa barba cubría su rostro, vestía un raido y sucio uniforme gris, se separaron, el cura invitó a sentarse al doctor, mientras él hizo lo propio, en la silla opuesta.

— Gregorio, ¿Cómo estás?

— Mal, muy mal. ¡Soy inocente!, ¡Ramón!, ¡Inocente!

— Te creo, Gregorio, te creo.

— Parece que nadie más lo hace.

— Eso parece.

— ¿Cómo esta?

— ¿Marisa?

— ¡Claro! ¿Quién me podía interesar, si no fuera ella?

— Ella está bien, no se cree nada. Pasamos largos ratos buscando algo, alguna pista que pueda sacarte de aquí.

— ¡Bien por vosotros! ¿Y sus padres?

— En público no dicen nada, cuando hablan conmigo no dan crédito. Ya te puedes imaginar la presión que hay en el pueblo. La radio y los periódicos dan por probada tu culpabilidad.

— Pero, ¡Es imposible! ¡Yo no hice nada! — El doctor comenzó a llorar desconsoladamente, de impotencia.

— Yo te creo, tranquilo, Gregorio, te creo.

— ¿Cómo voy a salir de esta terrible pesadilla?

— Con la verdad, Gregorio, con la única y aplastante llave que puede sacarte de esta cárcel, la verdad. Para eso he conseguido esta reunión, enmascarada de auxilio espiritual, para que me ayudes, si es posible, a localizar ese resquicio, ese comentario, ese hecho con el que probar tu inocencia.

— Te puedo asegurar que he repasado todo en mi cabeza, no he encontrado nada, ningún detalle que pueda exculparme. De la misma manera que no entiendo cómo han montado este caso en mi contra. ¿Por qué? No lo sé aún.

— Puede ser que no han encontrado otro posible culpable más "creíble" hasta ahora.

— Pero no puede ser, ¿de verdad no hay nadie más?¡Yo soy inocente! — en ese momento ya había dejado de llorar, estaba realmente enfadado.

— Lo sé. ¿Has recibido alguna visita?

— Mi padre, sólo él. Como es abogado, ha conseguido visitarme. Está en Madrid moviendo todos los contactos posibles para ayudarme, pero sin resultado.

— ¿Quién te interrogó?

— Villegas, ese creído, tonto del culo que es el que ha montado todo el caso en mi contra.

— Pero, ¿Qué es lo que tiene?

— Realmente, nada, dice que hay manchas de sangre de las victimas en mi ropa. Normal, traté a todas, comprobé sus constantes vitales, de alguna forma, la sangre de las victimas terminó en mi ropa.

— Supongo que en mucha menos cantidad que se pudo manchar el asesino.

— ¡Claro! Piensa que han hallado restos pequeños, el asesino, al punzar en el cuello, debió recibir mucha más cantidad, sangre que salió a borbotones de la herida, algo que no se corresponde con las manchas de mi ropa, pero eso no le interesa al teniente. Sin embargo, mi padre dice que, en el juicio, esa supuesta "prueba" la tiene ganada fácilmente. Las manchas de mi ropa son incompatibles con el momento del asesinato.

— Estoy seguro, tu padre sabrá defenderte como te mereces, si llegara el momento del juicio. Pero vamos a intentar que no sea necesario. ¿Qué mas sabes que tienen como prueba?

— El famoso botón del maestro, me dicen que pude quitárselo en alguna visita o encuentro, para incriminarlo y despistar a la guardia.

— ¿Has coincidido muchas veces con Tomás en los últimos meses?

— No recuerdo que viniera a la consulta, tampoco creo que hayamos cruzado más de dos o tres saludos. Sabes que Tomás no es muy hablador. No recuerdo tener ninguna conversación a solas en mucho tiempo.

— Tienes que decirme en que insiste cuando te interroga.

— Me pregunta por un crimen, que se cometió hace años en Madrid. Dice que soy el único de los sospechosos que estaba en aquellas fechas en la capital.

— ¡Como miles de personas!

— ¡Se lo he dicho! Pero me ataca diciendo que de esas miles de personas, solo una, yo, estoy también en Benahadux cuando se cometen los asesinatos.

— Esto no debería ser. No ha podido establecer, esto te lo digo confidencialmente, ninguna relación exacta entre ese crimen y los del asesino del Andarax. Aquella persona murió de una punzada en el cuello, pero no puede compararla con ninguna de las otras víctimas. No hay constancia de que la herida refleje que se hizo con la misma arma usada aquí. No debería ser difícil para tu padre tumbar esa supuesta prueba, por esa parte puedes estar tranquilo también. — En ese momento se abrió bruscamente la puerta. El mismo guardia, con un semblante más malhumorado que cuando lo guió anteriormente, le pidió que esperase.

Se llevó a Gregorio, este no fue capaz de articular ninguna palabra en la despedida. Sus ojos parecían rebosar de lágrimas otra vez, aquellas gotas de sufrimiento, no debían recorrer su rostro hasta encontrarse en la soledad de su celda, no quería que su amigo le volviese a ver llorar. Sobre todo, que la última imagen de aquel encuentro no fuera su rostro lleno de lagrimas de impotencia y desesperación. El padre Ramón se quedó pensativo. Algo en su interior le decía que había sido utilizado. Estaba seguro que algún guardia había estado escuchando todo lo que había hablado en aquella visita. Empezó a sospechar que la amabilidad del teniente se debía al interés por conseguir alguna pista o indicio de aquella conversación. Mientras esperaba, repasó mentalmente lo hablado con el doctor, si alguien había escuchado todo lo que se había dicho, solo podía deducir la inocencia de Gregorio. A eso se debía el rostro malhumorado del guardia al entrar en la celda, pensó el padre Ramón.

Al sentir cómo se cerraba la puerta de su celda, Gregorio rompió a llorar desconsoladamente. En ese preciso instante, un funcionario de aquella cárcel, establecía una llamada telefónica que confirmaba las sospechas del cura.

— Mi teniente, hemos procedido como usted nos ordenó.

— Bien, ¿habéis escuchado algo interesante?

— Más bien, no, mi teniente.

— ¿Nada?

— Absolutamente nada.

— ¿Se ha confesado?

— No mi teniente, ha sido una conversación normal.

— ¡Vaya! Imaginé que se confesaría y podríamos saber algo.

— No fue así.

— ¿Lo habéis escuchado todo? Podrían haber susurrado algo que se os escapara.

— Imposible, la sonoridad de esa habitación nos permite oír hasta la respiración, no han dicho nada. El preso se ha comportado como si fuera inocente, no puedo decirle otra cosa. La conversación ha consistido en repasar las pruebas que tenemos. Las han tratado como con su abogado, hablaban de cómo demostrar que es inocente.

— ¡Pero no puede serlo! ¡Hay que conseguir demostrar su culpabilidad!

— Siento ser quien le transmita esta mala noticia.

— Seguiremos buscando, pensé que algo en claro podría sacar de esta reunión.

Un guardia se ofreció para acercar al párroco en coche a la estación, pero el padre Ramón rechazó gentilmente esta posibilidad. Tenía tiempo de sobra para no perder el próximo tren, la distancia desde la cárcel no era excesiva, sería un agradable paseo, le ayudaría a aclarar sus ideas. Andaba tranquilamente, mientras sus pensamientos repasaban todo lo conversado aquella mañana. Un primer análisis le hizo sospechar que no se había dicho nada que no supiera ya, pero, en su interior, algo le decía que no se le podía escapar ninguna frase, o indicio, que le marcara la dirección correcta.

Esa sensación de desasosiego, de que algo se estaba dejando y que era importante, le acompañó durante el viaje en tren. Al llegar a la estación de Benahadux, se sorprendió al ser recibido alegremente por Capitán. El perro le había acompañado a primera hora de la mañana, al parecer se había quedado por la zona hasta su regreso. Le acaricio la cabeza con cariño. Juntos caminaron hasta el cortijo del cura, sin cruzarse con nadie. El miedo al asesino del Andarax se había perdido, ya casi nadie nombraba aquellos hechos, de la misma manera que el doctor Gregorio no era el protagonista de ninguna conversación, si exceptuamos las que mantenían el padre Ramón y Marisa. La joven estaba esperándole sentada en el porche. Sabía los motivos de aquel viaje, conocía el horario habitual de los trenes por lo que no le fue difícil calcular cuando debía regresar el cura.

— ¿Se ha llevado a Capitán a Almería?
— ¡Oh! No, de ninguna manera. Aunque quizás debería haberse venido conmigo, parece que se ha quedado en la estación hasta que he regresado.
— Eres un gran amigo, Capitán. — Mientras decía esto, no paraba de acariciar al perro que, feliz

mientras eso pasaba, se dejaba hacer, moviendo su rabo.

— Sí que lo es. No podría encontrar otro mejor.

— Padre, ¿Cómo esta Gregorio?

— Marisa, no quiero mentirte. No está bien.

— ¿Tan mal le ha visto?

— No es eso, pero no quiero decirte que está perfectamente, porque tú sabes que no sería cierto. Este tiempo en prisión, bajo acusaciones graves, hacen mella en cualquier persona. De momento, él sigue firme en sus convicciones, asegura su inocencia, espero que pueda continuar.

— ¿Le pregunto por mí?

— Su única preocupación es que tanto tú, como tu familia, estéis convencidos de su inocencia.

— ¿Le transmitió que estamos seguros de eso?

— Sí, también se lo dije al teniente Villegas.

— ¿Lo vio?

— Sí, sigue convencido que atrapó al culpable.

— ¡No puede ser! ¡Sabe que Gregorio no lo hizo! ¡No podría hacerlo! ¡Es una buena persona! — una lágrima recorría su mejilla, lloraba sin consuelo continuamente.

— Tú y yo lo sabemos, necesitamos poder demostrárselo al resto del mundo.

— Totalmente de acuerdo, padre, pero, ¿Cómo lo podríamos hacer?

— Algo se nos ocurrirá, además, ya sabes que el Señor, no se queda con nada de nadie. Volverán a correr las aguas por su autentico cauce.

El padre Ramón acompañó a Marisa a San Miguel, como no podía ser de otra manera, junto a ellos, caminaba Capitán, siempre atento a los movimientos del cura. De regreso, mientras avanzaba lentamente, un paso tras otro, el párroco seguía buscando en su memoria aquellas palabras que había oído y que encendieron una señal de alarma en su mente. Sabía que estaban ahí, solo tenía que encontrarlas. ¿Qué era aquello que podía darle la pista que salvara a su amigo? ¿Cómo se le pudo pasar en el momento preciso que lo dijeron? ¿Sería la clave para sacar a Gregorio de la cárcel? Muchas preguntas, sin ninguna respuesta, rondaban por su cabeza.

23 LAS VERDADES DEL MAESTRO

Los días comenzaron a ser rutinarios. El párroco paseaba todas las mañanas con Capitán por los caminos de la vega. Era habitual encontrárselo caminando despacio, con la cabeza gacha, sumido en sus pensamientos. Por las tardes, antes de misa, se acercaba a San Miguel, Marisa le acompañaba hasta la iglesia, una vez había concluido la misa, caminaban juntos hasta el cortijo del cura, pasaban un rato en el porche hasta que decidían dar por finalizada la velada, siempre el padre Ramón le acompañaba a su casa. Regresaba tranquilamente con Capitán a su lado. Una tarde, ya de camino a San Miguel, mientras caminaban, el padre Ramón se sinceró con Marisa.

— Hoy seré yo quien te confiese una cosa, Marisa.

— ¿Padre? ¡Quien me lo iba a decir! ¿Va a confesarme algún pecado?

— ¡Todos somos pecadores! Claro que podría contarte algún desliz, quizás un día me atreva a hacerlo, pero hoy no es ese momento. Le he dado mil vueltas en mi cabeza a toda esta historia del asesino del Andarax.

— Creo que coincidimos cuando pensamos que el teniente Villegas se equivoca con Gregorio.

— Por supuesto, después de razonar todas las posibilidades que se me han ocurrido, solo tengo una sospecha, solo una persona encaja siempre como único culpable.

— ¿Tiene alguna prueba?

— ¡Oh! No, de ninguna manera, si tuviera algo más que sospechas o indicios, ya habría tocado la puerta de las autoridades para trasladárselas, atrapando al culpable y salvando a la vez a Gregorio.

— ¿Entonces?

— Solo puedo hacer algunas preguntas más, para descartar las pequeñas dudas que tengo, pienso que me terminarían aclarando todo, aunque también podría pasar lo contrario.

— ¿Quién es su sospechoso?

— No puedo decírtelo, podría descubrir mi intención, eso sería contraproducente. Mientras esta persona crea que está libre de toda sospecha, no estará en guardia. No sé si me explico, Marisa. Tengo casi la seguridad de saber quién es, aunque no tengo la certeza completa, ahora mismo es mi única opción. Solo tengo que descubrirle, pillarle en algún fallo.

— ¿Puedo ayudarle? Quiero salvar a Gregorio con todas mis fuerzas.

— Pues ahora que lo dices, quizás hay algo que puedas hacer, siempre con total discreción y tomando las mayores precauciones.

— Por supuesto.

— No debemos olvidar que estamos hablando de alguien que ha matado sin ningún pudor en repetidas ocasiones.

— No se me olvida, padre.

— ¡Claro que no!

— Pero si no hacemos nada, puede irse de rositas. Eso no lo podemos permitir.

— ¡De ninguna manera!

Continuaron su conversación, hablando más flojo, para que nadie pudiera escucharlos, mientras Capitán permanecía atento a ellos, como si quisiera enterarse de lo que decían.

No fue fácil dar con aquella casa. Las indicaciones para llegar hasta ella eran complejas, inútiles para alguien que no había conocido el barrio y sus habitantes con anterioridad. Tomó una decisión incomoda, no quería que más gente de la necesaria conociese aquella visita, pero sucumbió al ver a una vecina, habitual de la misa de domingo, a la que preguntó por la dirección exacta, la buena mujer, sin pensarlo dos veces, le acompañó hasta la puerta. El padre Ramón le agradeció el gesto, se arregló un poco la sotana y, finalmente, golpeó suavemente la puerta. Desde el interior se escuchó una respuesta que bien podría ser un simple gruñido, el cura no la entendió, esperó pacientemente a que la puerta se abriera. Cuando lo hizo, parcialmente, el dueño de aquella casa se mostró, algo despeinado, con cara de gran sorpresa.

— Nunca pensé que un cura tocase esta puerta, padre.

— ¿De verdad no entra en su imaginación que el cura del pueblo, pueda conversar con el maestro?

— Cuando todos los vecinos me tienen clasificado como "rojillo" o "comunista", no es algo muy habitual esperar la visita del clero.

— Si le parece, más que nada para que nuestra conversación no se convierta en un espectáculo, podría invitarme a pasar.

— Quizás sea lo mejor. — Tomás Pastor, abrió totalmente su puerta, mientras con su mano hacía un gesto invitando a pasar al padre Ramón. – No temerá mucho usted los comentarios que se puedan producir.

— Para nada, intento ser pastor de todo mi rebaño, sin exclusiones.

— ¿Quiere decir que usted trata igual a todas sus ovejas? ¿Le da igual que sean blancas o negras? — Le ofreció una silla, mientras él se sentó en otra, al lado opuesto de una pequeña mesa de camilla. La estancia en la que estaban tenía una sencilla cocina al fondo, aquella mesa con cuatro viejas sillas, una alacena y poco más.

— Quiero decir que me preocupo de todas mis ovejas, nunca me fijare en el color de su lana.

— Tenga cuidado padre, no todos los pastores piensan igual.

— No soy como todos los pastores, tengo mis propias ideas y convencimientos.

— Eso hay que demostrarlo con hechos, las palabras se las puede llevar el viento.

— No tengo problema si me recuerda esta conversación dentro de varios años. Podrá comprobar que cumplo mis promesas.

— Tengo buena memoria, no se preocupe. Después de esta presentación de intenciones tan clara, dígame la verdad, ¿a que se debe su visita?

— ¡Sin rodeos!

— ¿Para qué? Las cosas claras, yo no soy de su cuerda.

— Ahí esta la diferencia. Yo no discrimino a nadie, no entiendo de "cuerdas", para mí, todas las personas son iguales, crean o no en la iglesia.

— Bien, seré la voz de su conciencia, si me lo permite.

— Espero sus recomendaciones.

— ¿Cuándo vaya a misa?

— ¡No será necesario! Cuando quiera visitarme en el cortijo del cura.

— Lo haré, antes de lo que se piensa.

— Lo espero. Sinceramente se lo digo. Como usted se imagina, quiero hablar de algo concreto con usted.

— Le escucho.

— No quiero que piense que voy buscando algo morboso o doloroso.

— No le comprendo.

— Quiero que me hable de su experiencia, cuando le detuvieron.

— No le entiendo, además, son recuerdos desagradables y dolorosos para mí.

— Lo sé y le pido que me disculpe, pero es importante que conozca todo lo que usted pasó.

— ¿Por qué?

— Quiero ayudar a mi amigo Gregorio, supongo que ahora estará pasando por un calvario parecido al suyo.

— Ahora le entiendo.

— Necesito saber cual es el sistema que utiliza el teniente Villegas para intentar sonsacar la verdad.

— ¡El teniente Villegas!

— ¿Era él quien le interrogaba?

— ¡Siempre!

— ¿Qué piensa de él?

— ¡Si me lo encontrara por la calle...!

— ¿Sí?

— ¡Le daría de su propia medicina!

— ¿Le pegaron?

— ¿Usted que cree?

— ¡Me temo que sí!

— ¡Claro que me pegaron! De la misma forma que estarán haciendo con su amigo el doctor.

— ¡Qué horror!

— Una vez que te preguntan cien veces las mismas cosas, terminas diciendo algún detalle de una forma distinta, ¡En eso se escudaban! ¡Decían que me contradecía! Por que alguna vez dije que algo creía que paso a las cinco, mientras en otro interrogatorio decía que pensaba que eran las seis.

— ¡No tenían nada contra usted!

— ¡Nada!

— Salvo ese botón.

— ¡Ese botón! ¡Ese botón! — Se levantó hecho una furia, salió de la habitación por la única puerta de la estancia, sin contar la de la entrada de la vivienda. Al momento regresó con aquella prenda que siempre llevaba puesta, antes de su detención.

— Esta es la puñetera chaqueta. Me la compré con mi primer sueldo, ganado como profesor en Santiago de Compostela, donde hice prácticas. Fue en una sastrería local, me la ajustaron como buenos profesionales. Si se fija en ella, no tiene un aspecto presuntuoso, pero es de buena calidad.

— Le entiendo. Pero no se a donde quiere llegar.

— ¿No sabe a lo que me refiero? Mire bien todos los botones, el que quiera de ellos. — Le dejó su chaqueta para que la examinara. — Solo falta el puñetero botón del puño izquierdo, se lo quedaron como prueba, todavía no me lo han devuelto. Tampoco creo que nunca más me la ponga. ¡Se lo pueden quedar!

— Empiezo a comprender. Es una chaqueta de buena confección. Todos los botones están firmemente sujetos.

— ¿Qué piensa?

— Claro, ahora lo veo bien. — estaba examinando el puño izquierdo de aquella chaqueta muy de cerca. — ¿Qué le dijo el teniente Villegas de su botón?

— Esta claro que el botón que tiene es de mi chaqueta, no creo que haya muchos iguales en Almería, seguramente no hay otro igual en el sur de España.

— Seguramente tiene razón.

— Una vez libre, aquí, en mi casa, después de mucho mirar mi chaqueta, me di cuenta de un detalle que pasó inadvertido al "señor" Villegas. ¿no ve usted nada raro?

— Espere. — El padre Ramón acercó su mirada al punto donde debía estar posicionado el botón. Miró con detenimiento los hilos que permanecían aún en su posición original. — ¡Lo tengo! ¡Creo que ya se a lo que usted se refiere!

— ¿Puede ser que nuestro párroco sea más observador que un teniente de la Guardia Civil?

— ¡Puede usted apostar que sí!

— ¡Dígame qué le ha llamado la atención!

— Sólo hay que fijarse un poco. Los hilos que sujetaban al botón no se han desgarrado. Se ve perfectamente que han sido cortados intencionadamente, tienen un corte limpio, como si hubiera sido realizado con una cuchilla o tijera.

— ¡Exactamente!

— ¿Se lo hizo ver al teniente?

— ¿Ayudarle? ¿Al desgraciado que me ha dado los peores días de mi vida? ¡De ninguna manera!

— ¡Le entiendo! Además, ya está usted exculpado, no lo necesita para nada.

— ¡Exacto! Además, no puedo comprender como apareció el dichoso botón, cerca de donde mataron al relojero. Nunca he ido por allí.

— Parece, más bien, que alguien lo dejó allí intencionadamente. Posiblemente la misma persona que cortó esos hilos para apropiarse del botón.

— Eso pensé yo, pero no pude convencer al teniente Villegas, no había manera de hacerle entender que yo no era el asesino del Andarax.

— Sin embargo, lo teníamos muy claro todos los vecinos, nadie se creyó esa historia.

— Eso quiero pensar yo. Pero realmente no puedo asegurarlo.

— No parece que tuviesen muchas pistas realmente interesantes.

— Sinceramente, no creo que tengan ninguna. Se agarraron al botón, hasta que no pudieron seguir ignorando que el asesino continuaba matando mientras me tenían encerrado.

— Sí, acaba de convertirse en certeza algo que sospechaba, querido profesor.

— No termino de entenderle, padre.

— Hasta ahora, sólo sospechaba que el asesino del Andarax era un criminal frio y calculador. Lo contrario que piensan la mayoría, que creen que es alguien que actúa por el impulso visceral de matar.

— No sé a dónde quiere usted llegar.

— El detalle de colocar una prueba que despiste al teniente, nos indica que es una persona previsora, que planea sus pasos y actúa de forma metódica, sin dejar nada al azar. Todo lo contrario de lo que cree el teniente. Es alguien que piensa sus actos, nada de actuar por impulsos. ¡No quiero entretenerle más! ¡Ha sido una conversación muy esclarecedora!

— Me alegra que piense eso.

— Cuando quiera, ya sabe que le espero en mi casa.

— ¡El cortijo del cura!

— Nunca mejor dicho, un vaso de vino tiene asegurado, espero que un rato de charla, amigable, también.

— ¡Le devolveré la visita! Cuente con ello.

Ya en la calle, retornando a su casa, caminaba pensativo, con una sonrisa en sus labios. Su idea de poder descartar el asesinato impulsivo fortalecía sus sospechas. Se dio cuenta que no andaba solo, Capitán estaba a su lado. No recordaba que le acompañase a la ida, pero agradeció encontrarlo a su vera en el regreso. Al llegar al cortijo del cura, lo primero que hizo fue descolgar el teléfono. En la primera página de la guía había anotado el número que le había facilitado su tío, lo marcó y esperó a que sonara el tono de llamada.

— ¡Arzobispado de Madrid! ¿Dígame?

— Buenas tardes, ¿es usted el padre Damián?

— ¡El mismo! ¿Con quién tengo el honor de hablar?

— Padre, que formal es usted al teléfono, con lo agradable y llano que es en persona.

— ¿Ramón?

— Sí, el mismo.

— ¡Qué alegría escuchar su voz! Sobre todo, después de las inquietantes noticias de su zona. Parece que han pillado al culpable, ¿No es verdad?

— No estoy yo tan seguro, padre Damián, ¿está mi tío disponible?

— ¡Oh! Perdone, claro que sí, se me fue la cabeza un poco. Ahora mismo le pongo con él. — Se escucharon unos chasquidos que obligaron al padre Ramón a separar el auricular de su oído. La siguiente voz que escuchó era muy conocida para él, le traía recuerdos de su infancia. — ¡Buenas tardes, sobrino!

— ¡Querido tío! ¿Cómo estás?

— ¡Bien! Bastante bien, diría yo. ¿y tú?

— No me puedo quejar, vamos avanzando.

— ¿Sigues pensando que el detenido no es el culpable?

— ¡Estoy convencido! ¡Gregorio no ha matado a nadie! Muy al contrario, creo que sé quien cometió los crímenes.

— Tal como lo dices, parece que solamente es una sospecha.

— ¡No creo equivocarme! Solo una persona ha podido hacerlo.

— ¡Díselo a quien lleve el caso! No debes involucrarte en algo que puede resultar muy peligroso para ti. Habla con la guardia civil.

— No es posible. El teniente que lleva el caso ha realizado anteriormente dos detenciones claramente erradas, tendría que volver a contradecirse, prefiere encerrar a un inocente antes que plantearse que se equivoca otra vez.

— ¡Ya! Pero hasta el momento, todo el mundo acepta que han detenido al verdadero asesino, tienes que entenderlo.

— ¡Eso es algo que está aprovechando el culpable para que se olviden de que existe! ¿No lo ves? Aprovecha que hay un sospechoso, para que se centren en él, mientras tanto, dejan de buscarle. Todo ha salido de forma muy conveniente para el verdadero asesino del Andarax.

— Ramón, tranquilo, tienes que entender que estoy de tu parte, solo pongo ante tus ojos lo que van a plantearte. Sin pruebas, no sé cómo vas a conseguir que lo consideren culpable.

— Tendré que forzar la situación. Hay que sacar la verdad a la luz, el verdadero asesino debe estar en prisión, no Gregorio.

— ¡Ten mucho cuidado con lo que haces! ¡No estamos hablando de una persona normal! ¡Es un asesino múltiple!¡Un criminal de la peor calaña!

— ¡Lo tengo muy presente! ¡No se me olvida!

— Espero, sinceramente, que sepas lo que haces.

— Yo también, tío, yo también lo espero. — se despidieron, con mas cortesía que la usada normalmente.

El padre Ramón se sentó en el porche con una copa de brandy en sus manos, recordando momentos similares, con su amigo, en aquel mismo sitio, compartiendo la misma bebida. Capitán se acercó, dejándose acariciar. Era el momento de transformarse. Dejar su papel de cura para convertirse en la araña que teje su red, sabiendo que cazará a su presa, más pronto que tarde. Ese era su deseo, ¿Lo convertiría en realidad?

El Asesino del Andarax

24 EL INSTINTO DEL CAZADOR

Las visitas al cortijo de Fernando, desde la muerte de su mujer, Dolores, se habían vuelto habituales. El padre Ramón intentaba reconfortar a aquella familia que había recibido un golpe tan duro. Hablaba con Julián y Crisanta, los más pequeños de aquella casa, que no entendían cómo había desaparecido de sus vidas su madre, pilar fundamental de su existencia. Josefa, la mayor, parecía haber madurado muchos años en unas pocas semanas. Fernando, siempre ocupado en su trabajo, no quería tener un momento de tranquilidad que pudiera recordarle su reciente perdida. En muchas de aquellas visitas, también estaba presente Andrés. Olvidado el proyecto de su boda, por el momento, se sentía parte de aquella familia, ayudaba en todo lo que podía, principalmente a su novia, que necesitaba todo el apoyo que podían ofrecerle.

Aquella mañana, después de estar un rato con la familia, se propuso hablar con el joven. Le invitó a dar un paseo. Andrés se despidió con un cariñoso beso en la mejilla de su novia, Josefa se lo agradeció con una leve sonrisa y mucha ternura en su mirada. Comenzaron a caminar, uno junto al otro, sus pasos tomaron la dirección de San Miguel desde el momento que pisaron el camino. Capitán les acompañaba.

— No sé si sabrás, Andrés, que he visitado a Gregorio en prisión.

— ¡No tenía idea! Padre, ¿Cómo está?

— ¡Mal! ¡Muy mal! ¿Qué te voy a contar a ti? ¡También pasaste un calvario!

— ¡Ya le digo!

— ¿Tú qué piensas? ¿Crees que Gregorio es el asesino?

— Sinceramente, padre, no le creo capaz.

— ¡Yo tampoco!

— El tiempo que me tuvieron detenido, daba igual lo que les dijese, para ellos era culpable y me trataban como tal. — Sus pasos, ya de por sí lentos y tranquilos, se ralentizaron aún más.

— No quisiera que mis palabras salieran de esta conversación, pero puedo confirmarte que a Gregorio le han maltratado intentando que confiese.

— Padre, ¿Cómo cree que intentaron conseguir que yo contestase a sus preguntas, dándole las respuestas que ellos querían?

— ¿Ellos?

— Digo ellos, pero principalmente me interrogaba el teniente.

— ¡Villegas!

— ¡El mismo! Nunca se lo he dicho a nadie. Josefa lo sospecha, pero ni siquiera me pregunta.

— Tú hermana sí lo sabrá.

— No creo. Para ella es como si ese periodo de tiempo no hubiera pasado nunca. No hace referencia a esos días. Ni me habla de este tema.

— ¿Qué era lo que te preguntaban?

— ¿A qué se refiere?

— Para acusar a una persona, deben tener pruebas o sospechas fundadas.

— ¡O no! Por lo que yo viví, les bastó que estuviera cerca de aquellas personas en el peor momento, para convertirme es su principal sospechoso.

— ¡Qué locura!

— ¡Como le digo! Yo les decía que si vivo donde aparecen los muertos, tengo que estar cerca siempre, ¿Cómo voy a ser culpable por vivir en mi casa? ¿Qué culpa tengo yo de que maten al pastor en el mismo camino que tomo todos los días para ir al ayuntamiento de Gádor? — habían llegado a la puerta de San Miguel, mecánicamente, casi sin pensar, los dos hombres y el perro dieron media vuelta sobre sus pasos, continuando su lento caminar.

— Totalmente de acuerdo contigo, Andrés, pero supongo que algo mas te preguntarían.

— ¿Algo concreto? ¡Nada! ¡Por que nada tenían!

— ¡Claro!

— Padre, ¿Por qué insiste en ese tema?

— ¡Por favor! No pienses que dudo de ti. Quisiera ayudar a Gregorio.

— ¡No sé cómo puede hacerlo!

— Yo tampoco lo tengo muy claro, Andrés, no te creas. Quería saber qué es lo que tienen contra él la guardia civil pero, con lo que me cuentas, no parece que necesiten mucho.

— Su palabra es la que vale, ellos son la ley. No, prácticamente, no necesitan nada.

— Sin embargo, algo tuvo que desencadenar todas las muertes.

— ¡Padre! ¡Nada puede justificar un asesinato!

— ¡Por supuesto que no! No quiero justificar nada, quiero comprender por qué pudo hacerlo, quien sea, para intentar descubrir al verdadero criminal.

— Entiendo, padre. No comprendo muy bien como quiere llegar a resolver usted el caso, pero me gustaría ayudarle.

— Te tomo la palabra, Andrés.

— Cuando quiera podemos mantener otra conversación.

— Una tarde de estas, si te parece bien, iré a visitaros y hablaremos en vuestro cortijo.

— Cuando quiera padre, ya sabe que en nuestra casa es usted siempre bienvenido.

— Lo sé, Andrés, lo tengo claro. — habían llegado a la entrada del corto camino que llevaba a su cortijo. Se despidieron formalmente, continuando el padre Ramón y Capitán, por el camino, hasta el cortijo del cura.

El padre Ramón no era cazador, pero algo del tema sabía. Sí que había acompañado a su padre alguna vez. Estaba sintiendo la misma sensación que tenía cuando partía con su padre, antes de que el sol alumbrara con fuerza. La mañana que salía a cazar no era un día como los demás. El instinto del cazador le envolvía. Era un desigual combate entre la presa y ellos. Tenían que ser más inteligentes, no podían ser detectados, evitar su huida, hacerle entrar en su trampa, que cayera finalmente a sus pies. Su instinto le decía que le quedaba poco por preparar, pronto tocaría ir, directamente, a por la pieza mayor.

Intensificó todas sus actividades. Siempre iba a misa y volvía acompañado de Marisa y Capitán, aprovechaba para saludar a Indalecio y Pepa, quedándose algunas veces hasta muy tarde conversando de todo un poco. Visitaba frecuentemente a Fernando en su cortijo, prestándole apoyo a la familia, de todas las formas que podía. Una tarde, al regresar de acompañar a Marisa a San Miguel, decidió desviarse de su camino. Capitán, como siempre, permanecía a su vera. Tomó la entrada del cortijo de Andrés, con paso lento se acercaron a la vivienda. En la entrada, como casi siempre, permanecían algunas sillas esperando, pacientemente, ser ocupadas mientras formaban un pequeño corro. Junto a la puerta, en su sitio de costumbre, Crescen permanecía sentada, concentrada en zurcir un calcetín. En la silla que estaba a su derecha, una cesta acumulaba otras prendas de ropa. A su izquierda, una vieja lata de galletas contenía todo lo que necesitaba para realizar aquellas labores de costura. La mujer levantó la cabeza, entre sus labios mantenía una aguja con hilo negro, hizo un gesto con su cabeza para que tomase asiento. De todas las sillas que estaban formando aquel circulo, el padre Ramón eligió la que estaba en la parte opuesta, frente a Crescen, dando su espalda al camino, se sentó en ella, Capitán se tumbó a su lado, parecía descansar plácidamente. Crescen había colocado un huevo de madera dentro del calcetín, parecía estar satisfecha con su posición, cogió con su derecha la aguja que tenía en la boca y comenzó a coser la prenda, empujando con suavidad la aguja para dar puntada tras puntada, ayudada por el dedal que llevaba en su dedo corazón.

— Buenas tardes, padre. — Saludó la mujer cuando por fin tuvo la boca libre de la aguja que ahora se movía rápidamente en su mano.

— ¡Buenas tardes, Crescen! ¿Cómo está usted?

— Bien, gracias a Dios. ¿Qué de bueno le trae por aquí?

— ¡Oh! Nada en particular. Quería conversar un poco con tu hermano.

— No ha llegado aún. Estará con Josefa. ¡Pobre familia! Lo están pasando tan mal.

— ¡Cierto! Ha sido un gran golpe para ellos.

— ¡Para todos! ¡Tan joven y dejando niños pequeños!

— Así es. Si no te importa, me gustaría esperar un momento, para ver si regresa.

— Por mi parte no hay ningún problema. — Crescen había dado por finalizada la reparación de aquel calcetín, lo dejó junto a la lata de costura. Mecánicamente, tomó otra prenda de la cesta. Esta vez era un botón de una camisa que necesitaba ser reforzado. — Por cierto, me comentó mi hermano su conversación del otro día.

— ¡Claro! ¿Qué opinas?

— ¿Yo? ¿de qué?

— Veras, me gustaría saber qué piensas de que tengan detenido a Gregorio como si fuera el asesino del Andarax.

— La verdad, padre, mientras mi hermano esté libre de toda culpa, lo demás me importa muy poco. — Dio por bueno y terminado el refuerzo del botón. Puso la camisa junto al calcetín que ya estaba listo. Cambió el hilo de la aguja y cogió de la cesta unos pantalones que no podían ser de otra persona que no fuera su hermano Andrés. Tocaba zurcir un desgarro, al verlo, el padre Ramón pensó que se lo había producido con la cadena de la bicicleta. — No tengo más vida que la que transcurre aquí, prácticamente mi mundo es este y lo poco que me alcanza la vista.

— Comprendo.

— Sinceramente, no lo creo, padre. Me muevo con dificultad en casa, solo llego a sentarme en esta silla. Sabe usted que no puedo ni ir a misa. Esta casa es mi cárcel, no tengo barrotes, pero es lo mismo.

— ¡Oh! Sí que le entiendo. Pero me gustaría saber qué piensas de Gregorio, sufriste por la injusticia sobre tu hermano cuando lo detuvieron. ¿Piensas lo mismo ahora?

— ¿Quiere decir que es injusta la prisión del doctor?

— Yo creo que sí. Pero tengo curiosidad por saber lo que piensan otros vecinos, como, por ejemplo, tú.

— Padre, comprendo que es su amigo, pero si está detenido, será porque algo ha hecho.

— Tu hermano también estuvo en esa situación . . .

— ¡Pero no había hecho nada! Por eso está libre. ¡Es inocente!

— ¿No has pensado que quizás Gregorio también lo sea?

— ¡Da igual lo que yo piense! Lo único que cuenta es lo que piense la guardia.

— Por eso quiero buscar alguna prueba, algo que permita a Gregorio recobrar su libertad.

— Ahora le entiendo, no sé muy bien cómo lo va a conseguir, pero comprendo perfectamente lo que me dice. — Dejó el pantalón con la ropa lista, cambió de hilo otra vez, esta vez tomo un carrete de color blanco, con la velocidad de la práctica, en un instante ya tenía la aguja lista para continuar, se puso a reparar una camiseta. — ¿Por eso quiere hablar con mi hermano?

— Exactamente. Con tu hermano, y con todos los que puedan saber algo. Por eso te preguntaba a ti.

— Ya le he dicho que mi cuerpo no me permite conocer nada que no pase justo a mi lado.

— Pero estoy seguro que eres muy inteligente, cuento con que puedas llegar a ayudarme, con mis ideas.

— Si es lo que quiere hacer. Aunque le advierto, creo que pierde su tiempo.

— ¡Oh! Tengo todo el tiempo del mundo. Además, lo haremos mientras espero a Andrés. Si no te importa.

— Es usted muy libre de emplear su tiempo como bien le plazca.

— Si te parece, voy contándote mis pensamientos en voz alta. Puede que algo de lo que diga, haga saltar alguna chispa en tu cabeza, de manera que algo que no tenía explicación, ni pies, ni cabeza, de pronto, cobre sentido.

— No sé muy bien si podré servirle de ayuda, padre, pero si a usted le parece bien, por mí, perfecto.

— He pasado mucho tiempo intentando buscar algún hilo que conectase todas las muertes, pero, sinceramente, no lo he encontrado. Tampoco creo que el asesino del Andarax matase instintivamente o por impulsos al primero que se encontrase.

— ¿Usted cree?

— Sí, eso pienso. Tengo la certeza de que cada muerte ha tenido una explicación perfectamente lógica en la mente del criminal. Sin embargo, después de pensar mucho en todas, creo que la victima fundamental, la que más me puede ayudar, por tanto, la que merece más estudio, es la primera.

— ¿La primera? — había terminado de reparar aquella camiseta, mecánicamente puso la aguja, sin quitarle el hilo, en el viejo y pequeño cojín que hacía las veces de alfiletero, el dedal lo dejó también en la caja de galletas, cerrando su tapa metálica. — ¿Se refiere a....?

— ¡Al padre Venancio!

— ¡Claro! Perdone mi mala cabeza.

— ¡Oh! Crescen, estás perdonada. Ha pasado ya tanto tiempo, tantas cosas, que casi nadie recuerda al padre Venancio. Sin embargo, su muerte fue la primera, el germen de las demás. Por lo menos eso creo yo.

— Le veo muy seguro de lo que dice.

— Pensé, que si era capaz de llegar a lo que fuera que provocó su muerte, podría tener alguna idea de quién es la mano que le quitó la vida.

— ¡Me gustaría ayudarle! Permítame que quite todo esto, no espero visita, pero me gustaría no tener esto a la vista.

— ¡Por supuesto! ¿Me permite que le ayude?

— ¡Claro! Tome la ropa lista, me apaño mejor con la lata de la costura.

Dicho esto, tomó sus dos bastones, apoyándose en ellos, haciendo un gran esfuerzo, lentamente, consiguió ponerse en pie. Cogió la vieja caja con su mano derecha, a la vez que la usaba para apoyarse en el bastón. Pesadamente, un paso, pausa, otro paso, entró en la casa, el padre Ramón llevaba la ropa en sus manos, caminando detrás de ella, al mismo ritmo, Capitán se quedó parado junto a la puerta, como siempre, no entró en la vivienda. La cocina estaba tan ordenada como siempre. Crescen le indicó donde dejar la ropa, le preguntó si le apetecía alguna cosa, el cura negó con una sonrisa. Había oscurecido, cuando se disponía a salir, Crescen paró un momento, accionó un interruptor que estaba junto a la puerta, encendiendo una bombilla que iluminaba la entrada, estaba sobre la silla que usaba normalmente la enorme mujer. De la misma forma que entraron, volvieron a sus asientos en el exterior. La mujer avanzaba el bastón de su mano izquierda, a continuación, con gran esfuerzo daba el paso, ahora tocaba con la derecha. Poco a poco consiguió sentarse pesadamente en aquella robusta silla. El padre Ramón tomó asiento en el mismo lugar que ocupaba antes, frente a ella, Capitán se tumbó a sus pies.

— Perdone, padre, mi ignorancia. Estoy dándole vueltas a mi mala cabeza, no termino de comprender a dónde quiere llegar. Con respecto a esas ideas que usted tiene, ¿En que puede ayudarle mi hermano?

— ¡Oh! Mucho. Algo que podría haber visto, en alguna de las muertes, pero, sobre todo, me gustaría consultarle sobre los días en los que estuvo detenido.

— ¡No me gusta que le recuerden esos días!

— No te preocupes, es buscando el bien de otra persona, no pretendo causaros dolor. Debemos hacer todo lo que esté en nuestras manos para ayudar al inocente.

— Le entiendo, se lo aseguro.

— ¡Bien! Si le parece, abusando de su hospitalidad, mientras llega Andrés, vamos a seguir pensando en voz alta.

— ¡Como le plazca!

— Le decía, yo pienso que la muerte que ha desencadenado todas las demás es la del padre Venancio. Por eso me pregunto, ¿Qué podría provocar su muerte? ¿Qué pudo empujar a nadie a quitarle, violentamente, la vida?

— No sabría decirle. Realmente, era una bellísima persona. No recuerdo que nadie comentara otra cosa.

— Además, no era de esta zona, por lo que viejas rencillas o asuntos familiares quedan descartados como posible móvil.

— Estoy de acuerdo con usted.

— Después de darle muchas vueltas a todo esto, he llegado a una posible conclusión. No es más que una idea, claro.

— ¿Cuál?

— Imagine que alguien, seguramente en secreto de confesión, revela al padre algún asunto, o tema, muy grave.

— Si se realiza en confesión, sólo Dios y el pecador lo sabrían.

— Y el párroco, no lo olvide, el párroco también.

— ¡Pero el secreto de confesión le obliga a mantener silencio siempre!

— ¡Ya! Pero el pecador, una vez se ha liberado de la carga de un gran pecado, comienza a darle vueltas a su cabeza. Piensa que su confesión ha sido un error. El padre Venancio, además de cura, es un hombre. Con el que ahora comparte un secreto peligroso. Podría irse de la lengua. El pecador, que todavía no ha dado el paso para convertirse en el asesino del Andarax, podría haber matado antes.

— ¿Cómo puede llegar a pensar eso? — Crescen, que en toda la conversación no había mostrado un interés especial estaba, en esos momentos, expectante a las palabras del cura.

— Por dos ideas. Recuerda que esto son solo suposiciones.

— Lo tengo presente. — Desde los naranjos les llegó un ruido leve, parecían unos ligeros pasos, los dos dirigieron sus miradas hacia el punto de origen, la oscuridad les rodeaba casi completamente. La luna, en cuarto creciente, prácticamente no ayudaba en nada a ver con claridad. Capitán había levantado su cabeza con las orejas tiesas, pero ya había vuelto a apoyarla sobre sus patas delanteras. Parecía que se dormiría en cualquier momento. Al no repetirse aquel ruido, no le dieron mayor importancia. — Será una zorra.

— ¡Seguro! Pienso que ya habría podido matar antes.

— ¿Usted cree?

— ¡Sí! por dos motivos. El primero, ¿Qué otro pecado capital podría contar en secreto de confesión, que le obligara a matar al padre Venancio? ¡No puede ser otro! ¡Nadie mataría por un adulterio, un robo o una blasfemia! ¡No sé si me explico! ¿entiende lo que quiero decirle?

— Lo comprendo, ¿el segundo motivo?

— Me refiero a la predisposición. No lo he hecho nunca, como usted comprenderá, pero, aún así,

estoy seguro que matar a otra persona no es fácil.
Al padre Venancio lo mataron de un solo golpe,
certero y sin dudas. No había indicios de titubeo,
inseguridad o remordimiento. No parece un
proceder propio de alguien que no ha asesinado
nunca antes, provocar una muerte tan brutal y
precisa. Estoy convencido de lo que le voy a decir,
el asesino del Andarax cuenta con más muertes en
su haber.

— No estoy tan convencida. ¿No cree que habrían
localizado, en los archivos, asesinatos similares?

— ¡Oh! No me he explicado bien. Digo que ya ha
matado antes, no, necesariamente, que lo hiciera de
la misma forma.

— ¡Ah! Bien, ahora comprendo, padre. Pero ¿eso le
ayuda?

— ¡Creo que sí! Veamos. Hemos deducido por qué
mataron al padre Venancio.

— Es una posibilidad, solamente.

— Sí, por supuesto, pero vamos a darla por buena,
para seguir el camino al que nos lleven nuestros
pensamientos. Si le confesaron un crimen al padre

Venancio, debía ser uno del que nadie habría sospechado antes.

— ¿Cómo dice? ¡No le entiendo!

— ¡Oh! Es muy sencillo. Si alguien conociese el crimen, ya no seria secreto. No habría necesidad de confesión. Debía tratarse de una muerte en apariencia, "normal", de la que nadie sospechase que había sido causada por una mano humana.

— ¡Estoy muy espesa esta tarde!

— Te pongo un ejemplo. Imagina que hay una persona enferma, tiene una larga agonía por delante, una persona podría pensar que sería cruel dejarle sufrir todo el tiempo que durase la agonía de la enfermedad. De una manera o de otra el asesino, porque es un asesino, no lo olvide, termina con el sufrimiento del enfermo. Nadie sospecha que el fin ocurrió antes de lo que debía, no ha llegado por la vía de la enfermedad, pero esa muerte pesa sobre la conciencia de esta persona que, finalmente, confiesa a su párroco el crimen que ha cometido.

— Ahora entiendo lo que me dice. Pero no veo a nadie que mate "por caridad", por así decirlo, para ser capaz de hacerlo después a sangre fría.

— Era solo un ejemplo. Veo que has captado el concepto. Tenía que pensar quien podía tener sobre sus espaldas un secreto semejante.

— ¡Podría ser cualquiera!

— ¡Oh! ¿eso piensas?

— ¡Claro!

— ¡Te equivocas! El asesino es alguien que conoce este rincón del mundo como la palma de su mano. Estoy seguro que nació y se crió aquí. Se mueve entre los naranjos como una sombra, nadie le ve y, por supuesto, tampoco sospechan de su persona.

— ¿Eso le ayuda?

— ¡Mucho! ¿Quién puede tener un secreto semejante en su pasado?

— Vuelvo a decirle lo mismo, supongo que cualquiera.

— No, cualquiera no. Estoy pensando en alguien con una mentalidad muy fría, con la paciencia suficiente para esperar el momento preciso para asestar su golpe.

— Parece que tiene usted claro quién puede ser, padre.

— Tengo una persona en mente.

— ¿Quién?

— Déjame explicarte cómo creo que ocurrió el primer crimen.

— ¿El padre Venancio?

— ¡No! El que le confesó a quien, finalmente, le quitó la vida.

— ¡Ah! Dígame.

— Empecé a sospechar quién era el criminal, cuando recapacité sobre un pequeño detalle. El crimen confesado no tenía por qué ser reciente. Pudo ocurrir muchos años atrás.

— Perfectamente, podría ser.

— Esta es una zona tranquila, no se conocen actos violentos o muertes sospechosas.

— Cierto.

— Solo una muerte me llamó fuertemente la atención.

— ¿Cuál?

— La de su padre, Crescen.

— ¿La de mi padre?

— Sí. Fuiste precisamente tú quien me habló de ella.

— Puede ser, no lo recuerdo.

— Pero yo, sí. Tu madre murió de una enfermedad, en un par de semanas dijiste.

— Eso es, así pasó.

— Al poco tiempo, tu padre enfermó también, vomitaba, no quería comer y murió al cabo de poco tiempo. Recuerdo perfectamente que me dijiste que murió de amor. Las muertes sentimentales, si así se pueden llamar, suelen tener convalecencias largas y penosas. La de tu padre fue relativamente rápida. ¿De cuánto tiempo estamos hablando?

— Una semana, aproximadamente.

— Me dijiste que tu madre tenía unas fiebres, no recuerdo que dijeses nada de vómitos, pero tu padre no padeció fiebre. Por los vómitos y la falta de apetito, pienso que quizás pudo ser envenenado.

— Pero, ¿Quién podía querer matar a mi padre?

— Desde luego, si estoy en lo cierto, fue alguien que le odiaba mucho.

— Mi padre nunca se metió en la vida de nadie. Su mundo era esta casa y sus bancales de naranjos, nada más. Solo vivía para nuestra familia.

— Exacto, eso me hizo pensar en una posibilidad. Alguien le odiaba.

— No me lo creo ¿Por qué podría nadie pensar en matarlo?

— Porque pensaba que era el causante de la muerte de su madre.

— ¡Pero si mi madre cayó enferma con unas fiebres! Mi padre no podía ser culpable de eso.

— ¡Correcto! ¡Estoy totalmente de acuerdo contigo en ese punto! Piensa en esto, el asesino, en su momento, tiene la completa seguridad de la culpabilidad de tu padre. Con el paso del tiempo, comprende que no tenía razón. Se da cuenta de que envenenó a aquel hombre por un motivo totalmente equivocado. Le remuerde la conciencia y quiere apaciguarla, se atreve a confesarse con una persona de confianza, casi un amigo. El padre Venancio. La gravedad del pecado, después de la confesión, hace que algo, aunque sea insignificante, cambie en la relación entre el asesino y su confesor. Este detalle le hace pensar que podía olvidar el secreto de confesión y destapar su viejo crimen. En su mente criminal, solo ve una salida. Debe callar para siempre la única boca que puede revelar su secreto.

— No sé muy bien a dónde quiere llegar.

— Pienso que hace quince años, alguien envenenó a tu padre, la misma persona que en los últimos tiempos ha matado demasiadas veces.

— ¡No entiendo nada! Me gustaría que fuese más concreto.

— A ver si ahora soy lo suficientemente preciso. Hasta una mano infantil, pudo envenenar a tu padre.

— Es una teoría, imposible, por cierto.

— ¿Imposible?

— Claro, está usted insinuando que pudo hacerlo mi hermano, pero parece olvidar que el asesino del Andarax mató estando él detenido. Dos veces. Si no recuerdo mal.

— Esa es la pista que me guió hacia la verdad. No podía ser su hermano. Por tanto, el asesino del Andarax solamente puedes ser tú.

— ¿Yo? ¡Pero si prácticamente no puedo moverme!

— ¡Por supuesto! ¡Esa es la parte brillante! ¡Engañaste a todo el mundo! Todos te tienen por una inválida. Piensan que tu gran cuerpo te impide moverte con agilidad, pero yo, perdóname que te diga, yo no te creo.

— Si de verdad piensa lo que dice, no sé muy bien si es usted un valiente o un necio.

— ¿Por?

— Viene a decirme, usted solo, que cree que soy el asesino del Andarax. Piénselo un momento, piense en todo lo que me ha dicho, si fueran ciertas sus sospechas. ¿Piensa que saldría usted de aquí con vida? ¿Cree, sinceramente, que el asesino del Andarax le dejaría irse tranquilamente después de semejante acusación?

— Pienso que, hasta ahora, ninguna de tus víctimas sabía qué tipo de persona tenían delante suya. Creían en la bondad e inocencia que conocían de

Crescen. No veían el peligro que esconde tu gran cuerpo, ni la oscuridad que hay en tu enferma mente. ¡Yo sí sé de lo que eres capaz! ¡No me vas a pillar por sorpresa!

En aquel instante, la mano izquierda de Crescen soltó el bastón que sujetaba, dejándolo caer al suelo. Con esa misma mano, cogió el otro bastón que estaba en su regazo, por la parte central, mientras su mano derecha tomó la empuñadura, separándola del cuerpo, haciendo este gesto, apareció ante los ojos de ambos una hoja metálica que hasta ese momento había permanecido oculta. El padre Ramón inmediatamente se levantó, como un muelle que había estado forzado a permanecer encogido hasta ese momento, de un salto se puso erguido, girando su cuerpo hacia la salida. El hasta entonces lento y pesado cuerpo de Crescen se había incorporado a una velocidad increíble. Su diestra ya estaba levantada para asestar un golpe mortal sobre el padre Ramón, mientras, la izquierda estaba lanzando hacia el lado, el hueco cuerpo de madera de aquel bastón mortal. Ella estaba ya de pie, con su cuerpo abalanzado hacia delante, hacia su presa, la mano derecha de la enorme mujer comenzaba a descender buscando el cuerpo del cura que, embutido en su sotana, intentaba alejarse de la inminente amenaza. Con una rapidez vertiginosa, Crescen había conseguido ponerse a una distancia que le permitía alcanzar a su presa, esta, aunque corría por su vida, no parecía lo bastante rápida para huir de ella. El arma comenzó a descender rápidamente buscando alcanzar al padre Ramón, el ataque era brutal y salvaje, el golpe mortal se había asestado y el movimiento del brazo de la mujer estaba a punto de cumplir su objetivo. De repente, Crescen paró aquel gesto, a la vez que lanzó un grito, con la mano aún en alto, pero descendiendo a gran velocidad y con mucha fuerza, giró su cabeza hacia abajo. Había detenido su movimiento de ataque, al sentir un profundo dolor en su tobillo izquierdo. Capitán había adivinado sus intenciones y la atacó mordiendo todo lo fuerte que pudo. Se había sorprendido al ver que, sin previo aviso, tanto el hombre como la mujer, se habían levantado rápidamente. Se dio cuenta quién era la presa y quién el cazador, comprendió que aquella mujer pretendía hacer daño al cura. Con toda la rapidez de sus reflejos, se lanzó para paralizar el ataque, hincó sus finos y afilados colmillos en el grueso tobillo de aquella mujer, inmediatamente, entre los dientes de Capitán, comenzó a brotar sangre. Lejos de soltar su presa, el animal apretó aún más su mandíbula, la sangre aumentó alrededor de la boca del animal. Aquella gran mujer, paró su primer ataque. Giró su cuerpo hacia el punto de donde provenía el dolor, en un gesto rápido, con su pie derecho, propinó una salvaje patada al perro, con sus ojos inyectados de sangre. Se escuchó en leve crujido, provenía de las costillas del noble animal. aún dolorido por el golpe, Capitán no soltaba su presa, Crescen, con una mirada asesina, asesto con su arma una punzada que atravesó la pata izquierda trasera del perro. Este soltó el tobillo mientras lanzaba un terrible aullido de dolor. La asesina levantó su mirada, olvidándose del perro, buscando al padre Ramón. Este ya había llegado al camino, sus manos llevaban levantada la sotana para poder correr más rápido. Entre dientes, mientras comenzaba a correr tras la que sería su próxima víctima, la mujer pedía que no se dirigiera al pueblo. El cura giró a su izquierda, rápidamente, hacia San Miguel. Una leve sonrisa se dibujó en el rostro de la perseguidora. El instinto del cazador se había apropiado de ella, corría para contar con una presa más en su macabra cuenta.

El Asesino del Andarax

25 LA LARGA SOMBRA DEL PALOMAR

El padre Ramón sabía que estaba corriendo por su vida. Le dolía el pecho por forzar su respiración, algo que no le sucedía frecuentemente, no estaba acostumbrado a realizar esfuerzos físicos continuados, pero no quería bajar su ritmo, sabía que su vida dependía de mantener la distancia con aquella asesina. Necesitaba aumentarla, si eso fuera posible. Sus piernas se movían mucho más rápido de lo que él hubiera pensado que podían hacerlo. Sus manos mantenían, no sin dificultad, por encima de la cintura la amplia sotana, para evitar tropezar en su huida, lo que le dejaría a merced de su perseguidora. Acertó al sospechar que, aquella enorme mujer, se movía mas rápido de lo que dejaba ver, pero nunca imaginó todo lo veloz que podía llegar a ser. Se atrevió a girar su rostro, comprobó como aquella mole se dirigía hacia él a toda velocidad, distinguió su feroz mirada, sus ojos inyectados en sangre, parecía una alimaña encarnizada, había olido sangre, tenía que saciar su sed. En su mano derecha llevaba aquella arma que había causado tantas muertes. Le parecía que era imposible correr más rápido, pero eso no evitaba que, su perseguidora, pareciese estar más cerca cada paso. Tuvo un momento de lucidez para agradecer a Capitán que le defendiera del primer ataque, gracias al tiempo que entretuvo a Crescen, había podido tomar algo de ventaja. Se temió lo peor al escuchar el aullido del animal. Pero, en aquel momento, su única preocupación debía ser mantenerse con vida, escapar de aquella muerte segura.

A lo lejos, veía la silueta de San Miguel, se estaba acercando al punto donde encontraron la moto de Carmelo, el relojero. No se atrevió a girar su cabeza para volver a comprobar si su perseguidora se encontraba más cerca de darle caza. Le valía con saber que cada paso que daba, escuchaba más fuerte y cercana su respiración. Buscando despistar a su seguidora, dio un brusco giro a la izquierda, adentrándose entre las matas que crecían al borde del camino, en el bancal maldito.

El Asesino del Andarax

Se encontraba junto a la Balsa de San Miguel, seguía corriendo sin mirar atrás, decidió rodear la balsa por su lado derecho, su pecho le ardía, cada vez le costaba más respirar. Las piernas le seguían respondiendo, pero ¿Hasta cuándo? Crescen no lo tuvo tan fácil para cruzar las matas que estaban al borde el camino, perdió algún segundo, pero ya estaba otra vez tras los pasos de su próxima presa, no sufría a cada paso que daba, como su presa. Su tobillo izquierdo, dañado por la mordedura de Capitán, continuaba sangrando, pero aparentemente, la herida no le restaba nada de velocidad. Su rostro, con gesto salvaje, pareció sonreír al comprobar que el padre Ramón dirigía sus pasos hacia el palomar, vio perfectamente como, con un gesto rápido, abrió la puerta del extraño edificio y la cerró tras su entrada. Crescen conocía perfectamente el lugar, no existía más salida que aquella vieja puerta de madera. Aminoró su carrera. El padre Ramón se había metido, él sólo, en una trampa mortal. Sonreía. No sólo sabía que, su presa, no tenía escapatoria. Conocía el palomar como la palma de su mano, de niña era el lugar donde solía jugar y soñar, había pasado muchas horas en aquel sitio. Este cura chismoso, pronto dejaría de ser un problema para ella. Al llegar a la puerta, se encontró que estaba cerrada o atrancada desde dentro. Dio unos pasos hacia atrás, tomo carrerilla, golpeando la puerta con su hombro derecho. La vieja madera no ofreció resistencia a aquel poderoso cuerpo, rompiéndose y cayendo a los pies de la perseguidora, esta se agachó un poco y entró con decisión en el viejo palomar. Junto a la pared del fondo vio al cura con un buen palo de madera en sus manos. No sabía de dónde lo había sacado, pero no la intimidaba lo mas mínimo. El hombre estaba al fondo de aquella planta del palomar, tenía un pie apoyado en el primer peldaño de la estrecha escalera que ascendía a las otras plantas de aquel edificio, como si estuviera preparado por si tenía que subir a la carrera, buscando una vía de escape que, él no parecía saberlo, no tenía salida. Crescen volvió a mostrar sus dientes en una cruel sonrisa. Si su vía de escape era subir a las plantas altas del palomar, su víctima estaba muerta. No había salida, solo las pequeñas ventanas que dejaban salir y regresar a las palomas. El cura había entrado por su pie en una trampa mortal, no tenía más salida que enfrentarse a ella. Crescen sonreía por que se sabía victoriosa, presuponía fácilmente cual sería el desenlace mortal de aquella escena. El padre Ramón, con los ojos muy abiertos, la cara sudorosa, sujetaba su arma con las dos manos, la mantenía en alto, dispuesto a golpear. Ella adelantó un poco su mano derecha, para que viera bien el filo de aquel extraño estilete. La mirada del cura pudo ver las aristas de aquel metal, aquel era el arma que había producido las mortales heridas con forma cuadrada. Los dos se miraban fijamente, mientras recobraban algo su respiración tras la rápida persecución.

— ¡Bien! Padre, aquí estamos. Solos usted y yo.

— ¿Por qué? Crescen ¿Por qué?

— ¡Lo adivinó usted! No sé cómo, pero lo adivino. No todo, claro está, pero lo básico sí.

— ¿Qué me falta por saber?

— Ustedes, los curas, lo tienen que saber todo, ¿verdad?

— Ayuda mucho a entender las cosas, sobre todo a las personas.

— Mi madre enfermó, como usted dijo. Yo tenía apenas doce años y la cuidé en todo momento, lo mejor que una cría podía hacer por su madre, eso es lo que yo hice. Pero, frente a una enfermedad ¿Qué puede hacer una niña sin más conocimientos?

Secarle el sudor, darle agua, poco más. Mi padre estaba muy ocupado con sus naranjos para atender a mi madre, ¿Para qué había que llevarla al médico? ¡Eso costaba dinero! Cuando llegaba de la vega, solo se preocupaba de que le tuviese algo de comer preparado. No quiso llamar al doctor, dijo que se curaría sola. Yo le decía que cada día estaba peor, hasta que, finalmente, mi madre murió. Yo sabía quién era el culpable de la muerte de mi madre. Para mi padre, su mujer era una propiedad más, como los animales o los naranjos. No creo que la quisiese nunca. Desde aquel día, en su plato de comida, no faltaba un poco de veneno para topos que le añadía siempre. Se notaba enfermo, vomitaba, pero nunca llamo al médico, supongo que por tacañería. Un día, sintiéndose ya muy mal, dijo que a la mañana siguiente iría a visitar al médico. En ese momento fijó su sentencia de muerte. Sólo tuve que subir la dosis de aquel veneno. Cuando vino el doctor, le dije que había sufrido los mismos síntomas que mi madre.

Supongo que pensaron que era posible que se contagiaran los dos, no preguntaron nada más.

— Para todo el mundo, la historia que contabas de morir de amor, quedaba muy bien. ¿No?

— A nadie le importábamos entonces, no recibíamos ninguna visita. Al enterarse todo el mundo que los dos, mi hermano y yo, estábamos solos en la vida, comenzaron a ayudarnos y visitarnos. Nadie conocía la verdadera historia, me inventé la que mejor me pareció. La gente prefiere escuchar historias amables.

— Tienes razón. ¿Por que murió el padre Venancio?

— Acertó usted, no le confesé todo, tal como se lo he explicado ahora, pero lo entendió rápidamente. Sus conversaciones, desde entonces, buscaban que me confesase ante alguna autoridad terrenal. No le bastaba con que pidiera el perdón de Dios. Llegó a convertirse en una pesadilla.

— Si se supone que nunca te has movido de esta vega, ¿De dónde has sacado esa arma?

— Tiene su gracia, ¿Sabe usted? — Aprovecho para moverla un poco lateralmente, para que recordara quien tenía en ese momento las de ganar. — Siempre fui grande. No sé muy bien cómo funciona el pensamiento de la gente, pero todo el mundo pensaba que, por tener mi tamaño, no podía moverme con facilidad. Descubrí que si te tienen lastima, te tratan mejor, más aún si eres una pobrecita huérfana con un hermanito a tu cargo. Decidí sacar provecho de la imagen que tenían de mi. Para dar veracidad a mi personaje, aproveché un viejo bastón de mi padre, no sé de dónde lo sacó, ya que nunca lo dijo, siempre lo recuerdo en un rincón del armario. Tampoco lo usaba, pero estaba en casa. El otro lo encargué. Con el tiempo descubrí que aquel viejo bastón, en realidad, tenía un mecanismo de defensa, que contenía un arma, un pincho terrible, con una forma muy particular. Nunca pensé en usarla hasta aquel día. Después de una larga charla con el padre Venancio, estaba convencida que, de una forma u otra, algo iba a decir de la muerte de mi padre. Cuando se fue de mi casa, no me fiaba de él, me escondí entre los naranjos y lo espié. Vi como tomaba su bicicleta.

Cuando comenzó a pedalear dirección a San Miguel, sospeché que podía tomar el rio, dirección a Gádor, al cuartel. Cuando me vio al lado del camino, apoyada en mis dos bastones, pensó que algo me pasaba. Se paró a mi lado, antes de que me pudiera preguntar, ya le había metido esto hasta la empuñadura. Lo demás ya lo sabe.

— ¿Y el tío Braulio?

— Era buena gente, de verdad.

— ¿Entonces?

— Él sabía que me podía mover con facilidad y rapidez. Me había visto muchas veces, incluso alguna vez cargué con él su carro, bromeaba conmigo diciéndome que era más fuerte que diez hombres. Un día me dijo que para mí no habría sido problema cargar con el padre Venancio y su bicicleta desde el camino al bancal de naranjos donde apareció. Hice como que no le di importancia, pero quedé con él para un trabajo con su carro en la bocana del rio. Le dije que me traían unos animales, algunas gallinas y conejos, una excusa para que atase a Capitán, lo aleje un poco de la bocana. Después lo maté y lo traje aquí. — terminó esta frase, como si lo que había contado fuera algo rutinario. Adelantó su pie derecho unos centímetros, mientras hablaba, comenzó a balancearse lentamente de atrás hacia delante, para que el padre Ramón no se diera cuenta de que, casi imperceptiblemente, se estaba aproximando a él.

— ¿Tobías? el pastor de Pechina.

— No sé si él me vio a mí cuando estaba en la bocana del río, con el tío Braulio Yo sí que me fijé en él. No podía permitir que un posible testigo pudiese identificarme.

— ¿Carmelo también te vio? ¿Sabía que tu fingías no poder moverte con facilidad?

— ¿Carmelo? ¡Para nada! Siempre estaba con su libreta, atento a su agua. Cuando iba en moto, solo tenía ojos para el camino, era muy torpe. Lo que pasó es que tenían detenido a Andrés. Pensé que la única forma de que lo liberasen era que el asesino del Andarax volviese a actuar. — Su cuerpo se balanceaba continuamente, muy lentamente, de vez en cuando, avanzaba sus pies, disimulando este movimiento con el de todo su cuerpo. — Pero esos días todo el mundo pasaba por casa para mostrarme su apoyo o preguntarme novedades. No tenía un segundo libre para actuar. Aquella noche vi como pasaba lentamente con su moto dirección a San Miguel, pensé que cuando cambiase el turno de riego, más pronto o más tarde, regresaría a su casa por aquel mismo camino. Esperé pacientemente a que se fueran todas las visitas, me agazapé al lado del camino esperando su regreso. Cuando vi su moto llegar, me hice ver, pidiéndole ayuda, antes de que parase totalmente su moto, ya estaba muerto.

— ¿Baldomero?

— No paraba de estar escondido entre los naranjos por la noche. No sé a quién buscaba o qué esperaba encontrar. Él creía que nadie lo sabía. Pero yo lo tenía controlado. Un día vino a mi casa, había más gente, dijo que tenía una sospecha de quien podía ser el asesino del Andarax. — Su cuerpo seguía acercándose poco a poco al del padre Ramón. —

Estoy segura que no estaba en lo cierto. Pero no podía arriesgarme.

— ¿Por qué tienes la seguridad de que no lo sabía?

— Por que se extrañó al verme cerca de él, cuando lo sorprendí escondido, al borde del camino. Antes de darse cuenta, ya se había reunido con su hermano.

— Otro movimiento mas. Calculó que ya estaba a una distancia en la que el palo del cura podía acertarle, sin embargo, aún faltaba un poco para que su arma pudiera hacer daño en el cuerpo del padre Ramón, tenía que seguir hablando para engañar a su próxima víctima. — Ya sólo me queda explicarle lo de Dolores.

— ¡Si fueses tan amable!

— Ella fue más por sensaciones que por otra cosa.

— ¿Sensaciones?

— ¡Su mirada cambió! Me miraba como si supiera algo, sus ojos se fijaban en mí con un gesto raro. Supuse que me habría visto corriendo alguna vez, o algo parecido. Me miraba mal, estaba por su cortijo, la maté y rápidamente tiré su cuerpo a la balsa. ¿Cómo iba a saber que estaba el teniente con usted al lado? Esta vez, si por poco me pillan. Al poco de cruzar el camino cuando me fui a mi casa, pasaron los coches de la guardia. — sus pies habían avanzado lo suficiente para intentar lanzar su ataque. Sus músculos se pusieron en tensión, esta vez, en lugar de balancear su cuerpo, su mano derecha, con la que empuñaba el arma, retrocedió un poco, para tomar impulso.

— ¡Ya lo sé todo!

— ¡Oh! Sí, pero para lo que le va a servir, ya me dirá.

— Hay algo con lo que no has contado, Crescen. — Pareció darse cuenta de la proximidad de su atacante, hizo balancear el palo que sujetaba en alto en posición de ataque, para que su oponente lo tuviese en cuenta.

— ¿Con qué? ¿Cree sinceramente que no soy capaz de aguantar varios golpes de su palo? ¡Creo que seré capaz de asestarle algún pinchazo! Padre, tiene las de perder, y lo sabe.

— Tienes muy presente tu poderío físico. Sin embargo, piensas que yo soy tonto. ¿te crees que, sospechando de ti, iba a enfrentarme a una asesina múltiple así? ¿sin preparar una defensa?

— ¡Es lo que has hecho!

— ¡Te equivocas! Mira detrás de ti, Crescen. — Ella giró su cabeza, de manera que pudo ver lo que ocurría en el exterior del palomar, a escasa distancia de la entrada, un hombre la estaba apuntando con una escopeta.

— ¿Indalecio?

— ¡Para servirla! — contestó el guarda de San Miguel.

— Me parece padre, que no entiende usted mucho de caza. — El tono de Crescen parecía más nervioso.

— Puede ser, ilústrame.

— Si dispara su escopeta, los perdigones pueden darle a usted.

— Podría ser, pero también lo tengo previsto. — Hizo un gesto con su cabeza. De la parte superior de la escalera, comenzó a descender una escopeta que apuntaba directamente a la gran mujer. La empuñaba con decisión Fernando. — Creías que yo había caído en una trampa, cuando la realidad es que eras tú la que había entrado en la mía. Yo de ti

. . .

El padre Ramón no pudo terminar su frase. Crescen lanzó un grito salvaje y se abalanzó sobre el cura. Su ataque fue muy rápido, en el palomar sonaron un disparo. Indalecio, por detrás había disparado. Quizás dudase un momento al escuchar de Crescen que podía darle también a su amigo, había dado un paso a su izquierda, para intentar evitar que sus perdigones encontraran al cura, en lugar de a aquella mujer. Si tenía alguna duda, al escuchar el grito de la mujer y ver como lanzaba su ataque, no tardó en disparar. El cuerpo de Crescen dio una sacudida, pero no frenó su ataque. Lanzó una puñalada con su estilete. El padre Ramón, mientras tanto, había lanzado un golpe con su palo hacia el arma de la mujer. Su golpe consiguió desviar, en parte, la mano asesina. En lugar de clavarse en su pecho, como era la intención de la mujer, provocó una herida en su brazo izquierdo. Al ser herido, instintivamente, el padre Ramón se agachó, buscando recuperar posición para poder golpear con su palo. El menor tamaño del arma de Crescen le permitió armar su brazo muy rápidamente, preparándose para apuñalar por segunda vez, alzando su mano, este gesto permitió una visión perfecta de la mujer a Fernando, desde su posición en la escalera, un poco elevada respecto al cura y a la mujer, tenía en mente a Dolores, su mujer, por ello no titubeó al disparar, con su escopeta, a la cabeza de Crescen. La cercanía del disparo destrozó la cara de la mujer. Los perdigones de plomo habían entrado en la blanda carne destrozando su imagen. El rostro de Crescen era todo sangre y carne fuera de su sitio. El padre Ramón aún no estaba preparado para lanzar su golpe. Ella levantó su estilete, obsesionada con hincarlo en el corazón del cura. Cuando su arma comenzó a avanzar, sonaron a la vez dos disparos. Fernando acertó en su pecho esta vez, mientras Indalecio volvió a dar en su espalda. Crescen paralizó su gesto, se quedó inmóvil. Todo su cuerpo estaba ensangrentado, los perdigones de ambas escopetas habían destrozado totalmente su cuerpo. Pesadamente, lentamente, como un gran árbol al ser cortado, se desplomó hacia atrás. Ninguno de los tres hombres, se atrevió a moverse al principio. Los tres hombres reaccionaron de forma distinta. Fernando se sentó en el peldaño de la escalera del palomar, dejó la escopeta a su costado y comenzó a sollozar. El padre Ramón se apoyó en la pared, en ese momento comenzó a sentir un fuerte dolor en su brazo izquierdo, su mirada se dirigió hacia la herida. Indalecio lanzó un suspiro de alivio, desde el exterior del palomar, se desplomó de rodillas.

La mirada del padre Ramón parecía perdida en el infinito. Su mano derecha aún sujetaba aquel palo con firmeza. El silencio de aquel momento fue roto por un grito salvaje. Crescen se estaba incorporando para lanzar el estilete al padre Ramón. Sentada sobre el suelo del palomar, sangrando por todas sus heridas, desplazó su brazo derecho hacia atrás para tomar impulso en su lanzamiento. Al oír el grito de la mujer, el cuerpo del cura se había puesto en tensión otra vez, si es que en algún momento había dejado de estarlo. Con un movimiento de cintura, había girado su cuerpo de manera que el palo, que seguía sujetando con fuerza, tomó velocidad. En el momento en el que la mujer comenzó a avanzar su mano con intención asesina, el palo que había hecho girar el padre Ramón, impacto con violencia en su cabeza. Se escuchó claramente como se fracturaba su cráneo. Crescen cayo de costado sobre su propia sangre, sin terminar de soltar el estilete, muerta por fin.

26 EPÍLOGO

Al padre Ramón los médicos le recomendaron reposo absoluto, hasta su total recuperación. Sin hacer mucho caso de estos consejos, todavía mantenía su brazo izquierdo vendado y en cabestrillo, llevaba varios días oficiando la misa de costumbre. Como era habitual, desde hacía mucho tiempo, Marisa le acompañó. Lo que no había sido tan frecuente, hasta que volvió de la cárcel, era que le acompañase también Gregorio, que ya era el formal prometido de Marisa. Al salir de la iglesia, la bella joven se agachó para acariciar al bueno de Capitán que, como siempre, esperaba junto a la puerta a que salieran de misa. Capitán cojeaba por la herida que le había infringido Crescen.

— Este es mi valiente, que bueno eres, Capitán. — Comenzaron a caminar, dirección al cortijo del cura.

— Sí que es verdad. Si no llega a ser por su intervención, no estoy muy seguro de haber podido llegar al palomar.

— Tienes que reconocer, que era un plan arriesgado. — Le reconvino con seriedad su amigo el doctor. — Pero debo agradecerte que te atrevieras a hacerlo. El teniente Villegas jamás me habría soltado. De hecho, creo que no le hizo mucha gracia.

— No tenía otra opción.

— ¡No le dejaste otra posibilidad!

— Tenía que conseguir una confesión, para demostrar tu inocencia y su culpabilidad. También necesitaba que la escuchasen más personas. Por eso entre los naranjos, estaba tu padre, Indalecio, desde el primer momento. También debía permanecer atento, por si me atacaba antes de llegar a la trampa.

— Menos mal que no lo hizo. — dijo Marisa. — Mi padre me asegura que una sola escopeta, no habría parado a aquella mujer.

— Yo también lo creo. — El padre Ramón aún se estremecía al recordar la escena. — Su gran tamaño, en lugar de convertirla en una pobre minusválida, que era lo que nos quería hacer creer, la consagraba como una fuerza descomunal de la naturaleza, era una autentica mole.

— Además, era ágil y rápida, mi padre no podía alcanzaros, creo que hubo un momento que llegó a perderos de vista.

— Y eso que estaba prevenido. Afortunadamente me puse en la silla más lejana a ella, justo en el lado opuesto, lejos de su alcance directo, porque no imaginaba que el arma usada en todos los crímenes, estaba tan cerca de ella siempre. Menos mal que podía contar con mi gran amigo, Capitán vio el peligro que sufría y, en cierta manera, vengó la muerte de su dueño. — Llegaron al porche, Marisa y el padre Ramón se sentaron alrededor de la mesa, Capitán se tumbó junto a ellos. Gregorio entró en la casa, sacando al poco rato, la botella de brandy, a la que le quedaba ya poco licor, y tres copas.

— ¡Llego el momento de brindar por nuestro futuro!
— Exclamó el doctor. Repartió el licor que quedaba
entre las tres copas. — ¡Salud!

— ¡Salud para todos y felicidad para la futura pareja!
— fue el brindis del cura, todos dieron un pequeño
sorbo. En ese momento sonó el teléfono desde el
interior de la casa. Se levantó para contestar. —
¿Quién podrá ser?

El padre Ramón entró en la vivienda, desde el exterior solo
escuchaban algunas frases sueltas pronunciadas por él. La
pareja de novios, intentaban adivinar la conversación que
mantenía su amigo, escuchando solamente las contestaciones
del párroco.

— ¡Tío! ¡Me alegro mucho de escuchar tu voz!
— ¡Oh! No, no fue tan peligroso como parece al leer la
prensa.
— Sí, estaba siempre protegido, con unos amigos…
debo reconocer, que algo de peligro, sí que corrí, sí.
Pero ellos estaban bien preparados.

— Gracias, sí, está todo resuelto, ya sabemos todo sobre tu amigo, el padre Venancio.

— ¿Cómo dices?

— ¿Otro destino?

— ¿Otro misterio por resolver?

FIN

ESPERANZAS DE ESTE AUTOR

Espero, con total sinceridad, que estas páginas te hayan gustado, distraido y animado a continuar con la saga de historias sobre los acontedimientos y sucesos que sucederán en el transcurso de la vida de nuestro párroco favorito, el padre Ramón.

Ya puedes encontrar la siguiente aventura de este joven cura, cuyas circunstancias evolucionan, y de qué manera. Puedes encontrarla y leerlas en la siguiente novela de esta humilde saga. El oro de Hitler. Espero no desvelar mucho si te digo que está basada en hechos reales.

Ahí lo dejo.

Gracias por leer todo.

Milton Keynes UK
Ingram Content Group UK Ltd.
UKHW030100081124
450874UK00001B/168

9 798227 243966